In seinem vierten Abenteuer nimmt sich Matthew Scudder – nun in deutscher Neuübersetzung – eines ungelösten Falles an, mit dem er schon Jahre früher als Detective beim NYPD befasst war. Louis Pinell, der vor Kurzem gefasste Eispickel-Mörder, gibt freiherzig zu, vor neun Jahren sieben junge Frauen ermordet zu haben – aber er schwört, dass ein Nachahmer für den Mord an Barbara Ettinger verantwortlich war. Scudder glaubt ihm. Die Spur zu Ettingers wirklichem Mörder ist verworren, dunkel und voller Gefahren ... und sogar noch kälter als die Leiche, der er Gerechtigkeit verschaffen will.

Scudders Ermittlungen bringen eine neue Frau in sein Leben: die Bildhauerin Jan Keane, die mit ihrem Loft in Tribeca einen vielversprechenden Zufluchtsort bietet. Aber Scudders Alkoholkonsum, schon immer ein Faktor, scheint sich zu einem Problem zu entwickeln ...

Hier einige Pressestimmen:

»Block weiß, wie man ein dichtes Netz spinnt. Und wenn bei ihm jemand versucht, mit falschen Karten zu spielen, was in seinen Büchern ziemlich häufig vorkommt, bekommt diese Figur eine Menge Schwierigkeiten. Blocks Plots sind schnörkellos, seine Dialoge realistisch ohne allzu große Ausschmückungen. Seine Figuren sind harte Kerle, und sie reden dementsprechend.« —*Rocky Mountain News*

»Absolut vorzüglich geschrieben! Block ist ein geschickter Chirurg, der mit ruhiger und präziser Hand zu Werke geht.« —*New York Times*

»Fesselnd – mit einer erstaunlichen Auflösung.« —*Publishers Weekly*

Tief bei den ersten Toten

LAWRENCE BLOCK

Aus dem Amerikanischen von Stefan Mommertz

Für Patrick Trease

Kapitel 1

Ich bemerkte ihn nicht, bevor er bei mir war. Ich saß an meinem gewohnten Tisch im hinteren Teil im Armstrong's, wo sich die Mittagsmeute gelichtet hatte und der Lärmpegel gesunken war. Im Radio lief klassische Musik, die man nun hören konnte, ohne sich anstrengen zu müssen. Draußen war ein grauer Tag mit einem fiesen Wind und dem Versprechen von Regen in der Luft. Ein guter Tag, um in einer Kneipe in der 9th Avenue herumzusitzen, mit Bourbon aufgepeppten Kaffee zu trinken und den Artikel in der *Post* über einen Irren, der Passanten in der 1st Avenue abstach, zu lesen.

»Mr. Scudder?«

Um die sechzig. Hohe Stirn, randlose Brille vor blassblauen Augen. Ergrauendes blondes Haar, das so gekämmt war, dass es flach über seinem Schädel lag. Irgendwo zwischen eins fünfundsiebzig und eins siebenundsiebzig. Etwa fünfundachtzig Kilo. Helle Hautfarbe, glattrasiert, schmale Nase. Kleiner, dünnlippiger Mund. Grauer Anzug, weißes Hemd, die Krawatte rot, schwarz und gold gestreift. In der einen Hand hielt er einen Aktenkoffer, in der anderen einen Regenschirm.

»Darf ich mich setzen?«

Ich nickte zu dem Stuhl auf der anderen Seite des Tisches. Er nahm Platz, zog eine Brieftasche aus seiner Brusttasche und überreichte mir eine Visitenkarte. Seine Hände waren klein, er trug einen Freimaurerring.

Ich warf einen Blick auf die Karte und gab sie ihm zurück. »Nein, danke«, sagte ich.

»Aber–«

»Ich brauche keine Versicherung«, sagte ich. »Und Sie würden auch keine mit mir abschließen wollen. Ich stelle ein erhöhtes Risiko dar.«

Er gab ein Geräusch von sich, bei dem es sich um nervöses Lachen handeln konnte. »Mein Gott«, sagte er. »Natürlich würden Sie das denken, oder? Ich bin nicht hergekommen, um Ihnen etwas zu verkaufen. Ich kann mich nicht daran erinnern, wann ich zum letzten Mal eine Einzelpolice abgeschlossen habe. Mein Gebiet sind Sammelpolicen für Unternehmen.« Er legte die Visitenkarte zwischen uns auf das blaukarierte Tischtuch. »Bitte«, sagte er.

Die Karte identifizierte ihn als Charles F. London, Generalvertreter von Mutual Life of New Hampshire. Als Adresse war 42 Pine Street angegeben, unten im Finanzdistrikt Manhattans. Es gab zwei Telefonnummern, eine von dort, die andere mit einer 914er-Vorwahl. Das musste ein nördlicher Vorort sein. Wahrscheinlich in Westchester County.

Ich hielt noch immer seine Karte, als Trina an den Tisch kam, um unsere Bestellungen aufzunehmen. Er fragte nach Dewar's und Soda. Ich hatte noch eine halbe Tasse Kaffee. Als sie außer Hörweite war, sagte er: »Francis Fitzroy hat Sie empfohlen.«

»Francis Fitzroy.«

»Detective Fitzroy. Dreizehntes Revier.«

»Oh, Frank«, sagte ich. »Ich hab ihn schon seit einer Weile nicht mehr gesehen. Ich wusste nicht einmal, dass er jetzt am Dreizehnten ist.«

»Ich habe gestern Nachmittag mit ihm gesprochen.« Er nahm die Brille ab, polierte die Gläser mit seiner Serviette. »Wie ich gesagt habe, er hat sie empfohlen, und ich wollte eine Nacht drüber schlafen. Ich habe nicht viel geschlafen. Heute Morgen hatte ich Termine, dann bin ich in Ihr Hotel gegangen. Dort sagte man mir, dass ich Sie vielleicht hier finden könnte.«

Ich wartete.

»Wissen Sie, wer ich bin, Mr. Scudder?«

»Nein.«

»Ich bin der Vater von Barbara Ettinger.«

»Barbara Ettinger. Ich weiß nicht – warten Sie einen Moment.«

Trina brachte seinen Drink, stellte ihn ab und entfernte sich, ohne ein Wort zu sagen. Seine Finger schlossen sich um das Glas, aber er hob es nicht vom Tisch auf.

Ich sagte: »Der Eispickel-Mörder. Kenne ich den Namen daher?«

»Richtig.«

»Das muss vor zehn Jahren gewesen sein.«

»Neun.«

»Sie war eines der Opfer. Ich tat damals drüben in Brooklyn Dienst. Am

Achtundsiebzigsten Revier, Bergen Street, Ecke Flatbush Avenue. Es war unser Fall, oder?«

»Ja.«

Ich schloss die Augen und rief die Erinnerung wach. »Sie war eines der letzten Opfer. Das fünfte oder sechste.«

»Das sechste.«

»Und es gab noch zwei nach ihr, dann hat er das Geschäft aufgegeben. Barbara Ettinger. Sie war Lehrerin. Nein, aber so etwas in der Art. Ein Hort. Sie hat in einem Kinderhort gearbeitet.«

»Sie haben ein gutes Gedächtnis.«

»Es könnte besser sein. Ich war gerade lange genug mit dem Fall befasst, um festzustellen, dass es sich wieder um den Eispickel-Mörder handelte. An diesem Punkt haben wir den Fall an diejenigen, die bereits seine Morde bearbeiteten, abgegeben. An das Revier Midtown North, denke ich. In der Tat, ich denke, dass Frank Fitzroy damals am Midtown North war.«

»Das ist korrekt.«

Ich wurde plötzlich von der Erinnerung überwältigt. Ich sah eine Küche in Brooklyn vor mir, Kochgerüche, die vom Gestank eines kürzlichen Todes übertüncht wurden. Eine junge Frau lag auf dem Linoleum, die Kleidung in Unordnung, unzählige Wunden an ihrem Körper. Ich konnte mich nicht an ihr Gesicht erinnern, nur daran, dass sie tot war.

Ich trank meinen Kaffee aus, während ich mir wünschte, es wäre purer Bourbon. Gegenüber von mir nahm Charles London einen kleinen, zaghaften Schluck von seinem Scotch. Ich sah die Freimaurersymbole auf seinem Goldring an und fragte mich, was sie bedeuten sollten und was sie ihm bedeuteten.

Ich sagte: »Er hat im Zeitraum von ein paar Monaten acht Frauen ermordet. Ist dabei immer auf die gleiche Weise vorgegangen, hat sie während der Tagesstunden in ihrem eigenen Zuhause angegriffen. Vielfache Wunden mit einem Eispickel. Hat achtmal zugeschlagen und dann das Geschäft aufgegeben.«

Er schwieg.

»Dann, neun Jahre später, wird er geschnappt. Wann war das? Vor zwei Wochen?«

»Fast drei.«

Ich hatte den Zeitungsartikeln darüber nicht allzu viel Aufmerksamkeit geschenkt. Zwei Streifenpolizisten in der Upper West Side hatten eine verdächtige Gestalt angehalten und beim Filzen einen Eispickel entdeckt. Sie hatten den Kerl mit aufs Revier genommen und seine Daten überprüft, wobei sich herausstellte, dass er gerade einen ausgedehnten Aufenthalt im Manhattan State Hospital hinter sich gebracht hatte. Jemand machte sich die Mühe, ihn zu fragen, was er mit dem Eispickel vorhatte, und sie hatten ein Glück, wie man es nur an besonderen Tagen hat. Bevor irgendjemand kapiert hatte, was ablief, hatte er bereits eine ganze Latte von ungelösten Morden gestanden.

»Sein Foto war in der Zeitung«, sagte ich. »Ein kleiner Typ, oder nicht? Ich kann mich nicht an seinen Namen erinnern.«

»Louis Pinell.«

Ich blickte ihn an. Seine Hände ruhten auf dem Tisch, die Fingerspitzen berührten sich leicht und er sah auf seine Hände hinab. Ich sagte, dass er bestimmt sehr erleichtert war, weil der Mann nun nach all diesen Jahren endlich in Haft saß.

»Nein«, sagte er.

Das Musikstück ging zu Ende. Der Sprecher im Radio pries Abonnements für eine von der Audubon Society herausgegebene Zeitschrift an. Ich saß da und wartete.

»Ich wünsche mir fast, dass sie ihn nicht gefasst hätten«, sagte Charles London.

»Warum?«

»Weil er Barbara nicht umgebracht hat.«

Später recherchierte ich und las alle drei New Yorker Zeitungen. Es lief darauf hinaus, dass Pinell sieben der Eispickel-Morde gestanden hatte, während er vehement seine Unschuld hinsichtlich des achten beteuerte. Selbst wenn ich diese Information beim erstmaligen Lesen wahrgenommen hatte, hatte ich ihr keine größere Beachtung geschenkt. Wer kann schon beurteilen, an was sich ein psychopathischer Mörder neun Jahre nach seinen Taten noch erinnern kann?

Laut London hatte Pinell ein besseres Alibi als sein eigenes Gedächtnis. Am Abend vor der Ermordung von Barbara Ettinger war Pinell aufgrund der Beschwerde einer Tresenkraft in einem Café in den östlichen Zwanzigern

Straßen festgenommen worden. Man hatte ihn zur Beobachtung ins Bellevue gesteckt, zwei Tage dortbehalten und dann entlassen. Aus Polizeiberichten und Klinikdokumenten ging eindeutig hervor, dass er sich in einer geschlossenen Abteilung befunden hatte, als Barbara Ettinger ermordet worden war.

»Ich habe versucht, mir einzureden, dass jemandem ein Fehler unterlaufen sein musste«, sagte London. »Ein Sachbearbeiter konnte beim Eintragen des Aufnahme- oder Entlassungsdatums einen Fehler begangen haben. Aber es gab keinen Fehler. Und Pinell war in diesem Zusammenhang äußerst unnachgiebig. Er war absolut bereit dazu, die anderen Morde zuzugeben. Ich vermute, er war auf irgendeine Art und Weise stolz auf sie. Aber die Vorstellung, dass ihm ein Mord zugeschrieben wurde, den er nicht begangen hatte, machte ihn wirklich wütend.«

Er hob sein Glas, stellte es aber wieder ab, ohne daraus zu trinken. »Ich habe vor Jahren aufgegeben«, sagte er. »Ich hatte mich damit abgefunden, dass Barbaras Mörder niemals gefasst werden würde. Als die Mordserie so plötzlich aufhörte, nahm ich an, dass der Mörder entweder gestorben oder in eine andere Stadt gezogen war. Mein Fantasiebild war, dass er einen Augenblick schrecklicher Klarheit gehabt hatte, dass er erkannt hatte, was er getan hatte, und sich dann umgebracht hatte. Es machte die Sache einfacher für mich, wenn ich in der Lage war, das zu glauben, und nach dem, was mir einmal ein Polizist erzählt hat, nehme ich an, dass so etwas gelegentlich vorkommt. Ich fing an, es so aufzufassen, als wäre Barbara einer Naturgewalt zum Opfer gefallen, als wäre sie bei einem Erdbeben oder bei einer Überschwemmung ums Leben gekommen. Ihr Tod war unpersönlich, ihr Mörder unbekannt und nicht zu ermitteln. Verstehen Sie, was ich meine?«

»Ich denke, ja.«

»Aber jetzt hat sich alles geändert. Barbara wurde nicht von einer Naturgewalt getötet. Sie wurde von jemandem ermordet, der es so aussehen ließ, als wäre es die Tat des Eispickel-Mörders. Ihr Tod war ein sehr kaltblütiger und kalkulierter Mord.« Er schloss einen Moment lang die Augen. An der Seite seines Gesichts bewegte sich ein Muskel. »Jahrelang habe ich gedacht, dass sie ohne jeglichen Grund ermordet wurde«, sagte er. »Und das war schrecklich. Aber jetzt muss ich denken, dass sie aus einem bestimmten Grund ermordet wurde, und das ist noch schlimmer.«

»Ja.«

»Ich bin zu Detective Fitzroy gegangen, um herauszufinden, was die Polizei unternehmen wird. Genau genommen bin ich nicht direkt zu ihm gegangen. Ich bin an eine Stelle gegangen und sie haben mich an eine andere geschickt. Sie haben mich herumgereicht, verstehen Sie, weil sie zweifellos gehofft haben, dass ich irgendwann unterwegs die Lust verlieren und sie in Ruhe lassen würde. Schließlich habe ich mit Detective Fitzroy gesprochen. Er hat mir gesagt, dass man nichts unternehmen wird, um Barbaras Mörder zu finden.«

»Was haben Sie erwartet, dass man tun wird?«

»Den Fall wieder aufnehmen. Ermittlungen anstellen. Fitzroy hat mich dazu gebracht einzusehen, dass meine Erwartungen unrealistisch waren. Zuerst bin ich wütend geworden, aber er hat mit mir darüber gesprochen, bis ich mich beruhigt hatte. Er sagte, dass der Mord neun Jahre her ist. Dass es damals keine Anhaltspunkte oder Verdächtige gegeben hatte und es jetzt schon gleich gar keine geben würde. Dass sie vor Jahren jegliche Hoffnung hinsichtlich aller acht Morde aufgegeben hatten und die Tatsache, dass sie jetzt sieben von ihnen aufklären und abschließen können, einfach ein Geschenk des Himmels ist. Soviel ich weiß, gibt es sehr viele Mörder, die frei herumlaufen.«

»Ich befürchte, das stimmt.«

»Aber ich habe ein spezielles Interesse an diesem speziellen Mord.« Seine kleinen Hände hatten sich zu Fäusten verkrampft. »Sie muss von jemandem ermordet worden sein, der sie gekannt hat. Jemand, der zu ihrer Beerdigung gekommen ist, jemand, der vorgegeben hat, um sie zu trauern. Mein Gott, ich ertrage das nicht!«

Ein paar Minuten lang sagte ich nichts. Ich erregte Trinas Aufmerksamkeit und bestellte einen Drink. Diesmal pur. Ich hatte für eine Weile genug Kaffee getrunken. Als sie ihn brachte, trank ich die Hälfte davon und spürte, wie sich die Wärme in mir ausbreitete und dem Tag etwas von seiner Kälte nahm.

Ich sagte: »Was wollen Sie von mir?«

»Ich will, dass Sie herausfinden, wer meine Tochter ermordet hat.«

Keine große Überraschung. »Das ist wahrscheinlich unmöglich«, sagte ich.

»Ich weiß.«

»Wenn es jemals eine Spur gab, hatte sie neun Jahre lang Zeit, kalt zu werden. Was kann ich tun, das die Polizei nicht tun kann?«

»Sie können sich bemühen. Das ist etwas, das die nicht können, oder zumindest etwas, das sie nicht tun *werden*, was aufs Gleiche hinausläuft. Ich sage nicht, dass es falsch ist, dass die den Fall nicht wieder aufnehmen. Aber die Sache ist die: Ich will, dass sie es tun, und ich kann nichts dagegen machen, dass sie es nicht tun. Aber in Ihrem Fall, nun, ich kann Sie engagieren.«

»Nicht wirklich.«

»Wie bitte?«

»Sie können mich nicht engagieren«, erklärte ich ihm. »Ich bin kein Privatdetektiv.«

»Fitzroy hat gesagt–«

»Detektive haben eine Lizenz«, fuhr ich fort. »Ich nicht. Sie füllen Formulare aus, fassen Berichte in dreifacher Ausfertigung ab, reichen Belege ein, um ihre Ausgaben abzurechnen. Sie füllen Einkommenssteuererklärungen aus. Detektive machen all das, ich nicht.«

»Und was machen Sie, Mr. Scudder?«

Ich zuckte mit den Schultern. »Manchmal tue ich jemandem einen Gefallen«, sagte ich, »und manchmal gibt mir jemand etwas Geld. Um mir auch einen Gefallen zu tun.«

»Ich denke, ich verstehe.«

»Tun Sie das?« Ich trank den Rest meines Drinks. Ich dachte an die Leiche in der Küche in Brooklyn. Weiße Haut, kleine Tropfen schwarzen Bluts an den Stichwunden. »Sie wollen, dass ein Mörder zur Rechenschaft gezogen wird«, sagte ich. »Sie sollten besser einsehen, dass das unmöglich ist. Selbst wenn der Mörder da draußen ist, selbst wenn es einen Weg gibt herauszufinden, um wen es sich handelt, wird es nach all diesen Jahren keine Beweise mehr geben. Es gibt keinen Eispickel mit Blutspuren, der bei irgendjemandem in der Schublade liegt. Selbst wenn ich Glück habe und eine Spur finde, wird sich daraus nichts ergeben, was man vor Gericht verwenden könnte. Jemand hat ihre Tochter ermordet und ist damit davongekommen, und das lässt Sie nicht ruhen. Würde es nicht noch frustrierender sein zu wissen, wer es war, und nichts unternehmen zu können?«

»Ich will es trotzdem wissen.«

»Sie könnten Dinge erfahren, die Ihnen nicht gefallen werden. Sie haben es selbst gesagt – jemand hatte wahrscheinlich einen Grund dafür, Ihre Tochter zu töten. Vielleicht sind Sie glücklicher, wenn Sie den Grund nicht erfahren.«

»Das ist möglich.«

»Aber Sie wollen das Risiko eingehen.«

»Ja.«

»Nun, ich vermute, ich kann versuchen, ein paar Gespräche zu führen.« Ich zog meinen Kugelschreiber und mein Notizbuch aus der Tasche, öffnete das Notizbuch auf einer leeren Seite, nahm die Kappe des Kugelschreibers ab. »Ich kann genauso gut mit Ihnen anfangen«, sagte ich.

Wir redeten fast eine Stunde lang miteinander und ich machte mir viele Notizen. Ich bestellte mir einen weiteren doppelten Bourbon und teilte ihn mir ein. Er ließ Trina seinen Drink abräumen und eine Tasse Kaffee holen. Sie schenkte ihm zweimal nach, bevor wir fertig waren.

Er wohnte in Hastings-on-Hutson in Westchester County. Die Familie war aus der Stadt dorthin gezogen, als Barbara fünf und ihre jüngere Schwester Lynn drei Jahre alt gewesen war. Vor drei Jahren, etwa sechs Jahre nach Barbaras Tod, war Londons Frau Helen an Krebs gestorben. Jetzt lebte er alleine dort. Hin und wieder dachte er daran, das Haus zu verkaufen, aber bis jetzt hatte er es noch nicht fertiggebracht, es bei einem Immobilienmakler auflisten zu lassen. Er vermutete, dass er es früher oder später tun würde und dann entweder in die Stadt ziehen oder sich eine Wohnung mit Garten irgendwo in Westchester zulegen würde.

Barbara war sechsundzwanzig gewesen. Sie wäre jetzt fünfunddreißig, wenn sie noch leben würde. Keine Kinder. Als sie starb, war sie ein paar Monate schwanger gewesen, wovon London erst nach ihrem Tod erfahren hatte. Als er mir das sagte, überschlug sich seine Stimme.

Douglas Ettinger hatte ein paar Jahre nach Barbaras Tod wieder geheiratet. Während seiner ersten Ehe war er ein Sozialarbeiter im Sozialamt gewesen, aber er hatte diesen Beruf kurz nach dem Mord aufgegeben und war in den Einzelhandel gewechselt. Der Vater seiner zweiten Frau besaß ein Sportgeschäft auf Long Island und hatte Ettinger nach der Hochzeit zu seinem Partner gemacht. Ettinger lebte in Mineola mit seiner Frau und zwei oder drei Kindern – London war sich unsicher, was die genaue Zahl anbetraf. Er war zu Helen Londons Beerdigung gekommen, aber seitdem hatte London keinen Kontakt mehr zu ihm. Er hatte auch Ettingers zweite Frau nie kennengelernt.

Lynn London würde im nächsten Monat dreiunddreißig werden. Sie wohnte in Chelsea und unterrichtete Viertklässler in einer privaten Reformschule im Village. Sie hatte kurz nach Barbaras Ermordung geheiratet, aber sie und ihr Ehemann hatten sich nach etwas mehr als zwei Jahren Ehe getrennt und waren kurz darauf geschieden worden. Keine Kinder.

Er erwähnte andere Leute. Nachbarn, Freunde. Die Betreiberin des Kinderhorts, in dem Barbara gearbeitet hatte. Eine dortige Kollegin. Ihre beste Freundin am College. Manchmal erinnerte er sich an Namen, manchmal nicht, aber er gab mir dies und das, woran ich anknüpfen konnte. Nicht, dass es unbedingt irgendwohin führen würde.

Er schweifte oft ab. Ich versuchte nicht, ihn zurückzuhalten. Ich dachte, dass ich ein besseres Bild der toten Frau bekommen würde, wenn er seinen Gedanken freien Lauf ließ, aber selbst so bekam ich sie nicht wirklich zu fassen. Ich erfuhr, dass sie attraktiv war, als Teenager beliebt gewesen war und in der Schule gute Noten gehabt hatte. Sie war daran interessiert gewesen, Leuten zu helfen, hatte die Arbeit mit Kindern geliebt und hatte selbst eine Familie gründen wollen. Das Bild, das sich daraus ergab, war das einer Frau ohne Laster und mit den langweiligsten Tugenden, in einem Alter zwischen Kindheit und dem, das sie niemals erreichen sollte. Ich bekam das Gefühl, dass er sie nicht wirklich gut gekannt hatte, dass er durch seine Arbeit und seine Rolle als ihr Vater daran gehindert worden war, eine wirklich verlässliche Wahrnehmung von ihr als Person zu entwickeln.

Das ist nicht ungewöhnlich. Die meisten Menschen kennen ihre Kinder nicht wirklich, bevor die Kinder selbst Eltern werden. Und Barbara hatte dafür nicht lange genug gelebt.

*　　*　　*

Als ihm die Dinge ausgingen, die er mir erzählen konnte, überflog ich meine Notizen, dann schloss ich das Notizbuch. Ich sagte ihm, dass ich sehen würde, was ich tun konnte.

»Ich werde etwas Geld brauchen«, sagte ich.

»Wie viel?«

Ich weiß nie, wie ich den Preis festlegen soll. Was war zu wenig und was zu viel? Ich wusste, dass ich Geld brauchte – ein chronischer Zustand bei mir – und dass er wahrscheinlich mehr als genug davon hatte. Versicherungsvertreter können viel oder wenig verdienen, aber ich vermutete, dass es wahrscheinlich ziemlich einträglich war, Sammelpolicen an Unternehmen zu verkaufen. Ich warf in Gedanken eine Münze und kam auf die Summe von fünfzehnhundert Dollar.

»Und was wird mir das kaufen, Mr. Scudder?«

Ich antwortete ihm, dass ich das wirklich nicht wusste. »Es wird meine Bemühungen kaufen«, sagte ich. »Ich werde daran arbeiten, bis ich etwas herausfinde oder mir klargeworden ist, dass es nichts herauszufinden gibt. Wenn das der Fall ist, bevor ich denke, dass ich mir Ihr Geld verdient habe, werden Sie etwas davon zurückbekommen. Und wenn ich das Gefühl habe, dass mir mehr zusteht, werde ich Sie das wissen lassen. Dann können Sie entscheiden, ob Sie mir mehr zahlen wollen oder nicht.«

»Das ist ziemlich unkonventionell, oder?«

»Vielleicht fühlen Sie sich dabei unbehaglich.«

Er dachte darüber nach, sagte aber nichts. Stattdessen zog er sein Scheckbuch hervor und fragte, auf wen er den Scheck ausstellen sollte. Für Matthew Scudder, sagte ich ihm. Er füllte den Scheck aus, trennte ihn aus dem Buch und legte ihn auf den Tisch zwischen uns.

Ich nahm ihn nicht auf. Ich sagte: »Sie wissen, dass ich nicht die einzige Alternative zur Polizei bin. Es gibt große Detektivkanzleien mit vielen Mitarbeitern, die auf sehr viel konventionellere Weise arbeiten. Sie berichten detailliert, sie belegen jeden Cent ihrer Auslagen. Darüber hinaus haben die sehr viel mehr Ressourcen als ich.«

»Das hat Detective Fitzroy auch gesagt. Er sagte, dass es ein paar größere Detekteien gäbe, die er empfehlen könnte.«

»Aber er hat mich empfohlen?«

»Ja.«

»Warum?« Natürlich kannte ich den Grund, aber es war nicht der, den er London genannt haben würde.

London lächelte zum ersten Mal. »Er meinte, dass Sie ein verrückter Hurensohn sind«, sagte er. »Das waren seine Worte, nicht meine.«

»Und?«

»Er sagte, dass Sie sich auf eine Weise darin vertiefen könnten, wie es eine große Detektei niemals tun würde. Wenn Sie sich in etwas verbeißen, lassen Sie nicht locker. Er sagte, dass es zwar unwahrscheinlich ist, es Ihnen aber trotzdem gelingen könnte herauszufinden, wer Barbara ermordet hat.«

»Das hat er gesagt?« Ich nahm den Scheck, sah ihn an, faltete ihn in der Mitte. Ich sagte: »Nun, er hat Recht. Es ist nicht ausgeschlossen.«

Kapitel 2

Es war zu spät, um auf die Bank zu gehen. Nachdem sich London verabschiedet hatte, beglich ich meine Zeche und ließ mir an der Bar Geld gegen einen Schuldschein geben. Meine erste Anlaufstation würde das Dreizehnte Revier sein, und es gehört sich nicht, dort mit leeren Händen aufzutauchen.

Ich rief zuerst an, um sicherzustellen, dass er dort sein würde, dann nahm ich einen Bus in östlicher Richtung und einen anderen nach Süden. Das Armstrong's ist in der 9th Avenue, um die Ecke von meinem Hotel in der 57th Street. Das Dreizehnte Revier befindet sich im Erdgeschoss der Polizeiakademie, einem modernen achtstöckigen Gebäude, in dem Kurse für neue Beamte und Vorbereitungskurse für die Sergeants- und Lieutenants-Prüfungen abgehalten werden. Es gibt ein Schwimmbecken und eine Halle mit Geräten für Krafttraining und einer Laufbahn. Man kann am Kampfsportunterricht teilnehmen und beim Üben in der Schießanlage seine Ohren ruinieren.

Ich fühlte mich so wie immer, wenn ich ein Polizeirevier betrete. Wie ein Hochstapler, und noch dazu kein sonderlich guter. Ich hielt am Empfangsschalter und sagte, dass ich zu Detective Fitzroy wollte. Der uniformierte Beamte winkte mich weiter. Wahrscheinlich nahm er an, dass ich ein vertrauenswürdiger Kollege war. Ich muss noch immer aussehen wie ein Cop, mich auf diese Weise bewegen oder so. Andere Menschen nehmen mich so wahr. Selbst Cops.

Ich ging weiter in den Dienstraum und fand Fitzroy an einem Schreibtisch in der Ecke, wo er einen Bericht tippte. Auf dem Tisch standen ein halbes Dutzend Kaffeebecher aus Styropor, in jedem von ihnen noch ungefähr zwei Fingerbreit dünner Kaffee. Fitzroy deutete auf einen Stuhl und ich nahm Platz, während er mit der Tipperei weitermachte. Ein paar Schreibtische weiter drangsalierten zwei Cops einen mageren jungen Schwarzen mit Froschaugen. Ich vermutete, dass man ihn beim Kümmelblättchen-Abzocken geschnappt hatte. Sie nahmen ihn nicht allzu hart in die Mangel, aber es war auch nicht gerade ein Jahrhundertverbrechen.

Fitzroy sah so aus, wie ich ihn in Erinnerung gehabt hatte, vielleicht ein bisschen älter und ein bisschen fülliger. Ich denke nicht, dass er sehr viel Zeit auf der Laufbahn verbringt. Er hatte ein fleischiges irisches Gesicht und kurzgeschorenes graues Haar, und nicht allzu viele Leute hätten ihn mit einem Buchhalter, einem Dirigenten oder einem Taxifahrer verwechselt. Oder mit einer Schreibkraft – er bearbeitete die Schreibmaschine relativ schnell, benützte dabei aber nur zwei Finger.

Schließlich war er fertig und schob die Schreibmaschine zur Seite. »Ich schwöre, es ist alles nur Papierkram«, sagte er. »Das und Gerichtstermine. Wer hat da noch Zeit, um zu ermitteln? Hallo, Matt.« Wir gaben uns die Hände. »Ist 'ne Weile her. Du siehst gar nicht so übel aus.«

»Sollte ich das?«

»Nein, natürlich nicht. Willst du Kaffee? Milch und Zucker?«

»Schwarz geht in Ordnung.«

Er ging durch den Raum zum Kaffeeautomaten und kam mit einem weiteren Paar von Styroporbechern zurück. Die beiden Detectives fuhren damit fort, den Kartenbetrüger zu hänseln, und sagten ihm, dass sie ihn im Verdacht hatten, der Schlitzer von der 1st Avenue zu sein. Der Junge schlug sich für seinen Teil relativ wacker bei diesem Geplänkel.

Fitzroy setzte sich, blies auf seinen Kaffee, nahm einen Schluck, verzog das Gesicht. Er zündete sich eine Zigarette an und lehnte sich in seinem Drehstuhl zurück. »Dieser London«, sagte er. »Hast du mit ihm gesprochen?«

»Vorhin.«

»Was denkst du? Wirst du ihm helfen?«

»Ich weiß nicht, ob das das richtige Wort dafür ist. Ich hab ihm gesagt, dass ich einen Versuch wagen werde.«

»Ja, ich hab vermutet, dass da was für dich rausspringen könnte, Matt. Da ist ein Kerl, den es juckt, ein paar Dollar loszuwerden. Du weißt, wie das ist, es scheint, als wäre seine Tochter noch mal von Neuem ermordet worden, und er braucht das Gefühl, dass er etwas unternimmt. Nun, es gibt nichts, was er *tun* könnte, aber wenn er ein paar Dollar ausgibt, wird er sich vielleicht besser fühlen. Und warum sollten die nicht an einen guten Mann gehen, der sie gebrauchen kann? Er hat einen Haufen Kohle, weißt du. Es ist nicht so, als wenn du es einem verkrüppelten Zeitungsjungen abnehmen würdest.«

»Davon gehe ich aus.«

»Also wirst du einen Versuch wagen«, sagte er. »Das ist gut. Er wollte, dass ich ihm jemanden empfehle, und da hab ich gleich an dich gedacht. Warum das Geschäft nicht einem Freund zukommen lassen, oder? Die Menschen kümmern sich umeinander, das hält die Welt am Laufen. Wird das nicht immer behauptet?«

Ich hatte fünf Zwanzig-Dollar-Scheine in meiner Hand verborgen, während er den Kaffee geholt hatte. Nun beugte ich mich vor und steckte sie ihm in die Hand. »Nun, ich kann ein paar Tage Arbeit gut gebrauchen«, sagte ich. »Ich weiß es zu schätzen.«

»Hör zu, ein Freund ist ein Freund, oder?« Er ließ das Geld verschwinden. Ein Freund ist ein Freund, klar, aber ein Gefallen ist ein Gefallen und nichts ist umsonst, weder innerhalb noch außerhalb der Polizeibehörde. Aber warum sollte das auch nicht so sein? »Also, du läufst herum und stellst ein paar Fragen«, fuhr er fort. »Du kannst ihn so lange zappeln lassen, bis ihm die Lust vergeht, und du musst dir dafür nicht den Arsch aufreißen. Neun Jahre, verdammt noch mal. Wenn du diesen Fall löst, stecken wir dich in ein Flugzeug nach Dallas, damit du herausfinden kannst, wer JFK ermordet hat.«

»Die Spur dürfte ziemlich kalt sein.«

»Kälter als der Arsch eines Eskimos in einer sternenklaren Winternacht. Wenn es damals einen Grund dafür gegeben hätte anzunehmen, dass es sich nicht nur um einen weiteren Eintrag im Terminkalender des Eispickel-Mörders gehandelt hat, dann hätte vielleicht jemand herumgeschnüffelt. Aber du weißt ja, wie die Sache läuft.«

»Klar.«

»Wir haben jetzt diesen Kerl in der 1st Avenue, der sich Leute auf der Straße schnappt, mit einem Fleischermesser auf sie losgeht. Wir müssen davon ausgehen, dass es sich um zufällige Angriffe handelt, oder? Wir gehen nicht zum Ehemann des Opfers und fragen ihn, ob sie es mit dem Postboten getrieben hat. Mit dieser Wie-hieß-sie-noch, Ettinger, war es das Gleiche. Vielleicht *hat* sie es mit dem Postboten getrieben und vielleicht wurde sie deshalb ermordet, aber es schien damals keinen Anlass zu geben, das herauszufinden, und es wird eine reife Leistung sein, es jetzt zu tun.«

»Nun, ich kann zumindest mal einen Versuch unternehmen.«

»Klar, warum nicht?« Er tippte auf eine akkordeonförmige Aktenmappe. »Ich hab das für dich raussuchen lassen. Warum gibst du dich nicht ein paar Minuten lang der leichten Lektüre hin? Es gibt jemanden, mit dem ich sprechen muss.«

Er blieb etwas mehr als eine halbe Stunde lang weg. Ich verbrachte die Zeit damit, mich durch die Akte über den Eispickel-Mörder hindurchzuarbeiten. Als ich damit anfing, hatten die beiden Detectives den Kartenbetrüger in eine Zelle gesteckt und waren eilig abgezogen, offenbar um einem Tipp hinsichtlich des 1st-Avenue-Schlitzers nachzugehen. Der Schlitzer hatte auf dem Gebiet des Dreizehnten Reviers zugeschlagen, nur ein paar Blocks vom Revier selbst entfernt, und sie waren offenkundig sehr bestrebt danach, ihn hinter Schloss und Riegel zu bekommen.

Ich war mit der Akte fertig, als Frank Fitzroy zurückkam. Er sagte: »Nun? Hat es was gebracht?«

»Nicht sehr viel. Ich hab mir ein paar Sachen notiert. Vor allem Namen und Adressen.«

»Vielleicht stimmen die nach neun Jahren nicht mehr. Die Leute ziehen um. Ihr ganzes verdammtes Leben ändert sich.«

Bei Gott, meines hatte sich geändert. Neun Jahre zuvor war ich ein Detective beim NYPD gewesen. Ich hatte auf Long Island in einem Haus mit Vorgarten, Garten hinter dem Haus, Grill, einer Frau und zwei Söhnen gelebt. Mein Leben hatte eine neue Richtung eingeschlagen, auch wenn es manchmal schwierig war zu bestimmen, wohin es führte. Aber auf jeden Fall hatte sich mein Leben verändert.

Ich tippte auf die Aktenmappe. »Pinell«, sagte ich. »Wie sicher ist es, dass er Barbara Ettinger nicht umgebracht hat?«

»So sicher wie das Amen in der Kirche, Matt. Hundertpro. Er war zu dem Zeitpunkt im Bellevue.«

»Man hat davon gehört, dass sich Leute rein- und rausgeschlichen haben.«

»Mag sein, aber er hat in einer Zwangsjacke gesteckt. Das schränkt die Bewegungsfreiheit etwas ein. Außerdem gibt es Dinge, in denen sich der Ettinger-Mord von den anderen unterscheidet. Man bemerkt sie nur, wenn man nach ihnen sucht, aber es gibt sie.«

»Wie was?«

»Die Anzahl der Wunden. Ettinger hatte die geringste Anzahl von Wunden unter allen acht Opfern. Der Unterschied ist nicht riesig, aber vielleicht ist er groß genug, um von Bedeutung zu sein. Außerdem hatten alle anderen Opfer Wunden an den Schenkeln. Ettinger hatte nichts an den Schenkeln oder Beinen, keine Einstiche. Die Sache ist die, es gab auch unter den anderen Opfern gewisse Variationen. Er hat die Morde nicht nach einem festen Schema durchgeführt. Deshalb sind die Abweichungen bei Ettinger damals nicht aufgefallen. Weniger Wunden und keine Wunden an den Schenkeln, man konnte annehmen, dass er sich beeilen musste, dass er jemanden gehört hatte oder gedacht hatte, jemanden gehört zu haben. Dass er nicht die Zeit gehabt hatte, ihr das volle Programm zu verabreichen.«

»Klar.«

»Die Sache, durch die es so offensichtlich war, dass sie vom Eispickel-Kerl kaltgemacht worden war, nun, du weißt, was das war.«

»Die Augen.«

»Richtig.« Er nickte anerkennend. »Allen Opfern war in die Augen gestochen worden. Ein Stich in jeden Augapfel. Das stand nie in der Zeitung. Wir haben es verschwiegen, so wie wir immer versuchen, ein oder zwei Dinge zu verschweigen, um zu verhindern, dass uns die Psychopathen mit falschen Geständnissen zum Narren halten. Du würdest nicht glauben, wie viele Scherzbolde sich bereits wegen der Schlitzereien in der 1st Avenue von selbst gestellt haben.«

»Ich kann es mir vorstellen.«

»Und man muss sie alle unter die Lupe nehmen und dann über jedes Verhör einen Bericht abfassen, was die wirkliche Drecksarbeit dabei ist. Egal, zurück zu Ettinger. Der Eispickel-Kerl hatte es immer auf die Augen abgesehen. Wir haben dieses Detail für uns behalten, und diese Ettinger hatte es ins Auge bekommen, also wovon sollten wir ausgehen? Wer kümmert sich einen Dreck über Stiche in die Oberschenkel, wenn man einen Einstich im Augapfel vorzuweisen hat?«

»Aber es war nur ein Auge.«

»Richtig. Okay, das ist eine Abweichung, aber es steht im Einklang mit der geringeren Anzahl an Wunden und dem Fehlen an den Schenkeln. Er hatte es eilig. Keine Zeit, es richtig zu machen. Wärst du nicht auch davon ausgegangen?«

»Jeder würde es.«

»Natürlich. Willst du noch Kaffee?«

»Nein, danke.«

»Ich denke, ich verzichte auch. Hab heute eh schon zu viel von dem Zeug getrunken.«

»Wie denkst du jetzt darüber, Frank?«

»Ettinger? Was ich denke, was passiert ist?«

»Mhm.«

Er kratzte sich am Kopf. An seiner Stirn bildeten sich zu beiden Seiten der Nase vertikale Linien. »Ich denke nicht, dass die Sache sonderlich kompliziert war«, sagte er. »Ich denke, jemand hat Zeitung gelesen und ferngesehen und wurde durch die Geschichten über den Eispickel-Kerl scharf. Ab und zu bekommt man es mit solchen Nachahmern zu tun. Es handelt sich um Psychopathen, die nicht genug Fantasie haben, sich ihre eigene Masche auszudenken, weshalb sie als Trittbrettfahrer die Verrücktheiten anderer imitieren. Irgend so ein durchgeknallter Typ hat die Sechs-Uhr-Nachrichten geguckt und ist losgezogen, um sich einen Eispickel zu besorgen.«

»Und hat sie aus Zufall ins Auge gestochen?«

»Möglich. Könnte sein. Oder vielleicht erschien es ihm wie eine tolle Idee, genau wie Pinell. Oder es ist doch was durchgesickert.«

»Daran habe ich auch gedacht.«

»Soweit ich mich erinnern kann, wurde es in den Zeitungen und den Nachrichten nicht erwähnt. Die Stiche in die Augen, meine ich. Aber vielleicht gab es doch was darüber und wir haben sie danach zum Schweigen gebracht, aber da hatte es dieser Psychopath schon gelesen oder gehört und war davon beeindruckt. Oder vielleicht ist es nie in die Medien gelangt, hat sich aber trotzdem rumgesprochen. Wenn man ein paar hundert Cops hat, die davon wissen, plus die Leute, die bei den Autopsien anwesend sind, und noch die Leute, die die Berichte lesen, alle Schreibtischhengste und so, und jeder von denen erzählt es drei Leuten, die es dann ihrerseits herumerzählen, wie lange dauert es dann, bis eine Unmenge von Leuten darüber Bescheid weiß?«

»Ich verstehe, was du meinst.«

»Wenn überhaupt, dann sieht es durch die Sache mit den Augen so aus, als wäre es nur ein Psychopath gewesen. Ein Kerl, der es einmal wegen des Kicks ausprobiert hat und es dann gelassen hat.«

»Warum denkst du das, Frank?«

Er lehnte sich zurück, verschränkte die Finger hinter dem Kopf. »Nun, nehmen wir an, es war der Ehemann«, sagte er. »Nehmen wir an, er will sie umbringen, weil sie es mit dem Postboten treibt, und er will, dass es so aussieht wie der Eispickel-Mörder. Damit er selbst nicht den Kopf dafür hinhalten muss. Wenn er von den Augen weiß, dann wird er sich beide vornehmen, oder? Er wird kein Risiko eingehen. Ein Durchgeknallter, das ist was anderes. Der bearbeitet ein Auge, weil man das eben machen kann, und dann langweilt es ihn vielleicht, also lässt er das andere sein. Wer weiß, was in deren verdammten Köpfen vorgeht?«

»Wenn es irgendein Psychopath war, gibt es kaum eine Möglichkeit, ihm auf die Spur zu kommen.«

»Natürlich gibt es keine. Neun Jahre später und du suchst nach einem Mörder ohne Motiv? Das ist wie eine Nadel in einem Heuhaufen, in dem es überhaupt keine Nadel gibt. Aber das ist kein Problem. Du nimmst dich der Sache an und spielst ein bisschen damit herum, und wenn es lange genug gedauert hat, erklärst du London einfach, dass es ein Psychopath gewesen sein muss. Glaub mir, er wird sich freuen, das zu hören.«

»Warum?«

»Weil es das ist, was er vor neun Jahren geglaubt hat, und er hat sich an den Gedanken gewöhnt. Er hat ihn akzeptiert. Jetzt hat er Angst, dass es jemand war, den er kennt, und das macht ihn verrückt. Also wirst du die ganze Sache für ihn untersuchen und ihm sagen, dass alles in Ordnung ist, die Sonne geht noch immer jeden Morgen im Osten auf und seine Tochter ist noch immer gottverdammter höherer Gewalt zum Opfer gefallen. Dann kann er sich wieder entspannen und mit seinem Leben weitermachen. Das wird wahrscheinlich sein Geld wert sein.«

»Du hast vermutlich Recht.«

»Natürlich hab ich Recht. Du könntest dir sogar das Herumrennen ersparen, eine Woche lang einfach nur auf deinen vier Buchstaben herumsitzen und ihm dann sagen, was du ihm sowieso sagen wirst. Aber ich vermute nicht, dass du es so machen wirst, oder?«

»Nein, ich werde mich bemühen.«

»Ich hab vermutet, dass du es zumindest versuchen wirst. Der Punkt ist, du bist noch immer ein Cop, Matt, oder etwa nicht?«

»Vermutlich. Auf gewisse Weise. Was auch immer das bedeutet.«

»Du hast keinen festen Job, oder? Du schnappst dir einfach ein bisschen Arbeit wie diese, wenn es sich ergibt?«

»Richtig.«

»Hast du jemals daran gedacht, zurückzukommen?«

»Zur Polizei? Nicht sehr oft. Und niemals ernsthaft.«

Er zögerte. Es gab Fragen, die er mir stellen wollte, Dinge, die er mir sagen wollte, aber er beschloss, sie unausgesprochen zu lassen. Ich war dafür dankbar. Er stand auf, ich ebenfalls. Ich bedankte mich für seine Zeit und die Informationen, und er sagte, ein alter Freund wäre ein alter Freund und es sei ihm ein Vergnügen, einem Kumpel auszuhelfen. Niemand von uns erwähnte die einhundert Dollar, die den Besitzer gewechselt hatten. Warum sollten wir auch? Er hatte sich gefreut, sie zu bekommen, und ich hatte mich gefreut, sie zu geben. Eine Gefälligkeit ist wertlos, solange man nicht dafür bezahlt. Auf die eine oder andere Weise bezahlt man immer dafür.

Kapitel 3

Es hatte leicht geregnet, während ich bei Fitzroy gewesen war. Als ich wieder nach draußen kam, regnete es nicht mehr, aber es fühlte sich nicht so an, als wäre es für diesem Tag schon vorbei damit. Ich genehmigte mir einen Drink um die Ecke in der 3rd Avenue und sah dabei einen Teil der Nachrichten. Sie zeigten das Phantombild des Schlitzers, das gleiche Bild, das sich auf der Titelseite der *Post* befand. Auf ihm war ein Schwarzer mit rundem Gesicht, gestutztem Bart und einer Kappe auf dem Kopf zu sehen. Verrückter Eifer funkelte in seinen großen, mandelförmigen Augen.

»Wenn man sich vorstellt, dass so einer auf der Straße auf einen zu-kommt«, sagte der Barkeeper. »Ich sage Ihnen, eine Menge Leute besorgt sich deshalb einen Waffenschein. Ich denke selbst darüber nach, den Antrag auszufüllen.«

Ich erinnerte mich an den Tag, an dem ich aufgehört hatte, eine Waffe zu tragen. Es war derselbe Tag gewesen, an dem ich meine Polizeimarke abge-geben hatte. Ich hatte mich eine Zeitlang ohne das Eisen an meiner Hüfte furchtbar verletzlich gefühlt, aber jetzt konnte ich mich kaum noch daran erinnern, wie es sich überhaupt angefühlt hatte, bewaffnet herumzulaufen.

Ich trank meinen Drink aus und ging. Würde sich der Barkeeper eine Waffe kaufen? Wahrscheinlich nicht. Es sprechen mehr Leute darüber, als es tatsächlich tun. Aber immer wenn die richtige Art von Irrem für Schlagzei-len sorgt, ein Schlitzer oder ein Eispickel-Mörder, holt sich eine gewisse An-zahl von Leuten einen Waffenschein und eine gewisse Anzahl von anderen Leuten besorgt sich illegal Waffen. Dann betrinken sich einige von ihnen und erschießen ihre Ehefrauen. Aber keiner von ihnen scheint es jemals hin-zubekommen, den Schlitzer zu erledigen.

Ich ging Richtung Norden und kehrte bei einem Italiener ein, um zu Abend zu essen, bevor ich ein paar Stunden in der Hauptbibliothek in der 42nd Street verbrachte, wo ich alte Zeitungen auf Mikrofilm und neue und alte Polk-Adressverzeichnisse durchging. Ich machte mir ein paar Notizen, aber nicht allzu viele. Vor allem war ich darum bemüht, mich in den Fall zu vertiefen und die Vergangenheit wachzurufen.

Als ich die Bibliothek verließ, regnete es. Ich nahm ein Taxi zum Armstrong's, schnappte mir einen Hocker an der Bar und machte es mir gemütlich. Es gab Leute zum Reden und Bourbon zum Trinken, mit genug Kaffee, um die Müdigkeit fernzuhalten. Ich trank nicht sehr heftig, ließ mich nur dahintreiben, kam über die Runden, stand es durch. Sie würden überrascht sein, was ein Mensch alles durchstehen kann.

Der nächste Tag war ein Freitag. Zum Frühstück las ich die Zeitung. In der Nacht hatte der Schlitzer nicht zugeschlagen, aber es hatte auch keine Fortschritte in dem Fall gegeben. In Ecuador waren mehrere hundert Menschen bei einem Erdbeben gestorben. In der letzten Zeit schien es häufiger welche zu geben oder ich achtete einfach mehr auf sie.

Ich ging zu meiner Bank, ließ Charles Londons Scheck auf meinem Sparkonto gutschreiben, hob etwas Bargeld ab und bat um eine Geldanweisung für fünfhundert Dollar. Ich erhielt zur Anweisung einen Umschlag, den ich an Ms. Anita Scudder in Syosset adressierte. Ein paar Minuten lang stand ich mit dem Kugelschreiber der Bank in der Hand am Pult und dachte über eine Nachricht nach, die ich beilegen konnte, dann steckte ich die Geldanweisung allein in den Umschlag. Nachdem ich sie abgeschickt hatte, überlegte ich mir, Anita anzurufen, um ihr zu sagen, dass eine Anweisung unterwegs war, aber das schien eine noch lästigere Pflicht zu sein, als mir eine Nachricht auszudenken.

Es war kein schlechter Tag. Die Sonne war von Wolken verdeckt, aber es gab dort oben hier und da blaue Flecken und es lag ein besonderer Geruch in der Luft. Ich ging ins Armstrong's, um meinen Schuldschein zu begleichen, und verließ die Kneipe, ohne etwas zu trinken. Es war noch etwas zu früh am Tag für den ersten Drink. Ich ging einen langen Block nach Osten zum Columbus Circle und stieg in die U-Bahn.

Ich fuhr mit der Linie D bis zur Kreuzung Smith und Bergen Street und trat hinaus in den Sonnenschein. Eine Zeitlang lief ich einfach herum und versuchte, mich zurechtzufinden. Das Achtundsiebzigste Revier, an dem ich kurz stationiert gewesen war, befand sich zwar nur sechs oder sieben Blocks entfernt in östlicher Richtung, aber es war lange her und ich hatte seitdem nur wenig Zeit in Brooklyn verbracht. Es gab nichts, das mir auch nur ansatzweise bekannt vorkam. Ich befand mich in einem Teil des Bezirks, der erst ein paar Jahre zuvor einen eigenen Namen erhalten hatte. Jetzt hieß ein Teil davon Cobble Hill, ein anderer Boerum Hill und beide mischten mit ganzem Herzen bei der Wiederauferstehung der Sandsteinhäuser mit.

In New York scheinen Stadtviertel niemals stillzustehen. Entweder sie werden besser oder sie werden schlechter. Der größte Teil der Stadt schien zu zerfallen. Die ganze South Bronx bestand aus einer Aneinanderreihung von Blocks mit ausgebrannten Häusern; in Brooklyn war der gleiche Prozess dabei, Bushwick und Brownsville auszuhöhlen.

Diese Blocks hier entwickelten sich in die entgegengesetzte Richtung. Ich spazierte eine Straße hoch und eine andere zurück und begann, die Veränderungen wahrzunehmen. Es gab in jedem Block Bäume, von denen die meisten in den letzten Jahren gepflanzt worden waren. Wenngleich einige der Sandsteinhäuser und Backsteinfassaden verwahrlost waren, wies die Mehrzahl von ihnen doch erst kürzlich gestrichene Verzierungen auf. Auch in den Geschäften spiegelten sich die Veränderungen wider. Ein Naturkostladen in der Smith Street, eine Boutique an der Kreuzung Warren und Bond Street, kleine, gehobene Restaurants über die ganze Gegend verteilt.

Das Haus, in dem Barbara Ettinger gelebt hatte und umgebracht worden war, befand sich in der Wyckhoff Street zwischen Nevins und Bond Street. Es handelte sich um ein Backsteinmietshaus, fünf Stockwerke hoch, mit vier kleinen Wohnungen auf jedem Stockwerk. Es war vor dem Umbau verschont geblieben, der viele der Sandsteinhäuser wieder zu den Einfamilienhäusern gemacht hatte, die sie ursprünglich gewesen waren. Aber auch so hatte man das Gebäude etwas aufgepeppt. Ich stand im Windfang, las die Namen auf den Briefkästen und verglich sie mit denen, die ich aus einem alten Adressverzeichnis abgeschrieben hatte. Nur in sechs der zwanzig Wohnungen gab es Mieter, die zum Zeitpunkt des Mordes bereits hier gewohnt hatten.

Nur, dass man den Namen auf den Briefkästen nicht trauen darf. Menschen heiraten oder lassen sich scheiden und ihre Namen ändern sich. Eine Wohnung wird untervermietet, um den Vermieter davon abzuhalten, die Miete zu erhöhen; der Name eines schon lange verstorbenen Mieters bleibt ewig lange im Mietvertrag und auf dem Briefkasten; ein neuer Mitbewohner zieht ein und bleibt wohnen, wenn der ursprüngliche Mieter auszieht. Es gibt keine Abkürzung. Man muss an alle Türen klopfen.

Ich klingelte irgendwo, wurde reingelassen, ging ins oberste Stockwerk und arbeitete mich dann nach unten vor. Es ist ein bisschen einfacher, wenn man eine Polizeimarke vorzeigen kann, aber das Auftreten ist wichtiger als ein Ausweis, und ich konnte das Auftreten nicht ablegen, selbst wenn ich es versuchte. Ich behauptete bei niemandem, von der Polizei zu sein, aber ich unternahm auch nichts, jemanden davon abzuhalten, etwas Derartiges anzunehmen.

Die erste Person, mit der ich sprach, war eine junge Mutter in einer der nach hinten gelegenen Wohnungen im obersten Stock. Während wir sprachen, weinte ihr Baby in einem anderen Zimmer. Sie war im letzten Jahr eingezogen, sagte sie mir, und sie hatte nichts von einem Mord vor neun Jahren gehört. Sie fragte mich ängstlich, ob er sich in genau dieser Wohnung ereignet hatte, und schien erleichtert und gleichzeitig enttäuscht zu sein, als sie erfuhr, dass dem nicht so war.

Eine Frau slawischer Abstammung, deren Hände leberfleckig und von Arthritis gekrümmt waren, bot mir in ihrer Wohnung im dritten Stock eine Tasse Kaffee an. Sie ließ mich auf der Couch Platz nehmen und drehte ihren Stuhl so, dass sie mich ansah. Ursprünglich hatte er so gestanden, dass sie die Straße beobachten konnte.

Sie lebte schon seit fast vierzig Jahren in dieser Wohnung, erzählte sie mir. Bis vor vier Jahren hatte auch ihr Mann hier gelebt, aber jetzt war er tot und sie allein. Das Viertel, sagte sie, werde besser. »Aber die alten Menschen sterben. Geschäfte, in denen ich jahrelang eingekauft habe, sind verschwunden. Und die Preise für alles! Ich kann die Preise nicht glauben.«

Sie erinnerte sich an den Eispickel-Mord, auch wenn sie überrascht war, dass es schon neun Jahre her war. Ihr schien es noch nicht so lange her zu sein. Die Frau, die man ermordet hatte, sei eine nette Frau gewesen, sagte sie. »Nur nette Leute werden umgebracht.«

Abgesehen davon, dass sie nett gewesen war, schien sie sich nicht sonderlich an Barbara Ettinger erinnern zu können. Sie wusste nicht, ob Ettinger mit irgendwelchen der anderen Nachbarn besonders gut befreundet oder verfeindet gewesen war, ob sie mit ihrem Mann gut ausgekommen war oder nicht. Ich fragte mich, ob sie sich überhaupt noch daran erinnerte, wie die Frau ausgesehen hatte, und wünschte mir, ein Foto zu haben, das ich ihr zeigen konnte. Ich hätte London um eines bitten können, wenn ich daran gedacht hätte.

Eine andere Frau im dritten Stock, eine Miss Wicker, war die einzige Person, die einen Ausweis sehen wollte. Ich erklärte ihr, dass ich kein Polizist war, und sie ließ die Kette an der Tür vorgehängt und sprach durch einen fünf Zentimeter breiten Spalt mit mir, was mir nicht unvernünftig erschien. Sie wohnte erst seit ein paar Jahren im Haus, wusste von dem Mord und auch davon, dass der Eispickel-Mörder kürzlich gefasst worden war, aber weiter ging ihr Wissen nicht.

»Die Leute lassen jeden ins Haus«, sagte sie. »Wir haben eine Sprechanlage, aber die Leute öffnen einfach die Haustür, ohne sich zu vergewissern, um wen es sich handelt. Die Leute reden über Verbrechen, aber sie glauben nicht, dass sie selbst einem zum Opfer fallen könnten, bis es passiert.« Ich überlegte mir, ihr zu sagen, wie leicht man ihre Türkette mit einem Bolzenschneider durchtrennen könnte, entschied dann aber, dass ihr Angstgefühl auch so schon ausgeprägt genug war.

Viele der Mieter waren tagsüber außer Haus. Im zweiten Stock, in dem auch Barbara Ettinger gewohnt hatte, rührte sich niemand in der ersten der nach hinten liegenden Wohnungen. Ich hielt kurz vor der Nachbartür inne. Durch die Tür war der Rhythmus von Discomusik zu hören. Ich klopfte und kurze Zeit später wurde die Tür von einem Mann Ende zwanzig geöffnet. Er hatte kurzes Haar und einen Schnurrbart und trug nichts außer einer weißen Turnhose mit blauen Streifen. Sein Körper war muskulös, auf seiner gebräunten Haut glänzte eine dünne Schweißschicht.

Ich nannte ihm meinen Namen und sagte ihm, dass ich ihm ein paar Fragen stellen wollte. Er ließ mich in die Wohnung, schloss die Tür und ging dann an mir vorbei durch das Zimmer zum Radio. Er drehte es ungefähr auf halbe Lautstärke, wartete, dann schaltete er es ganz aus.

In der Mitte des teppichlosen Parkettbodens lag eine große Matte. Auf ihr befanden sich eine Langhantel und zwei Kurzhandeln, auf dem Parkett daneben ein Springseil. »Ich habe gerade trainiert«, sagte er. »Wollen Sie sich nicht setzen? Dieser Stuhl ist der bequeme. Der andere eignet sich für einen kurzen Besuch, aber man würde nicht auf ihm leben wollen.«

Ich nahm auf dem Stuhl Platz und er setzte sich im Schneidersitz auf die Matte. Seine Augen leuchteten auf, als ich den Mord in 3-A erwähnte. »Donald hat mir davon erzählt«, sagte er. »Ich bin erst vor etwas mehr als einem Jahr eingezogen, aber Donald lebt schon seit ewigen Zeiten hier. Er hat miterlebt, wie das Viertel ausgesprochen schick wurde. Glücklicherweise hat sich dieses spezielle Haus seine grundlegende Vulgarität bewahrt. Sie werden wahrscheinlich mit Donald sprechen wollen, aber er wird vor sechs oder halb sieben nicht von der Arbeit nach Hause kommen.«

»Wie lautet Donalds Nachname?«

»Gilman.« Er buchstabierte es. »Und ich bin Rolfe Waggoner. Rolfe mit einem E am Ende. Ich habe gerade erst über den Eispickel-Mörder gelesen. Natürlich erinnere ich mich nicht an den Fall. Damals war ich noch in der Highschool. Das war Zuhause in Indiana – in Muncie in Indiana – und das ist sehr weit weg von hier.« Er dachte einen Moment lang nach. »Auf mehr als eine Weise«, sagte er.

»War Mr. Gilman mit den Ettingers befreundet?«

»Darauf könnte er besser antworten als ich. Sie haben den Mann geschnappt, der es getan hat, oder? Ich habe gelesen, dass er mehrere Jahre in einer Nervenklinik war und niemand jemals geahnt hat, dass er jemanden umgebracht hat. Dann wurde er entlassen und man hat ihn gefasst und er hat gestanden, oder?«

»So ungefähr.«

»Und jetzt wollen Sie sichergehen, dass Sie stichfeste Beweise gegen ihn haben.« Er lächelte. Er hatte ein nettes, offenes Gesicht und schien sich auf der Matte in Turnhosen ziemlich behaglich zu fühlen. Schwule waren früher sehr viel verschlossener, vor allem gegenüber Cops. »Es muss kompliziert sein mit etwas, das schon so viele Jahre her ist. Haben Sie mit Judy gesprochen? Judy Fairborn, sie hat jetzt die Wohnung, in der die Ettingers gewohnt haben. Sie arbeitet abends, sie kellnert, also sollte sie jetzt zu Hause sein, wenn sie keine Audition hat oder eine Tanzstunde oder einkaufen ist oder – nun, sie wird zu Hause sein, wenn sie nicht ausgegangen ist, aber das ist ja immer so, oder?« Er lächelte erneut und zeigte mir seine perfekten, gleichmäßigen Zähne. »Aber vielleicht haben Sie schon mit ihr gesprochen.«

»Noch nicht.«

»Sie ist neu. Ich denke, sie ist vor ungefähr sechs Monaten eingezogen. Würden Sie überhaupt mit ihr reden wollen?«

»Ja.«

Er löste sich aus dem Schneidersitz und sprang locker auf die Beine. »Ich werde Sie miteinander bekanntmachen«, sagte er. »Ich zieh mir nur schnell was an. Dauert nicht lang.«

Er kam in Jeans, einem Flanellhemd und Laufschuhen ohne Socken zurück. Wir gingen über den Korridor und er klopfte an der Tür von 3-A. Ein Augenblick der Stille, dann Schritte und eine Frauenstimme, die wissen wollte, wer an der Tür war.

»Nur Rolfe«, sagte er. »In Begleitung eines Herrn von der Polizei, der Sie in die Mangel nehmen möchte, Ms. Fairborn.«

»Was?«, fragte sie und öffnete die Tür. Sie hätte Rolfes Schwester sein können mit dem gleichen hellbraunen Haar, den gleichen regelmäßigen Gesichtszügen, dem gleichen offenen Gesichtsausdruck des Mittleren Westens. Sie trug ebenfalls Jeans, dazu einen Pullover und Pennyloafer. Rolfe stellte mich vor und sie trat zur Seite, um uns hereinzulassen. Sie wusste nichts über die Ettingers, ihr Wissen über den Mord beschränkte sich auf die Tatsache, dass er sich in dieser Wohnung ereignet hatte. »Ich bin froh, dass ich nicht davon gewusst habe, bevor ich eingezogen bin«, sagte sie. »Denn vielleicht hätte ich mich davon verängstigen lassen und das wäre albern gewesen, oder nicht? Wohnungen sind schwer zu finden. Wer kann es sich da leisten, abergläubisch zu sein?«

»Niemand«, sagte Rolfe. »Nicht auf diesem Wohnungsmarkt.«

Sie sprachen über den 1st-Avenue-Schlitzer und über eine Welle an Einbrüchen, die sich in letzter Zeit in der Gegend ereignet hatte, darunter auch ein Einbruch im Erdgeschoss ihres Hauses eine Woche zuvor. Ich fragte, ob ich einen Blick in die Küche werfen dürfte. Als ich die Frage stellte, war ich schon auf dem Weg. Ich denke, dass ich mich sowieso an die räumliche Anordnung erinnert hätte, aber ich war an diesem Tag bereits in anderen Wohnungen im Haus gewesen und sie glichen sich alle.

Judy fragte: »Ist es dort passiert? In der Küche?«

»Wo hast du denn gedacht?«, fragte Rolfe. »Im Schlafzimmer?«

»Ich denke, ich hab nicht darüber nachgedacht.«

»Du hast dir wirklich keine Gedanken gemacht? Hört sich nach Verdrängung an.«

»Vielleicht.«

Ich hörte ihrem Gespräch nicht länger zu. Ich versuchte, mich an den Raum zu erinnern, versuchte, neun Jahre abzuschütteln und wieder dort zu stehen, über Barbara Ettingers Leiche gebeugt. Sie hatte in der Nähe des Herds gelegen, die Beine in die Mitte der kleinen Küche gestreckt, der Kopf dem Wohnzimmer zugewandt. Der Boden war mit Linoleum belegt gewesen, das jetzt verschwunden war; der ursprüngliche Holzboden war restauriert und und mit einer glänzenden Polyurethanschicht überzogen worden. Der Herd sah neu aus und der Putz war entfernt worden, um die Backsteine der Hauswand zum Vorschein zu bringen. Ich konnte mir nicht sicher sein, ob die Backsteine nicht damals schon zu sehen gewesen waren, ebenso wenig wie ich mir sicher sein konnte, was von meinem geistigen Bild überhaupt stimmte. Das Gedächtnis ist ein hilfsbereites Tier, es bemüht sich zu gefallen; was es nicht aufzubieten hat, erfindet es gelegentlich, wobei es sorgfältig darauf bedacht ist, die Lücken zu füllen.

Warum in der Küche? Die Wohnungstür führte ins Wohnzimmer. Sie hatte ihn hereingelassen, entweder weil sie ihn kannte oder obwohl sie ihn nicht kannte, und was dann? Er zog den Eispickel hervor und sie versuchte, vor ihm zu fliehen? Hatte sich mit der Ferse im Linoleum verfangen und war hingefallen und dann hatte er sich mit dem Pickel auf sie gestürzt?

Die Küche diente als Durchgangszimmer zwischen Wohnzimmer und Schlafzimmer. Vielleicht war er ihr Liebhaber gewesen und sie waren auf dem Weg ins Bett gewesen, als er sie mit ein paar Zentimetern spitzen Stahls überrascht hatte. Aber hätte er dann nicht gewartet, bis sie dort waren, wo sie hinwollten?

Vielleicht hatte sie etwas auf dem Herd gehabt. Vielleicht hatte sie ihm eine Tasse Kaffee gemacht. Die Küche war zu klein, um darin zu essen, aber mehr als groß genug, damit zwei Menschen dort bequem im Stehen warten konnten, bis das Wasser kochte.

Dann eine Hand über ihren Mund, um die Schreie zu dämpfen, und einen Stich ins Herz, um sie zu töten. Danach genügend weitere Stiche mit dem Eispickel, damit es so aussah wie die Tat des Eispickel-Mörders.

War sie an der ersten Wunde gestorben? Ich erinnerte mich an

Blutstropfen. Tote bluten nicht sehr stark, aber die meisten Stichwunden auch nicht. Die Autopsie hatte eine Wunde im Herzen für ihren mehr oder weniger sofortigen Tod verantwortlich gemacht. Es konnte die erste Wunde gewesen sein oder die letzte, die ihr zugefügt worden war, nach allem was im Bericht des Gerichtsmediziners zu lesen war.

Judy Fairborn füllte einen Wasserkessel, entfachte den Brenner auf dem Herd mit einem Streichholz und schenkte drei Tassen mit Pulverkaffee ein, als das Wasser kochte. Ich hätte gerne Bourbon in meinem Kaffee gehabt, oder statt des Kaffees, aber niemand bot welchen an. Wir trugen unsere Tassen ins Wohnzimmer und sie sagte: »Sie haben ausgesehen, als hätten Sie einen Geist gesehen. Nein, das stimmt nicht. Sie haben ausgesehen, als hätten Sie Ausschau nach einem gehalten.«

»Vielleicht habe ich genau das getan.«

»Ich bin mir nicht sicher, ob ich an Geister glaube oder nicht. Sie sollen häufiger sein, wenn es sich um einen plötzlichen Tod handelt, wenn das Opfer nicht erwartet hatte zu sterben. Die Theorie ist, dass die Seele nicht erkennt, dass sie gestorben ist, also bleibt sie an Ort und Stelle, weil sie nicht weiß, wie sie auf die nächste Existenzebene übertreten soll.«

»Ich dachte, sie wandeln herum, um nach Rache zu rufen«, sagte Rolfe. »Ihr wisst schon, Ketten herumschleppen, dafür sorgen, dass der Holzboden knarrt.«

»Nein, sie wissen es einfach nicht besser. Was man in so einem Fall macht, man holt sich jemand, der den Geist bannt. So nennt man das, den Geist bannen. Es ist eine Art von Exorzismus. Der Geisterexperte, oder wie auch immer man ihn nennt, kommuniziert mit dem Geist und erklärt ihm, was passiert ist und dass er übertreten soll. Und dann kann der Geist dorthin gehen, wohin auch immer Geister gehen.«

»Glaubst du das wirklich alles?«

»Ich bin mir nicht sicher, was ich glaube«, sagte sie. Sie streckte die Beine aus, dann schlug sie sie wieder über einander. »Falls Barbara in dieser Wohnung spukt, ist sie dabei sehr zurückhaltend. Keine knarrenden Fußbodenbretter, keine mitternächtlichen Erscheinungen.«

»Der typische unauffällige Geist«, sagte Rolfe.

»Ich werde heute Nacht Albträume haben«, sagte sie. »Wenn ich überhaupt schlafen kann.«

*   *   *

Ich klopfte ohne großen Erfolg an die Türen in den unteren Stockwerken. Entweder waren die Mieter nicht zu Hause oder sie hatten mir nichts Nützliches zu sagen. Der für das Gebäude zuständige Hausmeister wohnte in einer Kellerwohnung in einem ähnlichen Haus im nächsten Block, aber ich sah keinen Sinn darin, ihn aufzusuchen. Er hatte den Job erst seit ein paar Monaten, und die alte Frau im dritten Stock hatte mir gesagt, dass es im Laufe der letzten neun Jahre vier oder fünf verschiedene Hausmeister gegeben hatte.

Als ich das Haus verließ, war ich froh über die frische Luft, froh, wieder auf der Straße zu sein. Ich hatte etwas in Judy Fairborns Küche gespürt, auch wenn ich nicht so weit gehen würde, es als Geist zu bezeichnen. Es hatte sich so angefühlt, als würde etwas aus vergangenen Jahren an mir zerren und versuchen, mich in die Tiefe zu ziehen.

Ob es sich dabei um Barbara Ettingers Vergangenheit handelte oder um meine eigene, war etwas, das ich nicht entscheiden konnte.

Ich suchte eine Kneipe an der Kreuzung Dean und Smith Street auf. Es gab Sandwiches und eine Mikrowelle, um sie aufzuwärmen, aber ich war nicht hungrig. Ich kippte einen Drink, auf den ich langsam ein kleines Bier folgen ließ. Der Barkeeper saß auf einem hohen Hocker und trank aus einem großen Glas etwas, das wie Wodka aussah. Die anderen beiden Gäste, Schwarze etwa meines Alters, befanden sich am anderen Ende der Bar und verfolgten eine Gameshow im Fernsehen. Von Zeit zu Zeit redete einer von ihnen auf den Fernseher ein.

Ich blätterte ein paar Seiten in meinem Notizbuch durch, ging zum Telefon und schlug im Verzeichnis für Brooklyn nach. Den Kinderhort, in dem Barbara Ettinger gearbeitet hatte, schien es nicht mehr zu geben. Ich prüfte die Gelben Seiten, um herauszufinden, ob es einen Eintrag mit einem anderen Namen an derselben Adresse gab. Fehlanzeige.

Der Hort hatte sich in der Clinton Street befunden und es war schon so lange her, dass ich in diesem Viertel gewesen war, dass ich jemanden nach dem Weg fragen musste. Aber nachdem man ihn mir erklärt hatte, waren es nur ein paar Blocks zu Fuß. Die Grenzen der Viertel in Brooklyn sind normalerweise nicht eindeutig festgelegt – die Viertel selbst sind häufig weitgehend die Erfindung von Immobilienmaklern –, aber als ich über die Court Street ging, verließ ich Boerum Hill und betrat Cobble Hill, und es war nicht schwer, den Unterschied zu sehen. Cobble Hill war ein oder zwei Schattierungen schicker. Mehr Bäume, ein höherer Anteil an Sandsteinhäusern, mehr weiße Gesichter auf der Straße.

Ich fand die gesuchte Hausnummer in der Clinton Street zwischen der Pacific und der Amity Street. Es gab dort keinen Kinderhort. Der Laden im Erdgeschoss bot Zubehör zum Stricken und Gobelinsticken an. Die Inhaberin, eine mollige Erdenmutter mit einem goldenen Schneidezahn, wusste nichts von einem Kinderhort. Sie hatte vor eineinhalb Jahren hier aufgemacht, nachdem ein Vollwertkost-Restaurant pleitegegangen war. »Ich hab einmal dort gegessen«, sagte sie. »Die hatten es *verdient*, pleitezugehen. Das können Sie mir glauben.«

Sie gab mir den Namen des Vermieters und seine Nummer. Ich versuchte, ihn von der Straßenecke aus anzurufen, aber es war immer besetzt, also spazierte ich hinüber in die Court Street und stieg die Treppe hoch in den ersten Stock. Es gab nur eine Person im Büro, einen jungen Mann mit hochgerollten Hemdsärmeln, vor dem sich auf dem Schreibtisch ein großer runder Aschenbecher mit Zigarettenstummeln befand. Während er telefonierte, rauchte er eine Zigarette nach der anderen. Die Fenster waren geschlossen und der Raum war rauchgeschwängert wie ein Nachtclub um vier Uhr morgens.

Als er den Hörer auflegte, schnappte ich ihn mir, bevor das Telefon erneut klingeln konnte. Sein eigenes Gedächtnis reichte über das Vollwertkost-Restaurant zu einem Laden für Kinderkleidung zurück, der ebenfalls dort pleitegegangen war. »Jetzt haben wir Stricken«, sagte er. »Wenn ich einen Tipp abgeben müsste, würde ich sagen, dass sie in einem Jahr nicht mehr dort sein wird. Wie viel kann man verdienen, wenn man Garn verkauft? Was passiert, ist, dass jemand ein Hobby hat, etwas, für das er sich interessiert, also meint er, ein Geschäft aufmachen zu müssen. Vollwertkost, Stricken, egal, was es ist, die haben absolut keine Ahnung davon, wie man ein Geschäft führt, und nach ein oder zwei Jahren sind sie erledigt. Sie wird den Mietvertrag vorzeitig kündigen und wir vermieten den Laden innerhalb eines Monats neu, für das Doppelte von dem, was sie bezahlt. Es ist ein

Mietermarkt in einem gehobenen Viertel.« Er griff zum Telefon. »Tut mir leid, dass ich Ihnen nicht weiterhelfen kann«, sagte er.

»Sehen Sie in Ihren Unterlagen nach«, sagte ich.

Er erklärte mir, dass er viele wichtige Dinge zu tun hatte, aber auf halbem Weg wurde aus seiner Behauptung ein Jammern. Ich nahm auf einem alten Drehstuhl aus Eiche Platz und ließ ihn in seinen Akten herumsuchen. Er öffnete und schloss ein halbes Dutzend Schubladen, bevor er eine Mappe herauszog und sie auf den Tisch knallte.

»Bitte schön«, sagte er. »Happy Hours Kinderhort. Was für ein Name, oder?«

»Was passt daran nicht?«

»Happy Hour heißt es normalerweise in einer Kneipe, wenn die Drinks nur die Hälfte kosten. Tolle Idee, einen Ort für die Kleinen so zu nennen, finden Sie nicht auch?« Er schüttelte den Kopf. »Und dann fragen die sich, warum sie pleitegehen.«

Ich hatte kein Problem mit dem Namen.

»Die Mieterin war eine gewisse Mrs. Corwin. Janice Corwin. Hat für den Laden einen Mietvertrag über fünf Jahre abgeschlossen, nach vier Jahren aufgegeben. Hat die Räumlichkeiten vor acht Jahren im März geräumt.« Das wäre ein Jahr nach Barbara Ettingers Tod gewesen. »Herrgott, wenn man sich die Miete ansieht, glaubt man es kaum. Wissen Sie, was die gezahlt hat?«

Ich schüttelte den Kopf.

»Nun, Sie haben die Räumlichkeiten gesehen. Nennen Sie eine Summe.« Ich blickte ihn an. Er drückte eine Zigarette aus und zündete sich eine neue an. »Hundertfünfundzwanzig. Einhundertfünfundzwanzig Dollar im Monat. Jetzt liegt sie bei sechshundert, und sie wird in dem Augenblick, in dem die Strick-Lady auszieht oder ihr Vertrag abläuft, steigen. Was auch immer als Erstes passiert.«

»Haben Sie eine Nachsendeadresse für Corwin?«

Er schüttelte den Kopf. »Ich habe eine Wohnanschrift. Wollen Sie die?« Er nannte eine Hausnummer in der Wyckoff Street. Das Haus war nur ein paar Häuser von dem entfernt, in dem die Ettingers gewohnt hatten. Ich schrieb mir die Adresse auf. Er las eine Telefonnummer vor, die ich mir ebenfalls notierte.

Sein Telefon klingelte. Er hob ab, meldete sich, hörte eine Zeitlang zu und antwortete einsilbig. Dann sagte er nach kurzem Zögern: »Hören Sie, ich hab jemanden hier im Büro. Ich werde Sie in ein paar Minuten zurückrufen, in Ordnung?«

Er legte auf und fragte mich, ob das alles wäre. Mir fiel nichts anderes mehr ein. Er nahm die Mappe in die Hände. »Vier Jahre war sie dort«, sagte er. »Die meisten geben im ersten Jahr auf. Wenn man es durch das erste Jahr schafft, hat man eine Chance. Zwei Jahre und man hat eine gute Chance. Wissen Sie, was das Problem ist?«

»Was?«

»Frauen«, sagte er. »Die sind Amateure. Die sind nicht darauf angewiesen, damit erfolgreich zu sein. Die machen ein Geschäft auf, so wie sie ein Kleid anprobieren. Wenn ihnen die Farbe nicht gefällt, ziehen sie es wieder aus. Wenn das alles ist, ich hab ein paar Anrufe zu erledigen.«

Ich dankte ihm für seine Hilfe.

»Hören Sie«, sagte er, »ich bin immer hilfsbereit. Das liegt in meiner Natur.«

Ich wählte die Nummer, die ich von ihm bekommen hatte, und bekam eine Spanisch sprechende Frau ans andere Ende der Leitung. Sie wusste nichts über jemanden namens Janice Corwin und blieb nicht lange genug am Apparat, damit ich sie irgendetwas anderes hätte fragen können. Ich warf ein weiteres Zehn-Cent-Stück ein und wählte die Nummer noch einmal. Vielleicht hatte ich mich beim ersten Mal verwählt. Als sich dieselbe Frau meldete, brach ich die Verbindung ab.

Wenn ein Telefon abgestellt wird, dauert es fast ein Jahr, bis die Nummer jemand anderem zugeteilt wird. Natürlich hätte Mrs. Corwin ihre Nummer ändern können, ohne aus der Wyckoff Street wegzuziehen. Das wird häufig genug gemacht, vor allem von Frauen, um obszöne Anrufer abzuschütteln.

Trotzdem vermutete ich, dass sie weggezogen war, aus Brooklyn, aus den fünf Bezirken, aus dem Staat. Ich fing an, zurück zur Wyckoff Street zu gehen, brachte einen halben Block hinter mich, drehte mich um, ging in die entgegengesetzte Richtung, wollte mich wieder umdrehen.

Ich zwang mich dazu, stehen zu bleiben. Ich hatte ein mulmiges Gefühl in meiner Brust und in meinem Magen. Ich warf mir vor, meine Zeit zu verschwenden, und fing an, mich zu fragen, warum ich Londons Scheck überhaupt akzeptiert hatte. Seine Tochter lag seit neun Jahren im Grab, und wer auch immer sie getötet hatte, hatte wahrscheinlich schon vor langer Zeit ein neues Leben in Australien angefangen. Alles, was ich machte, war Wasser treten.

Ich stand da und wartete, bis die Intensität des Gefühls nachließ, weil ich wusste, dass ich nicht in die Wyckoff Street zurückgehen wollte. Ich würde später wieder hingehen, wenn Donald Gilman von der Arbeit nach Hause gekommen war. Dann konnte ich Corwins Adresse überprüfen. Bis dahin fiel mir nichts ein, was ich hinsichtlich des Ettinger-Mords unternehmen wollte. Aber es gab etwas, mit dem sich das mulmige Gefühl bekämpfen ließ.

Eine Tatsache in Bezug auf Brooklyn ist, dass man nie sonderlich weit gehen muss, bis man zu einer Kirche kommt. Sie sind in diesem Bezirk allgegenwärtig.

Diejenige, auf die ich zuerst stieß, befand sich in der Court Street, Ecke Congress Street. Die Kirche selbst war verschlossen und das eiserne Tor abgesperrt, aber ein Schild wies mich zur St. Elizabeth's Chapel gleich um die Ecke. Durch einen Durchgang kam ich zu einer einstöckigen Kapelle, die zwischen der Kirche und dem Pfarrhaus versteckt war. Ich musste dazu über einen mit Efeu bepflanzten Hof gehen, den eine Tafel als die Grabstätte von Cornelius Heeney identifizierte. Ich machte mir nicht die Mühe zu lesen, wer Heeney gewesen war oder warum man ihn hier verstaut hatte. Ich ging zwischen den Reihen weißer Statuen hindurch in die kleine Kapelle. Die einzige andere Person im Inneren war eine gebrechliche Irin, die in der ersten Reihe kniete. Ich setzte mich auf eine der hinteren Bänke.

Es fällt mir schwer, mich daran zu erinnern, wann ich damit angefangen habe, mich in Kirchen zu setzen. Es passierte irgendwann, nachdem ich den Dienst quittiert hatte, nachdem ich aus dem Haus in Syosset aus- und von Anita und den Jungs weggezogen war und mich in einem Hotel in der westlichen 57th Street eingenistet hatte. Ich vermute, ich entdeckte Kirchen als

Festungen der Ruhe und des Friedens, zwei Dinge, die man in New York nur schwer bekommt.

Ich saß in dieser hier fünfzehn oder zwanzig Minuten lang. Es war friedlich, und allein dadurch, dass ich dort saß, verschwand etwas von dem Gefühl, das ich vorher gehabt hatte.

Bevor ich die Kapelle verließ, zählte ich einhundertfünfzig Dollar ab. Auf dem Weg nach draußen steckte ich das Geld in einen Schlitz, neben dem »Für die Armen« stand. Kurz nachdem ich damit angefangen hatte, gelegentlich Zeit in Kirchen zu verbringen, begann ich auch, meinen Zehnten zu zahlen, und ich weiß weder, warum ich damit begonnen noch warum ich niemals damit aufgehört habe. Die Frage quält mich nicht allzu sehr. Es gibt unzählige Dinge, die ich tue, ohne den Grund dafür zu kennen.

Ich weiß nicht, was sie mit dem Geld anstellen. Es interessiert mich auch nicht sonderlich. Charles London hatte mir fünfzehnhundert Dollar gegeben, eine Handlung, die nicht sehr viel mehr Sinn zu ergeben schien als meine Weitergabe von zehn Prozent dieser Summe an nicht näher bestimmte Arme.

Es gab ein Brett mit Opferkerzen und ich hielt an, um welche anzuzünden. Eine für Barbara London Ettinger, die schon seit längerer Zeit tot war, wenn auch nicht so lange wie Cornelius Heeney. Eine weitere für Estrellita Rivera, ein kleines Mädchen, das schon fast so lange tot war wie Barbara Ettinger.

Ich sprach kein Gebet. Das tue ich nie.

Kapitel 4

Donald Gilman war zwölf bis fünfzehn Jahre älter als sein Mitbewohner und ich hatte nicht den Eindruck, dass er ähnlich viel Zeit mit Kurzhanteln und Springseil verbrachte. Sein sorgfältig gekämmtes Haar war sandbraun, seine Augen kühl blau hinter einer schweren Hornbrille. Er trug eine Anzugshose, ein weißes Hemd und eine Krawatte. Seine Anzugsjacke hing über dem Stuhl, vor dem Rolfe mich gewarnt hatte.

Rolfe hatte gesagt, dass Gilman als Anwalt arbeitete, weshalb ich nicht überrascht war, als er mich aufforderte, mich auszuweisen. Ich erklärte ihm, dass ich ein paar Jahre zuvor aus dem Polizeidienst ausgeschieden war. Er runzelte bei dieser Neuigkeit die Stirn und warf Rolfe einen Blick zu.

»Ich beschäftige mich mit der Sache auf Wunsch von Barbara Ettingers Vater«, fuhr ich fort. »Er hat mich darum gebeten, Nachforschungen anzustellen.«

»Aber warum? Der Mörder ist gefasst worden, oder?«

»Es sind Zweifel aufgetaucht.«

»Ja?«

Ich erzählte ihm, dass Louis Pinell für den Tag, an dem Barbara Ettinger ermordet worden war, ein wasserdichtes Alibi hatte.

»Dann muss jemand anderes sie umgebracht haben«, sagte er sofort. »Solange sich das Alibi nicht doch als widerlegbar entpuppt. Das würde das Interesse des Vaters erklären, oder? Er verdächtigt wahrscheinlich – nun, er könnte jeden verdächtigen. Ich hoffe, Sie nehmen es mir nicht übel, wenn ich ihn anrufe, um mir bestätigen zu lassen, dass Sie in seinem Auftrag hier sind?«

»Es könnte schwierig sein, ihn zu erreichen.« Ich hatte Londons Visitenkarte behalten und zog sie nun aus meiner Brieftasche. »Er ist jetzt wahrscheinlich nicht mehr in seinem Büro, und ich denke nicht, dass er schon zu Hause angekommen ist. Er lebt allein, seine Frau ist vor ein paar Jahren gestorben, weshalb er seine Mahlzeiten sehr wahrscheinlich in Restaurants einnimmt.«

Gilman starrte die Karte einen Augenblick lang an, dann gab er sie mir zurück. Ich beobachtete sein Gesicht und konnte sehen, wie er eine Entscheidung fällte. »Nun ja«, sagte er. »Ich kann nicht sehen, was es schaden könnte, mit Ihnen zu reden, Mr. Scudder. Es ist ja nicht so, dass ich irgendetwas Bedeutsames weiß. Es ist schon ziemlich lange her, nicht wahr? Seitdem ist viel Wasser den Bach heruntergeflossen oder über den Damm oder wo auch immer es hinfließt.« Seine blauen Augen leuchteten auf. »Wo wir gerade von Flüssigem sprechen, wir gönnen uns um diese Zeit normalerweise einen Drink. Werden Sie uns Gesellschaft leisten?«

»Ja, gerne.«

»Wir mixen uns normalerweise Martinis. Oder würden Sie etwas anderes vorziehen?«

»Martinis setzen mir ein bisschen zu sehr zu«, sagte ich. »Ich denke, ich würde mich lieber an Whiskey halten. Bourbon, wenn Sie welchen haben.«

Natürlich hatten sie welchen. Sie hatten Wild Turkey, der ein oder zwei Klassen besser ist als das, was ich normalerweise trank. Rolfe schenkte mir reichlich davon in ein Old-Fashioned-Glas aus geschliffenem Kristall ein. Dann gab er Bombay-Gin in einen Krug, fügte Eiswürfel und einen Esslöffel Wermut hinzu, rührte vorsichtig um und seihte den Drink in zwei Gläser ab, die die Gegenstücke zu meinem waren. Donald Gilman hob sein Glas und brachte einen Toast auf den Freitag aus, und darauf tranken wir.

Ich nahm dort Platz, wo mich Rolfe am Nachmittag hatte sitzen lassen. Er saß wieder auf der Matte, die Arme um die angezogenen Knie geschlungen. Er trug noch immer die Jeans und das Flanellhemd, die er angezogen hatte, um mich Judy Fairborn vorzustellen. Seine Hanteln und das Sprungseil waren weggeräumt. Gilman saß auf dem Rand des unbequemen Stuhls und beugte sich vor. Er blickte in sein Glas, dann hoch zu mir.

»Ich habe versucht, mich an den Tag zu erinnern, an dem sie gestorben ist«, sagte er. »Es ist schwierig. Ich bin an diesem Tag nach der Arbeit nicht nach Hause gekommen. Ich hatte ein paar Drinks mit jemandem, dann habe ich irgendwo zu Abend gegessen und danach, denke ich, bin ich auf eine Party im Village gegangen. Es ist nicht wichtig. Der Punkt ist, dass ich erst am nächsten Morgen nach Hause gekommen bin. Ich wusste, was ich zu erwarten hatte, denn ich hatte zum Frühstück die Morgenausgabe der Zeitung gelesen. Nein, das stimmt nicht. Ich erinnere mich, dass ich mir die *News* gekauft hatte, weil sie in der U-Bahn leichter zu lesen ist, die Sache mit dem Umblättern und so. Die Schlagzeile war *Eispickel-Mörder schlägt in Brooklyn zu* oder etwas Derartiges. Ich glaube, dass er zuvor schon einen Mord in Brooklyn begangen hatte.«

»Das vierte Opfer. In Sheepshead Bay.«

»Dann habe ich vermutlich Seite drei aufgeschlagen und dort war der Artikel. Kein Foto, aber Name und Adresse, natürlich. Es gab keinen Zweifel.« Er legte eine Hand auf die Brust. »Ich erinnere mich, wie ich mich gefühlt habe. Ich war unglaublich schockiert. Man erwartet nicht, dass so etwas mit jemandem passiert, den man kennt. Und dadurch habe ich mich selbst auch so verletzlich gefühlt, müssen Sie wissen. Es ist in diesem Haus hier passiert. Ich hatte dieses Gefühl, bevor ich das Verlustgefühl hatte, das man beim Tod eines Freundes bekommt.«

»Wie gut haben Sie die Ettingers gekannt?«

»Ziemlich gut. Sie waren ein Paar, natürlich, und den meisten sozialen Kontakt hatten sie mit anderen Paaren. Aber sie haben gleich gegenüber gewohnt und ich hatte sie ab und zu auf einen Drink oder einen Kaffee bei mir zu Gast oder sie haben mich zu sich eingeladen. Ich habe ein oder zwei Partys veranstaltet, zu denen sie gekommen sind, aber sie sind nie lang geblieben. Ich denke, dass sie sich in der Gegenwart von Schwulen nicht unwohl gefühlt haben, aber nur, solange es nicht zu viele waren. Ich kann das verstehen. Niemand mag es, absolut in der Minderheit zu sein, oder? Es ist nur natürlich, dass man sich dann befangen fühlt.«

»Waren sie glücklich?«

Die Frage brachte ihn zu den Ettingers zurück und er runzelte die Stirn, während er seine Antwort abwog. »Ich vermute, er zählt zu den Verdächtigen«, sagte er. »Der Ehemann zählt immer dazu. Haben Sie ihn getroffen?«

»Nein.«

»›Waren sie glücklich?‹ Die Frage ist unvermeidbar, aber kann man sie jemals wirklich beantworten? Sie schienen glücklich. Das trifft auf die meisten Paare zu, und die meisten Paare trennen sich irgendwann, und wenn sie es tun, sind ihre Freunde immer überrascht, denn sie *schienen* so verdammt glücklich zu sein.« Er trank seinen Drink aus. »Ich denke, sie waren relativ glücklich. Sie war schwanger, als sie ermordet wurde.«

»Ich weiß.«

»Ich hatte es nicht gewusst. Ich habe es erst nach ihrem Tod erfahren.« Er vollführte eine kleine Kreisbewegung mit dem leeren Glas und Rolfe erhob sich anmutig, um Gilman nachzuschenken. Während er stand, schenkte er mir einen weiteren Wild Turkey ein. Ich spürte den ersten ein bisschen, weshalb ich es mit dem zweiten langsamer angehen ließ.

Gilman sagte: »Ich denke, dass sie davon vielleicht ruhiger geworden wäre.«

»Von dem Baby?«

»Ja.«

»Hatte sie es nötig, ruhiger zu werden?«

Er nippte an seinem Martini. »*De mortuis* und so weiter. Man zögert damit, aufrichtig über die Toten zu sprechen. Es gab eine Ruhelosigkeit in Barbara. Sie war ein kluges Mädchen, müssen Sie wissen. Sehr attraktiv, lebhaft, geistreich. Ich kann mich nicht erinnern, an welcher Uni sie studiert hatte, aber es war eine gute Uni. Doug war auf der Hofstra. Ich denke nicht, dass irgendetwas an der Hofstra nicht stimmt, aber sie ist weniger angesehen als Barbaras Alma Mater. Ich weiß nicht, warum ich mich nicht an sie erinnern kann.«

»Wellesley.« London hatte es mir gesagt.

»Natürlich. Ich hätte mich erinnern sollen. Ich bin während meiner Studienzeit selbst mit einem Mädchen vom Wellesley College gegangen. Manchmal dauert es seine Zeit, bis man sich selbst so akzeptiert, wie man ist.«

»Hat Barbara unter ihrem Stand geheiratet?«

»Das würde ich nicht sagen. Oberflächlich betrachtet, sie ist in Westchester aufgewachsen, aufs Wellesley gegangen und hat einen Sozialarbeiter geheiratet, der in Queens aufgewachsen und auf die Hofstra gegangen ist. Aber vieles davon ist einfach nur eine Frage von Etiketten.« Er nahm einen Schluck Gin. »Aber vielleicht hatte sie das Gefühl, zu gut für ihn zu sein.«

»Hatte sie jemand anderen?«

»Sie stellen sehr direkte Fragen, oder? Es fällt nicht schwer zu glauben, dass Sie bei der Polizei waren. Weshalb haben Sie den Dienst quittiert?«

»Persönliche Gründe. Hatte sie eine Affäre?«

»Es gibt nichts Schäbigeres, als sich über die Toten auszulassen, oder? Ich habe sie manchmal gehört. Sie hat ihm vorgeworfen, mit den Frauen, die er durch seine Arbeit traf, zu schlafen. Er war in der Individualbetreuung des Sozialamts tätig und das bedeutete, dass er viele alleinstehende Frauen in ihren Wohnungen aufsuchte, und wenn jemandem der Sinn nach Gelegenheitssex steht, gibt es dabei dafür bestimmt Gelegenheit. Ich weiß nicht, ob er die Gelegenheiten wirklich genutzt hat, aber er erschien mir als der Typ von Mann, der es tun würde. Und soweit ich das beurteilen kann, war sie davon überzeugt.«

»Und sie hatte eine Affäre, um es ihm heimzuzahlen?«

»Sie schalten ziemlich schnell. Ja, das denke ich, aber fragen Sie mich nicht, mit wem, weil ich keine Ahnung habe. Manchmal war ich tagsüber zu Hause. Nicht oft, aber ab und zu. Es gab Tage, an denen ich gehört habe, wie sie mit einem Mann die Treppe hochkam. Oder ich ging an ihrer Tür vorbei und hörte eine Männerstimme. Sie müssen verstehen, dass ich meine Nase nicht in die Dinge anderer stecke, weshalb ich nicht versucht habe, einen Blick auf den geheimnisvollen Besucher zu erhaschen, wer auch immer er gewesen sein mochte. Eigentlich habe ich der ganzen Sache nicht sonderlich viel Beachtung geschenkt.«

»Sie hat diesen Mann tagsüber empfangen?«

»Ich kann nicht beschwören, dass sie irgendjemanden empfangen hat. Vielleicht war es auch der Klempner, der vorbeigekommen war, um einen tropfenden Wasserhahn zu reparieren. Bitte beachten Sie das. Ich hatte nur das Gefühl, dass sie eine Affäre haben könnte, und ich wusste, dass sie ihrem Mann Untreue vorwarf, also dachte ich, dass sie vielleicht Gleiches mit Gleichem vergilt.«

»Aber es war tagsüber. Hat sie tagsüber nicht gearbeitet?«

»Oh, im Kinderhort. Soviel ich weiß, war ihre Zeiteinteilung dort ziemlich flexibel. Sie hat den Job übernommen, um etwas zu tun zu haben. Ruhelosigkeit, wieder. Sie hatte einen Abschluss in Psychologie und ursprünglich hatte sie weiterstudieren wollen, aber dann hatte sie aufgegeben, und jetzt machte sie gar nichts, weshalb sie damit angefangen hat, im Kinderhort auszuhelfen. Ich denke nicht, dass sie dort gut bezahlt wurde, und ich vermute nicht, dass es Einwände gab, wenn sie sich ab und zu mal einen Nachmittag freinahm.«

»Mit wem war sie befreundet?«

»Großer Gott. Ich hab in ihrer Wohnung Leute getroffen, aber ich kann mich an niemanden wirklich erinnern. Ich denke, die meisten ihrer Freunde waren seine Freunde. Es gab diese Frau vom Kinderhort, aber ich befürchte, deren Namen habe ich auch vergessen.«

»Janice Corwin.«

»Hieß sie so? Bei diesem Namen klingelt es nicht einmal ganz leise. Sie hat in der Nähe gewohnt. Gleich auf der anderen Straßenseite, wenn ich mich nicht irre.«

»Sie irren sich nicht. Wissen Sie, ob sie noch immer dort wohnt?«

»Keine Ahnung. Ich kann mich nicht daran erinnern, wann ich sie zum letzten Mal gesehen habe. Ich bin mir nicht einmal sicher, dass ich sie wiedererkennen würde. Ich denke, ich habe sie einmal getroffen, aber vielleicht erinnere ich mich auch nur an sie, weil Barbara von ihr gesprochen hat. Sie haben gesagt, sie hieß Corwin?«

»Janice Corwin.«

»Und der Kinderhort ist verschwunden. Er hat vor Jahren zugemacht.«

»Ich weiß.«

Das Gespräch ging nicht mehr viel weiter. Sie hatten eine Verabredung zum Abendessen und mir waren die Fragen ausgegangen. Und ich spürte die Drinks. Ich hatte den zweiten ausgetrunken, ohne mir dessen bewusst zu sein, und stellte überrascht fest, dass das Glas leer war. Ich fühlte mich nicht betrunken, aber ich fühlte mich auch nicht nüchtern. Mein Verstand hätte klarer sein können.

Die kalte Luft half. Es gab Wind. Ich zog die Schultern hoch, überquerte die Straße und ging den Block entlang zu der Adresse, die ich für Janice Corwin hatte. Das Haus entpuppte sich als vierstöckiger Backsteinbau, der vor ein paar Jahren aufgekauft worden war. Der Käufer hatte die Mieter rausgeworfen, sobald ihre Verträge ausgelaufen waren, und das Haus dann zu einem Einfamilienhaus umbauen lassen.

Laut dem Besitzer, dessen Name ich mir nicht die Mühe machte, mir zu merken, war der Umbau noch immer nicht abgeschlossen. »Es ist endlos«, sagte er. »Alles ist dreimal so schwierig, wie man meinen sollte, dauert viermal so lang und kostet fünfmal so viel. Und das sind vorsichtige Schätzungen. Wissen Sie, wie lange es dauert, bis man die alte Farbe von den Türpfosten abkriegt? Wissen Sie, wie viele Türen es in einem Haus wie diesem gibt?«

Er erinnerte sich nicht an die Namen der Mieter, die er vertrieben hatte. Der Name Janice Corwin kam ihm nicht bekannt vor. Er sagte, dass er wahrscheinlich irgendwo eine Liste der Mieter hatte, aber er wüsste nicht, wo er anfangen sollte, danach zu suchen. Außerdem würden darauf ihre Nachsendeadressen nicht enthalten sein. Ich sagte ihm, dass er sich die Mühe sparen konnte.

Ich ging zur Atlantic Avenue. Es gelang mir, zwischen den Antiquitätenläden mit ihren viktorianischen Eichenmöbeln, den Pflanzenläden und den orientalischen Restaurants ein ganz normales Café mit einem Resopaltresen und roten Kunstlederhockern zu finden. Mich verlangte mehr nach einem Drink als nach einer Mahlzeit, aber ich wusste, dass ich Probleme bekommen würde, wenn ich nichts aß. Ich bestellte ein Hacksteak mit Kartoffelpüree und grünen Bohnen und zwang mich, alles aufzuessen. Es war nicht schlecht. Ich trank zwei Tassen mittelprächtigen Kaffees und hielt auf dem Weg nach draußen an, um im Telefonbuch nach Corwin zu suchen. Es gab zwei Dutzend Corwins in Brooklyn, darunter ein oder eine J. Corwin mit einer Adresse, die aussah wie in Bay Ridge oder Bensonhurst. Ich wählte die Nummer, aber es war niemand zu Hause.

Es gab keinen Grund anzunehmen, dass sie in Brooklyn wohnte. Keinen Grund anzunehmen, dass sie unter ihrem eigenen Vornamen aufgeführt sein würde, und ich kannte den Vornamen ihres Ehemanns nicht.

Es hatte auch keinen Sinn, auf der Post nachzufragen. Dort werden Adressänderungen nicht länger als ein Jahr lang geführt und das Haus in der Wyckoff Street hatte schon vor einem sehr viel längeren Zeitraum den Besitzer gewechselt. Aber es würde Wege geben, die Corwins aufzuspüren. Es gibt normalerweise immer welche.

Ich beglich die Rechnung und hinterließ ein Trinkgeld. Der Mann hinter dem Tresen meinte, dass sich die nächste U-Bahnhaltestelle ein paar Blocks entfernt in der Fulton Street befand. Ich war bereits in der U-Bahn Richtung Manhattan, als mir einfiel, dass ich mir nicht einmal die Mühe gemacht hatte, zur Kreuzung Bergen Street und Flatbush Avenue zu gehen, um einen Blick auf das Achtundsiebzigste Revier zu werfen. Irgendwie hatte ich nicht daran gedacht.

Kapitel 5

Ich hielt kurz an der Rezeption an, als ich in mein Hotel zurückkehrte. Keine Post, keine Nachrichten. Oben auf meinem Zimmer köpfte ich eine Flasche Bourbon und schüttete ein paar Fingerbreit davon in ein Glas. Ich saß eine Zeitlang da und blätterte in einem Taschenlexikon über Heilige. Märtyrer üben eine seltsame Faszination auf mich aus. Sie haben so viele verschiedene Arten zu sterben gefunden.

Ein paar Tage zuvor hatte es einen Bericht in der Zeitung gegeben, einen Artikel auf den hinteren Seiten über einen gerade verhafteten Verdächtigen, dem die Ermordung zweier Frauen in ihrer Wohnung in East Harlem vor einem Jahr zur Last gelegt wurde. Die Opfer, Mutter und Tochter, waren im Schlafzimmer gefunden worden, beide mit einer Schusswunde hinter dem Ohr. Es hieß, die Cops seien an dem Fall drangeblieben, weil der Doppelmord so außergewöhnlich brutal gewesen war. Jetzt hatten sie eine Verhaftung vorgenommen, einen vierzehn Jahre alten Jungen in Gewahrsam genommen. Er war dreizehn, als die Frauen getötet worden waren.

Laut dem letzten Absatz des Artikels waren seit dem Doppelmord fünf weitere Menschen im Haus der Opfer oder ganz in der Nähe ermordet worden. Es hatte keine Informationen darüber gegeben, ob diese fünf Morde aufgeklärt worden waren oder ob der inhaftierte Junge verdächtigt wurde, sie ebenfalls begangen zu haben.

Ich ließ meine Gedanken schweifen. Ab und zu legte ich das Buch zur Seite und stellte fest, dass ich über Barbara Ettinger nachdachte. Donald Gilman hatte begonnen zu sagen, dass ihr Vater wahrscheinlich jemand Bestimmten verdächtigte, sich dann aber gefangen und den Namen unausgesprochen gelassen.

Vermutlich der Ehemann. Der Gatte wird immer als erster verdächtigt. Wenn Barbara nicht wie eines einer Serie von Opfern geschienen hätte, hätte man Douglas Ettinger auf jede erdenkliche Weise in die Mangel genommen.

Tatsächlich war er auch von den Detectives vom Revier Midtown North vernommen worden. Sie hatten kaum anders gekonnt. Er war nicht nur der Ehemann, er war auch die Person, die die Leiche entdeckt hatte: Als er von der Arbeit nach Hause gekommen war, hatte er sie in der Küche vorgefunden.

Ich hatte einen Bericht seiner Vernehmung gelesen. Der Mann, der sie durchgeführt hatte, hatte es als bereits erwiesen betrachtet, dass die Tat das Werk des Eispickel-Mörders war, weshalb sich seine Fragen auf Barbaras Tagesablauf konzentriert hatten, auf ihre mögliche Neigung, die Tür für Fremde zu öffnen, und darauf, ob sie möglicherweise erwähnt hatte, dass ihr jemand folgte oder sich verdächtig verhielt. War sie in der letzten Zeit von obszönen Anrufern belästigt worden? Von Leuten, die auflegten, ohne etwas zu sagen? Hatte es verdächtige Anrufer gegeben, die behauptet hatten, sich verwählt zu haben?

Bei der Befragung war man grundsätzlich davon ausgegangen, dass der Befragte unschuldig war, und diese Annahme war damals durchaus schlüssig gewesen. Offenbar hatte es nichts an Douglas Ettingers Verhalten gegeben, das Anlass zu einem Verdacht hätte geben können.

Ich versuchte zum wiederholten Mal, mir Ettinger ins Gedächtnis zurückzurufen. Mir schien es so, als müsste ich mit ihm gesprochen haben. Wir waren am Tatort, bevor die Detectives vom Midtown North eintrafen, um uns den Fall wegzunehmen, und er musste sich irgendwo dort befunden haben, während ich in der Küche stand und die auf dem Linoleum liegende Leiche anstarrte. Womöglich hatte ich ihm ein paar tröstende Worte gesagt, womöglich hatte ich einen Eindruck von ihm gewonnen, aber ich konnte mich absolut nicht mehr an ihn erinnern.

Vielleicht hatte er sich im Schlafzimmer befunden, als ich dort war, und mit einem anderen Detective oder einem der Streifenpolizisten, die zuerst am Tatort waren, gesprochen. Vielleicht hatte ich ihn niemals zu Gesicht bekommen oder wir hatten miteinander geredet und ich hatte ihn völlig vergessen. Zu dieser Zeit hatte ich bereits eine ganze Reihe von Jahre damit zugebracht, mit unzähligen frisch Trauernden zu sprechen. Sie konnten nicht alle klar und deutlich aus dem überfüllten Lagerhaus meines Gedächtnisses hervortreten.

Nun, ich würde bald genug mit ihm sprechen. Mein Klient hatte mir nicht gesagt, wen er verdächtigte, und ich hatte ihn nicht gefragt, aber es erschien logisch, dass Barbaras Mann die Liste anführte. London würde die Möglichkeit, dass sie von jemandem umgebracht worden war, den er nicht einmal kannte, von einem Freund oder Liebhaber, der ihm nichts sagte, nicht allzu sehr aus der Fassung bringen. Aber wenn sie von ihrem eigenen Gatten ermordet worden war, einem Mann, den London kannte, einem Mann, der Jahre später bei der Beerdigung von Londons Frau erschienen war –

Es gibt ein Telefon auf meinem Zimmer, aber die Anrufe laufen über die Telefonzentrale und es ist lästig, sie zu tätigen, selbst wenn es einem egal ist, ob mitgehört wird oder nicht. Ich ging hinunter in die Lobby und wählte die Nummer meines Klienten in Hastings. Er hob beim dritten Klingeln ab.

»Scudder«, sagte ich. »Ich könnte ein Foto ihrer Tochter gebrauchen. Egal was für eines, solange es ihr ähnlich sieht.«

»Ich habe Alben voller Bilder. Aber die meisten wurden gemacht, als Barbara noch ein Kind war. Sie wollen ein späteres Foto, vermute ich.«

»So spät wie möglich. Wie sieht es mit einem Hochzeitsfoto aus?«

»Oh«, sagte er. »Natürlich. Es gibt ein sehr gutes Foto von beiden. Es steht in einem silbernen Rahmen auf einem Tisch im Wohnzimmer. Ich denke, ich könnte eine Kopie anfertigen lassen. Wollen Sie, dass ich das tue?«

»Wenn es Ihnen nicht zu viel Mühe bereitet.«

Er fragte mich, ob er es per Post schicken sollte, und ich schlug vor, dass er es am Montag mit in sein Büro bringen sollte. Ich sagte ihm, dass ich telefonisch einen Zeitpunkt mit ihm vereinbaren würde, an dem ich es abholen würde. Er erkundigte sich, ob ich schon Gelegenheit gehabt hatte, mit den Ermittlungen zu beginnen, und ich antwortete ihm, dass ich den Tag in Brooklyn verbracht hatte. Ich nannte ihm ein paar Namen – Donald Gilman, Janice Corwin. Keiner davon sagte ihm etwas. Er fragte zaghaft, ob ich irgendwelche konkreten Spuren hätte.

»Es ist schon ziemlich lange her«, sagte ich.

Ich verabschiedete mich von ihm, ohne zu fragen, wen er verdächtigte. Ich fühlte mich ruhelos und ging um die Ecke ins Armstrong's. Auf dem Weg dorthin wünschte ich mir, mir die Zeit genommen zu haben, aus meinem Zimmer einen Mantel zu holen. Es war kälter geworden und der Wind war unangenehm.

Ich saß mit ein paar Krankenschwestern aus dem Roosevelt Hospital an der Bar. Eine von ihnen, Terry, hatte gerade ihre dritte Woche auf der Kinderstation hinter sich gebracht. »Ich dachte, dass mir der Dienst dort gefallen würde«, sagte sie, »aber es ist unerträglich. Kleine Kinder, es ist so viel schlimmer, wenn sie sterben. Einige von ihnen sind so tapfer, dass es einem das Herz bricht. Ich komme nicht damit klar, wirklich nicht.«

Das Bild von Estrellita Rivera blitzte in meinem Bewusstsein auf und verblasste wieder. Ich versuchte nicht, es festzuhalten. Die andere Krankenschwester sagte, mit einem Glas in der Hand, dass sie, alles in allem betrachtet, wohl Sambuca Amaretto vorzog. Oder vielleicht war es umgekehrt.

Ich ging früh nach Hause.

Kapitel 6

Auch wenn ich mich nicht daran erinnern konnte, mit Douglas Ettinger ge- sprochen zu haben, hatte ich doch ein inneres Bild von ihm. Groß und kno- chig, dunkle Haare, blasse Haut, knotige Handgelenke, kantige Gesichtszü- ge wie Lincoln. Ein hervorstehender Adamsapfel.

Ich wachte am Samstagmorgen mit diesem festen inneren Bild auf, als hätte es sich in einem Traum, an den ich mich nicht erinnern konnte, einge- prägt. Nach einem schnellen Frühstück ging ich zur Penn Station und nahm einen Lokalzug der Long Island Railroad nach Hicksville. Ein Anruf in sei- nem Haus in Mineola hatte ergeben, dass Ettinger im Geschäft in Hicksville arbeitete, und die Taxifahrt vom Bahnhof aus dorthin kostete mich zwei Dollar fünfundzwanzig.

In einem Gang mit Ausrüstung für Squash und Racquetball fragte ich einen Verkäufer, ob Mr. Ettinger im Laden wäre. »Ich bin Doug Ettinger«, sagte er. »Was kann ich für Sie tun?«

Er war etwa eins dreiundsiebzig, stämmige fünfundachtzig Kilo. Dich- tes, lockiges hellbraunes Haar mit roten Strähnchen. Die dicken Backen und wachsamen braunen Augen eines Eichhörnchens. Große weiße Zähne, mit leicht schiefstehenden oberen Schneidezähnen, was den Eichhörnchen-Ein- druck noch verstärkte. Er kam mir absolut nicht bekannt vor und besaß keinerlei Ähnlichkeit mit der Lincoln-Karikatur, die ich für ihn herbeige- träumt hatte.

»Mein Name ist Scudder«, sagte ich. »Ich möchte gerne unter vier Au- gen mit Ihnen sprechen, wenn es Ihnen nichts ausmacht. Es geht um Ihre Frau.«

Sein offenes Gesicht wurde argwöhnisch. »Karen?«, fragte er. »Was ist mit ihr?«

Herrgott. »Ihre erste Frau.«

»Oh, Barbara«, sagte er. »Sie haben mir einen Moment lang Angst eingejagt. Der ernste Ton und so, und dass Sie mit mir über meine Frau sprechen wollen. Ich weiß nicht, was ich gedacht habe. Sind Sie vom NYPD? Hier entlang, wir können uns im Büro unterhalten.«

Ihm gehörte der kleinere von zwei Schreibtischen im Büro. Darauf waren Rechnungen und Briefe in sorgfältigen Stapeln angeordnet. Ein Fotowürfel aus Plexiglas enthielt Fotos einer Frau und mehrerer kleiner Kinder. Er bemerkte, dass ich den Würfel ansah, und sagte: »Das ist Karen. Und die Kinder.«

Ich nahm den Würfel in die Hand und blickte auf die junge Frau mit kurzem blondem Haar und einem strahlenden Lächeln. Sie posierte neben einem Auto, im Hintergrund war ein Rasen zu sehen. Der Gesamteindruck war sehr vorstädtisch.

Ich legte den Fotowürfel an seinen Platz zurück und setzte mich auf den Stuhl, den Ettinger mir zugewiesen hatte. Er nahm hinter dem Schreibtisch Platz und zündete sich mit einem Wegwerffeuerzeug eine Zigarette an. Er hatte davon gehört, dass der Eispickel-Mörder gefasst worden war, und wusste auch, dass der Verdächtige jegliche Beteiligung an der Ermordung seiner ersten Frau abstritt. Er ging davon aus, dass Pinell log, entweder weil ihn sein Gedächtnis im Stich ließ oder aus irgendeinem anderen, irrsinnigen Grund. Als ich ihm erklärte, dass Pinells Alibi bestätigt worden war, schien er unbeeindruckt zu sein.

»Es ist Jahre her«, sagte er. »Jemand kann das Datum durcheinandergebracht haben und man weiß nie, wie genau Unterlagen sind. Höchstwahrscheinlich hat er es getan. Ich würde ihm keinen Glauben schenken, wenn er es abstreitet.«

»Das Alibi scheint wasserdicht zu sein.«

Ettinger zuckte mit den Schultern. »Das können Sie besser beurteilen als ich. Dennoch bin ich überrascht, dass die Polizei den Fall wieder aufnimmt. Was erwarten Sie, dass Sie nach all der Zeit noch erreichen können?«

»Ich bin nicht von der Polizei, Mr. Ettinger.«

»Ich dachte, Sie hätten gesagt–«

»Ich habe mir nicht die Mühe gemacht, Ihren falschen Eindruck zu berichtigen. Ich war mal bei der Polizei. Jetzt arbeite ich privat.«

»Jemand hat Sie engagiert?«

»Ihr früherer Schwiegervater.«

»Charles London hat Sie angeheuert?« Er legte die Stirn in Falten, während er die Information verarbeitete. »Nun, ich vermute, das ist sein Recht. Dadurch wird Barbie zwar nicht wieder lebendig, aber ich vermute, er hat ein Recht darauf, das Gefühl zu haben, dass er etwas tut. Ich erinnere mich, wie er nach ihrer Ermordung davon gesprochen hat, eine Belohnung auszusetzen. Ich weiß nicht, ob er das jemals gemacht hat oder nicht.«

»Ich denke nicht, dass er es getan hat.«

»Also will er jetzt ein paar hundert Dollar ausgeben, um den wahren Mörder zu finden. Nun, warum nicht? Er hat nicht viel vom Leben, seit Helen gestorben ist. Seine Frau, Barbaras Mutter.«

»Ich weiß.«

»Vielleicht ist es gut für ihn, wenn er etwas hat, für das er sich interessiert. Nicht, dass ihn die Arbeit nicht auf Trab halten würde, aber, nun–« Er schnippte Asche von seiner Zigarette. »Ich weiß nicht, wie ich ihnen helfen kann, Mr. Scudder, aber stellen Sie ruhig Ihre Fragen.«

Ich fragte nach Barbaras sozialen Kontakten, nach ihren Beziehungen zu den Nachbarn im Haus. Ich fragte nach ihrem Job im Kinderhort. Er erinnerte sich an Janice Corwin, kannte aber den Namen ihres Mannes nicht. »Der Job war nicht so wichtig«, sagte er. »Im Grunde genommen ging es darum, dass sie aus dem Haus kam. Der Job gab ihr etwas, worauf sie ihre Energie richten konnte. Okay, das Geld hat geholfen. Ich hab meine Aktentasche für das Sozialamt herumgeschleppt, was nicht unbedingt der Weg zu großem Reichtum ist. Aber Barbies Job war nur vorübergehend. Sie hätte ihn aufgeben, um mit dem Baby zu Hause zu bleiben.«

Die Tür wurde geöffnet. Ein jugendlicher Angestellter wollte das Büro betreten, dann erstarrte er und stand verlegen da. »Ich bin in ein paar Minuten fertig, Sandy«, erklärte Ettinger ihm. »Jetzt bin ich beschäftigt.«

Der Junge zog sich zurück und schloss die Tür. »Samstags ist hier immer viel los«, sagte Ettinger. »Ich möchte Sie nicht drängen, aber ich werde draußen gebraucht.«

Ich stellte ihm noch ein paar Fragen. Sein Gedächtnis war nicht sonderlich gut, und ich konnte verstehen, warum. Ihm war das Leben aus den Fugen geraten und er hatte sich ein neues schaffen müssen, und das war einfacher, wenn er so wenig wie möglich dem ersten nachhing. Es gab keine Kinder aus der ersten Ehe, wegen denen er noch eine Verbindung zu den damaligen

Schwiegereltern hätte haben müssen. Er hatte seine Ehe in Brooklyn zurückgelassen, zusammen mit seinen Sozialarbeiter-Akten und dem ganzen Drumherum seines Lebens dort. Er lebte jetzt in der Vorstadt, hatte ein Auto, mähte den Rasen und hatte Kinder und eine blonde Frau. Warum herumsitzen und sich an eine Mietwohnung in Boerum Hill erinnern?

»Witzig«, sagte er. »Mir fällt einfach niemand ein, der in der Lage wäre zu ... zu tun, was man Barbie angetan hat. Aber eine andere Sache, die ich niemals glauben konnte, war, dass sie einen Fremden in die Wohnung gelassen hat.«

»War sie in dieser Hinsicht vorsichtig?«

»Sie war immer auf der Hut. Die Wyckoff Street war nicht die Art von Nachbarschaft, in der sie aufgewachsen war, auch wenn sie sich relativ wohl gefühlt hat. Natürlich hatten wir nicht vor, für immer dort zu bleiben.« Seine Augen wanderten zu dem Fotowürfel, als würde er sich vorstellen, wie Barbara neben einem Auto vor einem Rasen stand. »Aber die anderen Eispickel-Morde hatten ihr Angst gemacht.«

»Ja?«

»Nicht sofort. Aber als die Frau in Sheepshead Bay ermordet wurde, da wurde sie nervös. Weil das das erste Mal gewesen war, dass er in Brooklyn zugeschlagen hatte, verstehen sie? Es hat sie etwas verängstigt.«

»Wegen des Schauplatzes? Sheepshead Bay ist ziemlich weit von Boerum Hill entfernt.«

»Aber es war Brooklyn. Und es gab noch etwas, denke ich, denn ich erinnere mich, dass sie sich relativ stark mit der ermordeten Frau identifiziert hat. Ich muss gewusst haben, warum, aber es fällt mir nicht mehr ein. Egal, sie wurde nervös. Sie erzählte mir, dass sie das Gefühl hatte, beobachtet zu werden.«

»Haben Sie das gegenüber der Polizei erwähnt?«

»Ich denke nicht.« Er senkte die Augen, zündete sich eine neue Zigarette an. »Ich bin mir sicher, dass ich es nicht getan habe. Damals dachte ich, dass es auf die Schwangerschaft zurückzuführen war. Wie das Verlangen nach seltsamen Speisen, etwas in der Art. Schwangere Frauen sind auf komische Dinge fixiert.« Seine Augen hoben sich und fanden meine. »Außerdem wollte ich nicht darüber nachdenken. Nur einen oder zwei Tage vor dem Mord hat sie darüber gesprochen, dass ich eine Sicherheitsvorrichtung für die Wohnungstür besorgen sollte. Sie wissen schon, diese Stahlstangen, die man schräg gegen die Tür klemmt, damit sie nicht mit Gewalt geöffnet werden kann?«

Ich nickte.

»Nun, wir haben keine Vorrichtung dieser Art gekauft. Nicht, dass es einen Unterschied gemacht hätte, denn die Tür wurde nicht mit Gewalt geöffnet. Ich habe mich gefragt, warum sie jemanden reingelassen hat, so nervös wie sie war, aber schließlich war es heller Tag und die Menschen sind bei Tage nicht so misstrauisch. Ein Mann hätte behaupten können, ein Klempner zu sein, vom Gasunternehmen zu kommen oder so etwas. War das nicht die Masche des Würgers von Boston?«

»Ja, ich denke, es war etwas in der Art.«

»Aber wenn es tatsächlich jemand war, den sie gekannt–«

»Es gibt ein paar Fragen, die ich Ihnen stellen muss.«

»Nur zu.«

»Ist es möglich, dass Ihre Frau sich mit jemand anderem getroffen hat?«

»Mit jemand anderem getroffen – Sie meinen, ob sie eine Affäre hatte?«

»So ungefähr.«

»Sie war schwanger«, sagte er, als ob das die Frage beantwortete. Als ich nichts darauf sagte, fuhr er fort: »Wir waren glücklich miteinander. Ich bin mir sicher, dass sie kein Verhältnis hatte.«

»Hatte sie häufig Besucher, wenn Sie nicht zu Hause waren?«

»Vielleicht bekam sie Besuch von einer Freundin. Ich hab ihr nicht nachspioniert. Wir haben einander vertraut.«

»Sie hat an diesem Tag früher mit der Arbeit schlussgemacht.«

»Das hat sie manchmal getan. Sie hatte ein gutes Verhältnis zu der Frau, für die sie gearbeitet hat.«

»Sie haben gesagt, dass Sie einander vertraut haben. Hat sie Ihnen vertraut?«

»Worauf wollen Sie hinaus?«

»Hat Sie ihnen jemals vorgeworfen, etwas mit anderen Frauen zu haben?«

»Herrgott, mit wem haben Sie gesprochen? Oh, ich wette, ich weiß, von wem das kommt. Klar. Wir hatten ein paar verbale Auseinandersetzungen, die jemand gehört haben muss.«

»Ja?«

»Ich hab Ihnen gesagt, dass Frauen seltsame Vorstellungen bekommen, wenn sie schwanger sind. Wie das Verlangen nach Essen. Barbie hatte es sich in den Kopf gesetzt, dass ich etwas mit welchen von meinen Klientinnen hätte. Ich hab mir zwischen den Mietskasernen in Harlem und der South Bronx die Hacken abgelaufen, Formulare ausgefüllt, den Brechreiz aufgrund des Gestanks unterdrückt und versucht, dem Müll auszuweichen, den sie von den Dächern auf einen werfen. Und sie hat mir vorgeworfen, dass ich mit all diesen Jungfrauen in Not rummachen würde. Ich hab es als Schwangerschaftsneurose abgetan. Ich bin sowieso nicht der Typ von Mann, dem sich alle Frauen an den Hals werfen, und ich war so abgetörnt von dem, was ich in diesen Bruchbuden gesehen hab, dass ich manchmal sogar Schwierigkeiten hatte, ihn zu Hause hochzukriegen, ganz zu schweigen davon, dass mir Gedanken dieser Art gekommen wären, während ich beruflich unterwegs war. Zum Teufel, Sie waren ein Cop, ich muss Ihnen nicht sagen, was ich mir jeden Tag ansehen musste.«

»Also hatten Sie keine Affäre?«

»Hab ich Ihnen das nicht gerade gesagt?«

»Und Sie haben mit niemand anderem rumgemacht? Einer Frau im Viertel, beispielsweise?«

»Mit Sicherheit nicht. Hat jemand etwas Derartiges behauptet?«

Ich ignorierte die Frage. »Sie haben ungefähr drei Jahre nach dem Tod Ihrer Frau wieder geheiratet, Mr. Ettinger. Ist das richtig?«

»Etwas weniger als drei Jahre.«

»Wann haben Sie Ihre jetzige Frau kennengelernt?«

»Etwa ein Jahr, bevor wir geheiratet haben. Vielleicht schon früher, vielleicht vierzehn Monate vorher. Es war im Frühling, und wir haben im Juni geheiratet.«

»Wie haben Sie sich kennengelernt?«

»Gemeinsame Bekannte. Wir waren beide auf einer Party, obwohl wir uns damals nicht beachtet haben. Dann hat uns ein Freund von mir zusammen zum Abendessen eingeladen und–« Er brach plötzlich ab. »Sie war keiner meiner Sozialhilfefälle in der South Bronx, wenn Sie darauf hinaus wollen. Und sie hat auch nie in Brooklyn gewohnt. Herrgott, bin ich dämlich.«

»Mr. Ettinger–«

»Ich gehöre zu den Verdächtigen, oder? Herrgott, wie kann ich hier sitzen und nicht daran denken? Ich bin verdächtig, um Himmels willen.«

»Es gibt eine Routine, der ich folgen muss, um eine Untersuchung durchzuführen, Mr. Ettinger.«

»Denkt er, dass ich es war? London? Geht es in Wirklichkeit nur darum?«

»Mr. London hat mir nicht gesagt, wen er verdächtigt, wenn überhaupt. Falls er bestimmte Vermutungen hat, hat er sie für sich behalten.«

»Nun, ist das nicht anständig von ihm?« Er fuhr sich mit der Hand über die Stirn. »Sind wir jetzt so weit fertig, Scudder? Ich hab Ihnen gesagt, dass samstags bei uns immer viel los ist. Wir haben viele Kunden, die die ganze Woche über hart arbeiten, und am Samstag wollen sie an Sport denken. Also, wenn ich all Ihre Fragen beantwortet habe–«

»Sie sind an dem Tag, als ihre Frau ermordet wurde, etwa um halb sieben nach Hause gekommen.«

»Das hört sich richtig an. Ich bin mir sicher, dass es irgendwo in einem Polizeibericht steht.«

»Können Sie mir sagen, wie Sie den Nachmittag verbracht haben?«

Er starrte mich an. »Wir reden über etwas, das vor neun Jahren passiert ist«, sagte er. »Ich kann einen Tag, an dem ich an Türen geklopft habe, nicht von einem anderen derartigen Tag unterscheiden. Können Sie sich noch daran erinnern, was *Sie* an jenem Nachmittag gemacht haben?«

»Nein, aber für mein Leben war der Tag weniger bedeutsam. Sie würden sich daran erinnern, wenn Sie sich freigenommen hätten.«

»Das habe ich nicht. Ich habe den ganzen Tag mit der Bearbeitung meiner Fälle zugebracht. Und ich bin um die Uhrzeit, die ich damals genannt habe, nach Brooklyn zurückgekommen. Halb sieben hört sich in etwa richtig an.« Er wischte sich wieder über die Stirn. »Aber Sie können mich nicht zwingen, irgendetwas davon zu beweisen, oder? Ich habe wahrscheinlich einen Bericht abgefasst, aber die werden nur eine bestimmte Anzahl von Jahren aufbewahrt. Ich hab vergessen, ob es drei oder fünf Jahre sind, aber es sind gewiss nicht neun Jahre. Diese Akten werden regelmäßig ausgemistet.«

»Ich habe nicht nach Beweisen gefragt.«

»Ich habe sie nicht getötet, Herrgott nochmal! Sehen Sie mich an. Sehe ich wie ein Mörder aus?«

»Ich weiß nicht, wie ein Mörder aussieht. Gerade erst habe ich in der Zeitung über einen dreizehnjährigen Jungen gelesen, der zwei Frauen hinter dem Ohr in den Kopf geschossen hat. Ich weiß nicht, wie er aussieht, aber ich kann mir nicht vorstellen, dass er wie ein Mörder aussieht.« Ich nahm einen leeren Notizzettel von seinem Schreibtisch, notierte eine Nummer darauf. »Das ist mein Hotel«, sagte ich. »Vielleicht fällt Ihnen noch etwas ein. Man weiß nie, an was man sich erinnert.«

»Ich will mich an nichts erinnern.«

Ich erhob mich. Er sich ebenfalls.

»Das ist nicht mehr mein Leben«, sagte er. »Ich lebe in der Vorstadt und verkaufe Skier und Trainingsanzüge. Ich bin zu Helens Beerdigung gegangen, weil mir kein akzeptabler Weg eingefallen ist, wie ich mich davor hätte drücken können. Ich hätte mich davor drücken sollen. Ich–«

Ich sagte: »Immer mit der Ruhe, Ettinger. Sie sind wütend und Sie haben Angst, aber es gibt keinen Grund dafür. Natürlich gehören Sie zu den Verdächtigen. Wer würde den Mord an einer Frau untersuchen, ohne den Ehemann unter die Lupe zu nehmen? Wann haben Sie zum letzten Mal von einer derartigen Ermittlung gehört?« Ich legte eine Hand auf seine Schulter. »Jemand hat sie getötet«, sagte ich, »und es könnte jemand gewesen sein, den sie gekannt hat. Ich werde wahrscheinlich sowieso nicht viel herausfinden können, aber ich werde mein Bestes geben. Wenn Ihnen irgendwas einfällt, rufen sie mich an. Das ist alles.«

»Sie haben Recht«, sagte er. »Ich bin wütend geworden. Ich–«

Ich sagte ihm, dass es in Ordnung ging. Dann suchte ich selbst den Weg nach draußen.

Kapitel 7

Im Zug zurück in die Stadt las ich eine Zeitung. Ein Leitartikel behandelte die Zunahme an Raubüberfällen und gab Lesern Ratschläge, wie sie zu einem weniger attraktiven Zielobjekt werden konnten. »Gehen Sie zu zweit und in Gruppen«, riet der Verfasser. »Halten Sie sich an gut beleuchtete Straßen. Gehen sie am Bordstein, nicht nahe an den Gebäuden. Gehen Sie schnell und erwecken Sie den Eindruck von Wachsamkeit. Vermeiden Sie Konfrontationen. Straßenräuber wollen Sie abschätzen, um zu sehen, ob Sie ein leichtes Opfer wären. Sie erkundigen sich nach der Uhrzeit, sie fragen nach dem Weg. Lassen Sie sich nicht überrumpeln!«

Es ist wunderbar, wie das Leben in der Stadt immer mehr an Qualität gewinnt. *»Entschuldigen Sie, Mister, können Sie mir sagen, wie ich zum Empire State Building komme?« »Verpiss dich, du Arschloch!«* Manieren für die moderne Stadt.

Der Zug brauchte eine Ewigkeit. Es fühlte sich immer ein wenig seltsam an, wenn ich nach Long Island hinausfuhr. Hicksville befand sich absolut nicht in der Nähe von Anita und den Jungs, aber Long Island ist Long Island, und ich hatte das unbestimmt unangenehme Gefühl, das ich immer hatte, wenn ich dort hinfuhr. Ich war froh, als ich wieder in der Penn Station angekommen war.

Da war es bereits Zeit für einen Drink und ich gönnte mir einen in einer Kneipe für Pendler gleich im Bahnhof. Samstag mag ein arbeitsreicher Tag für Douglas Ettinger sein, aber es war ein ruhiger Tag für den Barkeeper im Iron Horse. Alle seine Wochentagsgäste mussten draußen in Hicksville sein, um sich Zweimannzelte und Basketballschuhe zu kaufen.

Die Sonne schien, als ich auf die Straße trat. Ich ging über die 34th Street, dann die 5th Avenue hoch zur Bibliothek. Niemand fragte mich, wie spät es war oder wie man zum Holland Tunnel kam.

*   *   *

Bevor ich in die Bibliothek ging, hielt ich an einem Münztelefon an, um Lynn London anzurufen. Ihr Vater hatte mir ihre Nummer gegeben und ich schlug sie in meinem Notizbuch nach und wählte sie. Ich wurde mit dem Anrufbeantworter verbunden. Die Ansage begann mit der Wiederholung der letzten vier Ziffern der Nummer, erklärte, dass jetzt niemand ans Telefon gehen könnte, und forderte mich auf, meinen Namen zu hinterlassen. Die Stimme war weiblich, sehr präzise, nur ein ganz kleines bisschen nasal, und ich vermutete, dass sie Barbaras Schwester gehörte. Ich hängte ein, ohne eine Nachricht zu hinterlassen.

In der Bibliothek griff ich zum selben Adressbuch für Brooklyn, das ich schon zuvor zur Hand genommen hatte. Diesmal schlug ich ein anderes Haus in der Wyckoff Street nach. Es hatte darin damals vier Wohnungen gegeben, und eine von ihnen war an Mr. und Mrs. Edward Corwin vermietet gewesen.

Das gab mir eine Möglichkeit, den Nachmittag zu verbringen. In einer Kneipe an der Kreuzung 41st Street und Madison Avenue bestellte ich mir eine Tasse Kaffee und ein Glas Bourbon, das ich in den Kaffee schüttete. Ich ließ mir einen Dollar in Zehn-Cent-Stücke wechseln und begann mit dem Telefonbuch von Manhattan, in dem ich zwei Edward Corwins, einen Eintrag für E. Corwin, einen für E.J. Corwin und einen für E.V. Corwin fand. Als keiner von diesen etwas ergab, rief ich bei der Telefonauskunft an, ließ mir erst die Nummern für Brooklyn geben und dann die für Queens, die Bronx und Staten Island. Einige der Nummern, die ich wählte, waren besetzt und ich musste vier- oder fünfmal anrufen, bis ich durchkam. Bei anderen meldete sich niemand.

Ich besorgte mir noch mehr Münzen und telefonierte alle J. Corwins in den fünf Stadtbezirken ab. Irgendwann zwischendurch trank ich eine zweite Tasse Kaffee, aufgepeppt mit einem zweiten Schuss Bourbon. Ich verschwendete eine größere Anzahl an Zehn-Cent-Stücken ohne erkennbares Resultat, aber das ist beim größten Teil derartiger Ermittlungsarbeit so. Wenn es lange genug herumpickt, findet auch ein blindes Huhn ab und zu mal ein Korn. Das wird zumindest behauptet.

Als ich die Kneipe verließ, befanden sich neben zwei Dritteln meiner Nummern Haken, die bedeuteten, dass ich die Person erreicht hatte und er oder sie nicht der oder die Corwin war, nach denen ich suchte. Den Rest von ihnen würde ich zu einem anderen Zeitpunkt anrufen, wenn es sein musste, aber ich setzte nicht allzu viel Hoffnung in sie. Janice Corwin hatte ihr Geschäft und ihre Wohnung aufgegeben. Wenn sie schon dabei war, hätte sie auch gleich nach Seattle ziehen können. Oder sie und ihr Ehemann befanden sich irgendwo in Westchester, in Jersey oder in Connecticut. Oder gar in Hicksville, um Tennisschläger mit Preisschildern zu versehen. Meine Finger konnten sich nur durch einen begrenzten Teil der Telefonbücher und Branchenverzeichnisse kämpfen.

Ich ging zurück in die Bibliothek. Ich wusste, wann sie den Happy Hours Kinderhort aufgegeben hatte, das hatte ich von ihrem Vermieter erfahren. Waren sie und ihr Ehemann ungefähr zum selben Zeitpunkt aus Boerum Hill weggezogen?

Ich arbeitete mich der Reihe nach durch die jährlichen Polk-Adressverzeichnisse und fand schließlich das Jahr, in dem die Corwins aus dem Backsteingebäude in der Wyckoff Street ausgezogen waren. Der Zeitpunkt passte. Sie hatte wahrscheinlich den Kinderhort als Vorspiel des Umzugs aufgegeben. Vielleicht waren sie in die Vorstadt gezogen oder seine Firma hatte ihn nach Atlanta versetzt. Oder sie hatten sich getrennt und jeder war seiner Wege gegangen.

Diesmal erledigte ich meine Anrufe von einer Kneipe in der 42nd Street aus. Ich ignorierte das Telefonbuch für Manhattan und fragte sofort bei der Auskunft für Brooklyn nach. Und ich hatte gleich Glück mit den Pomerances, die in Brooklyn geblieben waren, als das Haus in der Wyckoff Street verkauft worden war und sie ausziehen mussten. Sie waren nur eine knappe Meile weitergezogen, in die Carroll Street.

Mrs. Pomerance meldete sich am Telefon. Ich nannte ihr meinen Namen und erklärte ihr, dass ich versuchte, die Corwins zu erreichen. Sie wusste sofort, von wem ich sprach, hatte aber keine Ahnung, wie ich sie erreichen konnte.

»Wir sind nicht mehr in Kontakt. Er war ein netter Mann, Eddie, und er ist mit den Kindern zum Abendessen gekommen, nachdem sie ausgezogen war, aber als er selbst weggezogen ist, haben wir den Kontakt verloren. Es ist schon so viele Jahre her. Ich bin mir sicher, dass wir irgendwann einmal seine neue Adresse hatten, aber ich weiß nicht einmal mehr, in welche Stadt er gezogen ist. Sie war in Kalifornien, ich denke in Südkalifornien.«

»Aber die Frau ist zuerst ausgezogen?«

»Das wussten Sie nicht? Sie hat ihn verlassen, hat ihn einfach so mit den beiden Kindern sitzenlassen. Sie hat den Wie-hieß-der-noch, den Kinderhort geschlossen, und bevor er sich versah, musste er einen Kinderhort für seine eigenen Kinder finden. Es tut mir leid, aber dass eine Mutter ihre eigenen Kinder im Stich lässt, will mir einfach nicht in den Kopf.«

»Wissen Sie, wo sie hingegangen sein könnte?«

»Greenwich Village, vermute ich. Um sich ihrer Kunst zu widmen. Neben anderen Dingen.«

»Ihrer Kunst?«

»Sie hat sich selbst für eine Bildhauerin gehalten. Ich habe nie eine ihrer Skulpturen gesehen, weshalb sie, bei allem was möglich ist, vielleicht doch etwas Talent hatte. Aber es würde mich überraschen. Sie war eine Frau, die alles hatte. Eine schöne Wohnung, einen Ehemann, der überaus nett war, zwei wunderbare Kinder. Sie hatte sogar ein Geschäft, das gar nicht so schlecht lief. Und sie hat das alles aufgegeben, hat sich umgedreht und ist davonmarschiert.«

Ich versuchte es mit einem Schuss ins Blaue. »Kannten Sie vielleicht zufällig eine Freundin von ihr namens Barbara Ettinger?«

»Ich habe sie nicht so gut gekannt. Wie war der Name? Ettinger? Warum kommt mir das bekannt vor?«

»Eine Barbara Ettinger wurde in der Straße, in der sie damals gewohnt haben, ermordet.«

»Kurz bevor wir eingezogen sind. Natürlich, jetzt erinnere ich mich. Ich habe sie nie kennengelernt, natürlich nicht. Wie ich gesagt habe, das hat sich ereignet, kurz bevor wir eingezogen sind. War sie mit den Corwins befreundet?«

»Sie hat für Mrs. Corwin gearbeitet.«

»War die auch so eine?«

»Was meinen Sie mit ›auch so eine‹?«

»Es wurde viel über den Mord gesprochen. Deshalb hatte ich Zweifel, ob wir wirklich einziehen sollten. Mein Mann und ich, wir haben uns gesagt, dass wir uns keine Sorgen machen müssten, da der Blitz nie zweimal am gleichen Ort einschlägt und so, aber insgeheim war ich doch besorgt. Und dann haben diese Morde einfach aufgehört, oder?«

»Ja. Sie haben die Ettingers nie kennengelernt?«

»Nein, wie ich Ihnen gesagt habe.«

Eine Künstlerin in Greenwich Village. Eine Bildhauerin. Von den J. Corwins, die ich nicht hatte erreichen können, hatte da jemand im Village gewohnt? Ich dachte, nicht.

Ich sagte: »Können Sie sich vielleicht an Mrs. Corwins Geburtsnamen erinnern?«

»Mich erinnern? Ich denke nicht, dass ich ihn jemals gewusst habe. Warum?«

»Ich hatte daran gedacht, dass sie ihn vielleicht wieder angenommen hat, wenn sie eine Karriere als Künstlerin angestrebt hat.«

»Ich bin mir sicher, dass sie das getan hat. Karriere als Künstlerin oder nicht, sie wollte bestimmt ihren eigenen Namen zurück. Aber ich kann Ihnen nicht sagen, wie er lautet.«

»Natürlich könnte sie seitdem auch wieder geheiratet haben–«

»Oh, darauf würde ich nicht wetten.«

»Wie bitte?«

»Ich denke nicht, dass sie wieder geheiratet hat«, sagte Mrs. Pomerance. Es gab eine Schärfe in ihrem Ton, die mir seltsam vorkam. Ich fragte sie, warum sie dieser Meinung sei.

»Sagen wir es so«, sagte sie. »Bildhauerin oder nicht, sie würde wahrscheinlich sowieso in Greenwich Village wohnen.«

»Ich kann Ihnen nicht folgen.«

»Nein?« Sie schnalzte mit der Zunge, ungeduldig, weil ich so schwer von Begriff war. »Sie hat ihren Mann – *und* ihre zwei Kinder – verlassen, aber nicht wegen eines anderen Mannes. Sie hat ihn wegen einer anderen Frau verlassen.«

Janice Corwins Geburtsname war Keane. Eine U-Bahnfahrt in die Chambers Street und mehrere Stunden in verschiedenen Büros des Amts für Archivierung und Informationsdienste waren nötig, um an dieses Körnchen Information zu kommen. Die meiste Zeit verbrachte ich damit, Freigaben zu bekommen. Ich brauchte immer wieder die Erlaubnis von jemandem, der samstags nicht ins Büro kam.

Ich versuchte es zuerst mit dem Heiratsregister und als das nichts ergab, probierte ich es bei den Geburtsurkunden. Mrs. Pomerance war sich nicht völlig sicher gewesen, was die Namen und das Alter der Corwin-Kinder anbetraf, aber sie hatte geglaubt, dass die jüngere Kelly geheißen hatte und fünf oder sechs Jahre alt gewesen sein musste, als ihre Mutter das Weite gesucht hatte. Es stellte sich heraus, dass sie sieben gewesen war und jetzt um die fünfzehn sein würde. Ihr Vater war Edward Francis Corwin, ihre Mutter die geborene Janice Elizabeth Keane.

Ich schrieb den Namen mit einem Gefühl des Triumphes in mein Notizbuch. Nicht, dass es wahrscheinlich gewesen wäre, dass ich ihn wieder vergessen hätte, aber er symbolisierte eine Errungenschaft. Ich konnte nicht beweisen, dass ich seit dem Zeitpunkt, als sich Charles London gegenüber von mir im Armstrong's hingesetzt hatte, Barbara Ettingers Mörder auch nur einen Zentimeter nähergekommen war. Aber ich hatte etwas herausgefunden, und das fühlte sich gut an. Es war eine mühselige Arbeit, normalerweise nutzlos, aber ich machte dabei von Muskeln Gebrauch, die ich nicht mehr allzu oft einsetzte, und sie kribbelten aufgrund der Anstrengung.

Ein paar Blocks weiter entdeckte ich einen Blarney Stone mit warmgehaltenen Speisen. Ich aß ein heißes Pastrami-Sandwich und trank ein oder zwei Bier dazu. Über der Bar war ein großer Farbfernseher angebracht. Es lief eine dieser gemischten Sportsendungen, wie sie samstagnachmittags immer ausgestrahlt werden. Ein paar Typen stellten etwas mit Baumstämmen in einem reißenden Fluss an. Ich denke, sie ritten auf ihnen. Niemand in der Kneipe schenkte ihnen größere Beachtung. Als ich mein Sandwich gegessen hatte, waren die Baumstammreiter auch fertig und ein Stockcarrennen war an ihre Stelle getreten. Auch für die Stockcars interessierte sich niemand.

Ich rief wieder bei Lynn London an. Als sich der Anrufbeantworter dieses Mal anschaltete, wartete ich auf den Signalton und hinterließ meinen Namen und meine Nummer. Dann griff ich zum Telefonbuch.

Keine Janice Keane in Manhattan. Ein halbes Dutzend Keanes mit der Initiale J. Jede Menge anderer Variationen des Namens: Keene, Keen, Kean. Ich dachte an diese alte Radiosendung, *Mr. Keane, Tracer of Lost Persons*. Ich konnte mich nicht daran erinnern, wie der Detektiv sich geschrieben hatte.

Ich telefonierte die J. Keanes ab. Bei zweien meldete sich niemand, eine

Leitung war immer besetzt, und drei Leute bestritten, eine Janice Keane zu kennen. Das besetzte Telefon befand sich in der östlichen 73rd Street und ich entschied, dass das keine Adresse für eine lesbische Bildhauerin aus Boerum Hill war. Ich rief die Auskunft an, darauf vorbereitet, wieder das ganze Spiel mit den anderen vier Stadtbezirken zu treiben, aber etwas ließ mich innehalten.

Sie war in Manhattan. Verdammt, ich wusste, dass sie in Manhattan war.

Ich fragte nach einer Janice Keane in Manhattan, buchstabierte den Nachnamen, durfte eine Minute lang warten und erhielt dann die Information, dass die Nummer für den einzigen Eintrag mit diesem Namen und in dieser Schreibweise in Manhattan geheim war. Ich legte auf, rief noch einmal an, um mit einer anderen Person verbunden zu werden, und spulte das kleine Programm ab, das ein Cop abspult, um eine geheime Nummer zu bekommen. Ich gab mich als Detective Francis Fitzroy vom Dreizehnten Revier aus. Ich nannte es das Revier eins-drei, weil Cops zwar nicht ausnahmslos so sprechen, Zivilisten aber ausnahmslos davon ausgehen.

Und weil ich schon dabei war, ließ ich mir auch gleich die Adresse geben. Sie wohnte in der Lispenard Street, was eine absolut logische Adresse für eine Bildhauerin war – und außerdem nicht allzu weit von dort entfernt, wo ich mich befand.

Ich hatte eine weitere Zehn-Cent-Münze in der Hand. Ich steckte sie zurück in meine Tasche und ging wieder an die Bar. An die Stelle der Stockcars war der Höhepunkt der Sendung getreten, zwei schwarze Junior-Mittelgewichtler, die die Hauptattraktion des Box-Programms an irgendeinem merkwürdigen Ort bildeten. Ich denke, es war Phoenix. Ich habe keine Ahnung, was Junior-Mittelgewicht ist. Man hat all diese Zwischengewichtsklassen eingeführt, nur damit man noch mehr Meisterschaftskämpfe veranstalten kann. Einige der Gäste, die die Baumstammreiter und die Stockcars ignoriert hatten, sahen zu, wie die beiden Jungs aufeinander einschlugen, was sie allerdings nicht allzu häufig taten. Ich harrte ein paar Runden lang aus und trank Kaffee mit Bourbon.

Ich dachte, es würde wahrscheinlich helfen, wenn ich eine Vorstellung hätte, wie ich mich dieser Frau nähern würde. Ich hatte ihre Fährte durch Bücher, Akten und Telefonleitungen verfolgt, als würde sie das Geheimnis des Ettinger-Mords hüten, aber bei allem, was ich wusste, war Barbara Ettinger für sie nicht mehr gewesen als eine gesichtslose Masse, die die Buchstabenwürfel aufräumte, wenn die Kleinen nicht mehr damit spielen wollten.

Oder sie war Barbaras beste Freundin gewesen. Oder ihre Geliebte – ich erinnerte mich an Mrs. Pomerances Fragen: »War sie mit den Corwins befreundet? War die auch so eine?«

Vielleicht hatte sie Barbara getötet. Konnten sie beide den Kinderhort früher verlassen haben? War das überhaupt möglich, oder wahrscheinlich?

Ich trat Wasser und ich wusste es, aber ich trat trotzdem noch für eine Weile. Im Fernseher hatte der Junge mit dem weißen Streifen auf der Sporthose endlich begonnen, dem Körper seines Gegners Schläge mit seiner rechten Geraden zu verabreichen. Es sah nicht so aus, als würde ihm in den wenigen verbleibenden Runden noch ein K.o.-Sieg gelingen, nicht auf diese Weise, aber er schien ein sicherer Tipp für die Punktentscheidung zu sein. Er machte seinen Gegner mürbe, arbeitete sich an ihm ab. Zustoßen mit der Linken, rechter Haken in die Rippen. Der andere Junge schien keine Verteidigung zu finden, die etwas bewirkte.

Ich konnte nachvollziehen, wie sich beide fühlten.

Ich dachte über Douglas Ettinger nach. Ich entschied, dass er seine Frau nicht ermordet hatte, und ich versuchte herauszufinden, woher ich das wusste. Ich kam zu dem Schluss, dass ich es auf die gleiche Art und Weise wusste, wie ich gewusst hatte, dass Janice Keane in Manhattan war. Nennen wir es göttliche Eingebung.

Ettinger hatte Recht, entschied ich. Louis Pinell hatte Barbara Ettinger ermordet, genauso wie er die anderen sieben Frauen ermordet hatte. Barbara hatte gedacht, dass sie von einem Irren verfolgt wurde, und sie hatte Recht gehabt.

Aber warum hatte sie den Irren dann in ihre Wohnung gelassen?

In der zehnten Runde konnte der Junge, der die Rippen tranchiert bekam, einen letzten Rest Kraft aufbringen und ein paar Kombinationen abliefern. Er brachte den Jungen mit dem Streifen auf der Sporthose ins Taumeln, aber der Hagel reichte nicht aus. Der Junge mit dem Streifen hielt durch und bekam den Sieg zugesprochen. Die Menge buhte. Ich weiß nicht, welchen Kampf sie dachten, gesehen zu haben. Die Menge in Phoenix, meine ich.

Meine Gefährten im Blarney Stone waren emotional weit weniger engagiert bei der Sache.

Zum Teufel damit. Ich erhob mich und ging telefonieren.

Es klingelte vier- oder fünfmal, bevor sie abhob. Ich sagte: »Ich würde gerne mit Janice Keane sprechen«, und sie sagte, dass ich sie am Apparat hatte.

Ich sagte: »Mein Name ist Matthew Scudder, Ms. Keane. Ich würde Ihnen gerne ein paar Fragen stellen.«

»So?«

»Über eine Frau namens Barbara Ettinger.«

»Herrgott!« Eine Pause. »Was ist mit ihr?«

»Ich untersuche ihren Tod. Ich würde gerne vorbeikommen und mit Ihnen sprechen.«

»Sie untersuchen ihren Tod? Das ist schon eine Ewigkeit her. Es muss vor zehn Jahren gewesen sein.«

»Neun.«

»Ich dachte, es wären die Mounties, die niemals aufgeben. Ich hab das noch nie über New Yorks ganzen Stolz gehört. Sind Sie von der Polizei?«

Ich wollte fast bejahen, hörte mich aber selbst sagen: »Früher mal.«

»Was sind Sie jetzt?«

»Privatperson. Ich arbeite für Charles London. Mrs. Ettingers Vater.«

»Das ist richtig, ihr Geburtsname war London.« Sie hatte eine gute Telefonstimme, tief und rau. »Ich verstehe nicht, warum Sie jetzt eine Untersuchung starten. Und was ich dazu beizutragen haben könnte.«

»Vielleicht könnte ich Ihnen das persönlich erklären«, sagte ich. »Ich befinde mich nur ein paar Minuten von Ihnen entfernt. Wäre es okay, wenn ich vorbeikomme?«

»Herrgott. Was ist heute, Samstag? Und wie spät ist es? Ich habe gearbeitet, dabei verliere ich immer das Zeitgefühl. Bei mir ist es sechs Uhr. Stimmt das?«

»Stimmt.«

»Ich sollte mir besser was zu essen machen. Und ich muss aufräumen. Geben Sie mir eine Stunde, okay?«

»Ich werde um sieben bei Ihnen sein.«

»Kennen Sie meine Adresse?« Ich las ihr die Information vor, die ich von der Auskunft bekommen hatte. »Richtig. Das ist zwischen der Church Street und dem Broadway. Sie klingeln und dann stellen Sie sich an den Bordstein, damit ich Sie sehen kann, und ich werfe den Schlüssel runter. Klingeln Sie zweimal lang und dreimal kurz, ja?«

»Zweimal lang und dreimal kurz.«

»Dann werde ich wissen, dass Sie es sind. Nicht, dass Sie für mich mehr sind als eine Stimme am Telefon. Wie haben Sie meine Nummer bekommen? Die sollte eigentlich geheim sein.«

»Ich war mal Polizist.«

»Richtig, das haben Sie gesagt. So viel über geheime Nummern, oder? Wie heißen Sie noch mal?«

»Matthew Scudder.«

Sie wiederholte es. Dann sagte sie: »Barbara Ettinger. Oh, wenn Sie wüssten, was dieser Name wachruft. Ich habe das Gefühl, dass ich es bereuen werde, das Telefon abgehoben zu haben. Nun, Mr. Scudder, wir sehen uns in einer Stunde.«

Kapitel 8

Die Lispenard Street befindet sich einen Block unterhalb der Canal Street, was bedeutet, dass sie zum Stadtviertel Tribeca gehört. Tribeca ist ein geografisches Akronym für Triangle Below Canal, das Dreieck unterhalb der Canal Street, ähnlich wie SoHo für South of Houston Street, südlich der Houston Street, steht. Es hatte eine Zeit gegeben, zu der Künstler in die Blocks südlich des Village gezogen waren und gegen die städtische Wohnungsordnung verstießen, indem sie in geräumigen und preiswerten Lofts wohnten. Seitdem war die Wohnungsordnung geändert worden, um die private Nutzung von Lofts zu Wohnzwecken zu erlauben, und SoHo war schick und teuer geworden, woraufhin die potenziellen Loftbewohner weiter in den Süden von Tribeca getrieben worden waren. Dort waren die Mieten auch nicht gerade niedrig, aber die Straßen vermittelten noch immer den Eindruck der Verlassenheit, der SoHo zehn oder zwölf Jahre zuvor ausgezeichnet hatte.

Ich hielt mich an eine gut beleuchtete Straße. Ich ging in der Nähe des Bordsteins und nicht nahe an den Gebäuden. Außerdem versuchte ich, möglichst schnell zu gehen und den Eindruck von Wachsamkeit zu vermitteln. Konfrontationen waren in diesen leeren Straßen leicht zu vermeiden.

Janice Keanes Adresse entpuppte sich als sechsstöckiges Loftgebäude, ein schmaler Bau, der zwischen zwei höheren, breiteren und moderneren Häusern stand. Er sah bedrängt aus, wie ein kleiner Mann in einer überfüllten U-Bahn. Auf jedem seiner Stockwerke bestand die Fassade aus raumhohen Fenstern. Im Erdgeschoss befand sich ein Großhandel für Sanitärinstallation, der am Wochenende geschlossen hatte.

Ich trat in einen klaustrophobischen Gang, fand die Klingel mit dem Namen Keane, läutete zweimal lang und dreimal kurz. Dann ging ich zurück auf den Bürgersteig und blickte vom Bordstein aus zu den Fenstern hoch.

Sie rief von einem von ihnen herab und fragte nach meinem Namen. Aufgrund der Lichtverhältnisse konnte ich sie nicht sehen. Ich nannte meinen

Namen und etwas Kleines pfiff durch die Luft und klirrte neben mir auf dem Bürgersteig. »Vierter Stock«, sagte sie. »Es gibt einen Aufzug.«

Es gab wirklich einen und er hätte genug Platz für einen Konzertflügel geboten. Ich fuhr in den vierten Stock und trat in ein geräumiges Loft. Es gab sehr viele Pflanzen, alle tiefgrün und gedeihend, und sehr wenig von dem, was man als Möbel bezeichnen konnte. Die Türen waren aus Eiche, zu einem hellen Glanz poliert. Die Wände bestanden aus freigelegten Backsteinen, Beleuchtungsschienen an der Decke sorgten für Licht.

Sie sagte: »Sie sind genau pünktlich. Hier herrscht ein großes Durcheinander, aber ich werde mich nicht entschuldigen. Es gibt Kaffee.«

»Wenn es keine Umstände bereitet.«

»Überhaupt nicht. Ich werde selbst eine Tasse trinken. Ich zeige Ihnen nur, wo Sie sich hinsetzen können, dann werde ich eine anständige Gastgeberin sein. Milch? Zucker?«

»Schwarz.«

Sie ließ mich in einem Bereich mit einer Couch und zwei Sesseln, die um einen Langflorteppich mit abstraktem Muster angeordnet waren, zurück. Mehrere Bücherregale reichten mit ihren zweieinhalb Metern nur etwas mehr als halb bis zur Decke hoch, sorgten aber dafür, dass der Bereich vom Rest des Lofts abgeschirmt war. Ich ging zum Fenster und blickte auf die Lispenard Street hinab. Es gab nicht sehr viel zu sehen.

In dem Raum befand sich eine Plastik und ich stand vor ihr, als sie mit dem Kaffee zurückkam. Es war der Kopf einer Frau. Ihr Haar war ein Nest aus Schlangen, ihr Gesicht mit hohen Wangenknochen und breiter Stirn eine Maske unaussprechlicher Enttäuschung.

»Das ist meine Medusa«, sagte sie. »Sehen Sie ihr nicht in die Augen. Ihr Blick verwandelt Männer in Steine.«

»Sie ist sehr gut.«

»Danke.«

»Sie sieht so enttäuscht aus.«

»Sie hat diese Eigenschaft«, stimmte sie zu. »Ich wusste es nicht, bevor ich mit ihr fertig war, und dann hab ich es selbst gesehen. Sie haben ein sehr gutes Auge.«

»Für Enttäuschung zumindest.«

Sie war eine attraktive Frau. Mittelgroß, mit etwas mehr Fleisch, als die

Mode vorschrieb. Sie trug ausgewaschene Levi's und ein blaugraues Chamois-Hemd, dessen Ärmel bis zu den Ellbogen hochgerollt waren. Ihr Gesicht war herzförmig, die Konturen wurden durch einen ausgeprägt spitzen Haaransatz hervorgehoben. Ihr Haar, dunkelbraun mit grauen Strähnen, reichte ihr fast bis zu den Schultern. Ihre grauen Augen waren groß und standen genau im richtigen Anstand zueinander. Etwas Mascara um sie herum war das einzige Make-up, das sie aufgelegt hatte.

Wir saßen in den beiden Sesseln, die in einem rechten Winkel zueinander standen, und stellten unsere Kaffeetassen auf einem Tisch ab, der aus einem Stück Baumstamm und einer großen Schieferplatte gefertigt worden war. Sie fragte, ob ich Probleme gehabt hatte, zu ihr zu finden, und ich verneinte. Dann sagte sie: »Nun, lassen Sie uns über Barbara Ettinger reden. Vielleicht können Sie damit beginnen, mir zu sagen, warum Sie sich nach all diesen Jahren für sie interessieren?«

Sie hatte die Berichterstattung über die Festnahme von Louis Pinell verpasst. Es war neu für sie, dass sich der Eispickel-Mörder in Haft befand, weshalb es auch neu für sie war, dass ihre ehemalige Angestellte von jemand anderem ermordet worden war.

»Also sucht man zum ersten Mal nach einem Mörder mit einem Motiv«, sagte sie. »Wenn man das damals gemacht hätte–«

»Dann wäre es vielleicht einfacher gewesen. Ja.«

»Und es wäre jetzt vielleicht einfacher, einfach wegzugucken. Ich erinnere mich nicht an ihren Vater. Ich muss ihn getroffen haben, nach dem Mord, wenn nicht schon davor, aber ich habe keine Erinnerung an ihn. Ich erinnere mich an ihre Schwester. Haben Sie sie getroffen?«

»Noch nicht.«

»Ich weiß nicht, wie sie jetzt ist, aber damals kam sie mir wie eine schnöselige kleine Zicke vor. Aber ich kannte sie nicht gut, und überhaupt, das war vor neun Jahren. Darauf komme ich immer wieder zurück. Das alles war vor neun Jahren.«

»Wie haben Sie Barbara Ettinger kennengelernt?«

»Wir sind uns im Viertel über den Weg gelaufen. Beim Einkaufen im Grand Union, beim Zeitungskaufen im Süßwarenladen. Vielleicht hab ich mal erwähnt, dass ich einen Kinderhort betreibe. Vielleicht hatte sie es auch von jemand anderem gehört. Wie dem auch sei, eines Morgens ist sie im Happy Hours erschienen und hat gefragt, ob ich Hilfe brauche.«

»Und Sie haben sie auf der Stelle angeheuert?«

»Ich hab ihr gesagt, dass ich nicht viel zahlen kann. Der Laden hat gerade mal so die Unkosten gedeckt. Ich hab ihn aus einem dämlichen Grund geöffnet: Es gab keinen brauchbaren Kinderhort in der Nachbarschaft und ich benötigte einen Ort, an dem ich meine eigenen Kinder abladen konnte, also hab ich mir eine Partnerin gesucht und wir haben das Happy Hours geöffnet. Anstatt meine Kinder abzuladen, hab ich selbst auf sie aufgepasst und auf die von anderen noch dazu, und natürlich ist meine Partnerin so ungefähr zu dem Zeitpunkt, als die Tinte auf dem Mietvertrag trocken war, zur Vernunft gekommen. Sie ist abgesprungen und ich durfte den ganzen Laden alleine schmeißen. Ich hab Barb gesagt, dass ich ihre Hilfe nötig hätte, sie mir aber nicht leisten könnte, und sie hat geantwortet, dass es ihr vor allem darum gehe, etwas zu tun zu haben, und dass sie für sehr wenig Geld arbeiten würde. Ich hab vergessen, was ich ihr gezahlt habe, aber es war wirklich nicht sehr viel.«

»Hat sie ihre Arbeit gut gemacht?«

»Es war im Grunde genommen Babysitten. Es gibt eine Grenze, wie gut man darin sein kann.« Sie dachte einen Moment lang nach. »Es fällt mir schwer, mich zu erinnern. Vor neun Jahren, also war ich damals neunundzwanzig und sie ein paar Jahre jünger.«

»Sie war sechsundzwanzig, als sie starb.«

»Herrgott, das ist nicht sehr alt, oder?« Sie schloss die Augen, zuckte aufgrund des frühen Tods zusammen. »Sie war mir eine große Hilfe, und ich vermute, dass sie in dem, was sie tat, gut war. Sie schien es die meiste Zeit über zu genießen. Sie hätte es noch mehr genossen, wenn sie insgesamt eine zufriedenere Frau gewesen wäre.«

»Sie war unzufrieden?«

»Ich weiß nicht, ob das das richtige Wort ist.« Sie drehte sich um, um ihre Medusa-Büste anzublicken. »Enttäuscht? Man hatte das Gefühl, dass Barbs Leben nicht unbedingt so war, wie sie es sich ausgemalt hatte. Es war alles in Ordnung, ihr Mann war in Ordnung, ihre Wohnung war in

Ordnung, aber sie hatte auf mehr als nur ›in Ordnung‹ gehofft und es nicht bekommen.«

»Jemand hat sie als ruhelos beschrieben.«

»Ruhelos.« Sie kostete das Wort. »Das beschreibt sie relativ gut. Natürlich war das eine Zeit, zu der Frauen ruhelos waren. Die Geschlechterrollen waren ziemlich durcheinander und verwirrend.«

»Sind sie das nicht immer noch?«

»Vielleicht werden sie es immer sein. Aber ich denke, dass die Dinge jetzt ein wenig ruhiger sind, als sie es damals waren. Allerdings, sie war ruhelos. Definitiv ruhelos.«

»Ihre Ehe war eine Enttäuschung?«

»Die meisten Ehen sind es, oder nicht? Ich denke nicht, dass sie von Dauer gewesen wäre, aber das werden wir nie erfahren, oder? Arbeitet er immer noch im Sozialamt?«

Ich brachte sie auf den neuesten Stand, was Douglas Ettinger anbetraf.

»Ich hab ihn nicht allzu gut gekannt«, sagte sie. »Barb schien das Gefühl zu haben, dass er nicht gut genug für sie war. Zumindest hatte ich diesen Eindruck. Verglichen zu ihr war seine Herkunft minderwertig. Nicht, dass sie mit den Vanderbilts zusammen aufgewachsen war, aber soweit ich weiß, hatte sie eine anständige vorstädtische Kindheit und eine bessere Schulbildung. Er musste Überstunden machen und hatte einen Job ohne Aufstiegschancen. Und ja, es gab noch eine Sache, die mit ihm nicht stimmte.«

»Was war das?«

»Er hat herumgevögelt.«

»Hat er das wirklich oder hat sie das nur gedacht?«

»Er hat es bei mir versucht. Oh, es war keine große Sache, nur ein beiläufiges, lässiges Angebot. Ich war nicht sonderlich interessiert. Der Mann hat wie ein Streifenhörnchen ausgesehen. Ich fühlte mich auch nicht sehr geehrt, denn man hat gespürt, dass er so etwas ziemlich häufig machte, es hat also nicht bedeutet, dass ich unwiderstehlich war. Natürlich hab ich Barb nicht davon erzählt, aber sie hatte ihre eigenen Belege. Sie hat ihn einmal auf einer Party erwischt, als er mit der Gastgeberin in der Küche rumgemacht hat. Und soweit ich weiß, hat er an seinen Sozialhilfeempfängerinnen geschnuppert.«

»Was war mit seiner Frau?«

»Ich denke, an der hat er auch geschnuppert. Ich weiß nicht–«

»Hatte sie eine Affäre?«

Sie beugte sich vor und griff nach ihrer Kaffeetasse. Ihre Hände waren groß für eine Frau, die Fingernägel kurzgeschnitten. Mit langen Fingernägeln wäre es vermutlich unmöglich gewesen, als Bildhauerin zu arbeiten.

Sie sagte: »Ich zahlte ihr ein sehr niedriges Gehalt. Man könnte es fast als Alibigehalt bezeichnen. Ich meine, Highschool-Schülerinnen erhielten einen besseren Stundenlohn fürs Babysitten und Barb konnte nicht einmal den Kühlschrank plündern. Deshalb, wenn sie sich frei nehmen wollte, machte sie das einfach.«

»Nahm sie sich sehr häufig frei?«

»Nicht übermäßig häufig, aber ich hatte den Eindruck, dass sie sich gelegentlich einen Nachmittag oder den Teil eines Nachmittags für etwas Aufregenderes als einen Zahnarztbesuch freinahm. Eine Frau hat eine spezielle Ausstrahlung, wenn sie loszieht, um einen Liebhaber zu treffen.«

»Hatte sie diese Ausstrahlung an dem Tag, als sie ermordet wurde?«

»Ich wünschte, Sie hätten mich das vor neun Jahren gefragt. Damals hätte ich eine bessere Aussicht gehabt, mich daran zu erinnern. Ich weiß, dass sie an diesem Tag früher gegangen ist, aber ich erinnere mich nicht mehr an die Einzelheiten. Denken Sie, dass sie sich mit einem Liebhaber getroffen hat und von ihm ermordet wurde?«

»Ich denke zu diesem Zeitpunkt nichts Bestimmtes. Ihr Ehemann hat gesagt, dass sie sich vor dem Eispickel-Mörder fürchtete.«

»Ich denke nicht ... warten Sie mal. Ich erinnere mich, dass ich später daran gedacht habe, nachdem sie umgebracht worden war. Dass sie darüber gesprochen hatte, wie gefährlich es war, in der Stadt zu leben. Ich weiß nicht mehr, ob sie irgendetwas Spezielles über die Eispickel-Morde gesagt hat, aber sie meinte, dass sie das Gefühl hatte, beobachtet oder verfolgt zu werden. Ich hab es als eine Art Vorahnung ihres eigenen Todes interpretiert.«

»Vielleicht war es das.«

»Oder vielleicht wurde sie wirklich beobachtet und verfolgt. Wie heißt es? ›Paranoide haben auch Feinde.‹ Vielleicht hat sie wirklich etwas gespürt.«

»Hätte sie einen Fremden in ihre Wohnung gelassen?«

»Das hab ich mich damals auch gefragt. Wenn sie sowieso schon auf der Hut war–«

Sie brach unvermittelt ab. Ich fragte sie, was los war.

»Nichts.«

»Ich bin ein Fremder und Sie haben mich in Ihre Wohnung gelassen.«

»Es ist ein Loft. Als ob es einen Unterschied machen würde. Ich–«

Ich zog meine Brieftasche hervor und warf sie auf den Tisch zwischen uns. »Sehen Sie nach«, sagte ich. »Da ist ein Ausweis drin. Der Name deckt sich mit demjenigen, den ich Ihnen am Telefon genannt habe. Ich denke, es gibt auch etwas mit einem Foto.«

»Das ist nicht nötig.«

»Sehen Sie trotzdem nach. Sie werden als Quelle nicht sonderlich nützlich sein, wenn Sie Angst davor haben, umgebracht zu werden. Der Ausweis wird nicht beweisen, dass ich kein Vergewaltiger oder Mörder bin, aber Vergewaltiger und Mörder nennen einem in der Regel nicht vorher ihren Namen. Nur zu, nehmen Sie sie.«

Sie ging schnell die Brieftasche durch und gab sie mir dann zurück. Ich steckte sie wieder ein. »Das ist ein mieses Foto von Ihnen«, sagte sie. »Aber ich tippe, dass Sie darauf zu sehen sind, in Ordnung. Ich denke nicht, dass sie einen Fremden in ihre Wohnung gelassen hat. Sie würde allerdings einen Liebhaber reinlassen. Und ihren Ehemann.«

»Sie denken, dass sie von ihrem Mann ermordet wurde?«

»Verheiratete bringen einander immer um. Manchmal brauchen sie fünfzig Jahre dafür.«

»Haben Sie irgendeine Idee, wer ihr Liebhaber gewesen sein könnte?«

»Vielleicht war es nicht nur eine Person. Ich tippe nur, aber es könnte sie gejuckt haben zu experimentieren. Und sie war schwanger, also hatte sie nichts zu befürchten.«

Sie lachte. Ich fragte sie, was so lustig war.

»Ich habe versucht, mir zu überlegen, wo sie jemanden getroffen haben könnte. Ein Nachbar vielleicht, oder die männliche Hälfte eines Paars, mit dem sie und ihr Mann befreundet waren. Es war ja nicht gerade so, dass sie auf der Arbeit hätte Männer treffen können. Wir hatten zwar viele männliche Wesen dort, aber unglücklicherweise war keines von denen älter als acht.«

»Nicht sehr aussichtsreich.«

»Nur, dass das eigentlich nicht ganz stimmt. Manchmal haben Väter ihre Kinder gebracht oder sie nach der Arbeit abgeholt. Es gibt Situationen, die sich besser fürs Flirten eignen, aber es gab durchaus Papis, die mich angebaggert haben, während sie ihre Kinder abgeholt haben, und wahrscheinlich ist es Barbara ähnlich ergangen. Sie war sehr attraktiv, müssen Sie wissen. Und sie hat sich nicht in Lumpen gehüllt, wenn sie ins Happy Hours zur Arbeit kam. Sie hatte eine gute Figur und sie hat sich so angezogen, dass man es sehen konnte.«

Das Gespräch ging noch ein bisschen weiter, bevor ich eine Gelegenheit fand, die Frage zu stellen. Ich sagte: »Hatten Sie und Barbara jemals was miteinander?«

Ich beobachtete ihre Augen, als ich die Frage stellte. Als Reaktion wurden sie größer. »Herr im Himmel!«, sagte sie.

Ich wartete ab.

»Ich frage mich, wie Sie auf diese Idee kommen«, sagte sie. »Hat jemand behauptet, dass wir etwas miteinander hatten? Oder bin ich eine offensichtliche Lesbe oder so?«

»Jemand hat mir gesagt, dass Sie Ihren Mann für eine andere Frau verlassen haben.«

»Nun, das ist nah dran. Ich habe meinen Mann aus dreißig oder vierzig Gründen verlassen, denke ich. Und die erste Beziehung, die ich danach hatte, *war* mit einer Frau. Wer hat Ihnen das erzählt? Nicht Doug Ettinger. Er ist aus dem Viertel weggezogen, bevor diese spezielle Scheiße übergekocht ist. Außer, er hat mit jemandem gesprochen. Vielleicht hat er sich mit Eddie getroffen und sie haben sich gegenseitig darüber ausgeheult, dass Frauen zu nichts nütze sind, dass sie entweder erstochen werden oder miteinander durchbrennen. War es Doug?«

»Nein. Es war eine Frau aus Ihrem Haus in der Wyckoff Street.«

»Jemand aus dem Haus. Oh, das muss Maisie gewesen sein! Nur, dass das nicht ihr Name ist. Warten Sie einen Moment. Mitzi! Es war Mitzi Pomerance, oder?«

»Ich kenne den Vornamen nicht. Ich hab nur am Telefon mit ihr gesprochen.«

»Die kleine Mitzi Pomerance. Sind die immer noch verheiratet?

Natürlich, müssen sie sein. Solange er sie nicht verlassen hat, denn die würde nichts von Heim und Herd wegbringen. Sie würde darauf bestehen, dass ihre Ehe das Paradies auf Erden ist, selbst wenn das bedeuten würde, systematisch jede negative Emotion zu leugnen, die jemals gedroht hat, an die Oberfläche zu gelangen. Das Schlimmste an meinen Besuchen bei den Kindern war der Ausdruck auf dem Gesicht dieser Kröte, wenn wir uns auf der Treppe begegnet sind.« Sie seufzte und schüttelte beim Gedanken daran den Kopf. »Ich hatte nie was mit Barbara. So seltsam es auch ist, ich hatte nie etwas mit irgendjemandem, männlich oder weiblich, bevor ich mich von Eddie getrennt habe. Und die Frau, mit der ich danach zusammen war, war die erste Frau, mit der ich jemals geschlafen habe.«

»Aber Sie fühlten sich von Barbara Ettinger angezogen.«

»War ich das? Ich habe erkannt, dass sie attraktiv war. Das ist nicht dasselbe. War ich besonders von ihr angezogen?« Sie dachte darüber nach. »Vielleicht«, räumte sie ein. »Nicht auf einer bewussten Ebene, das denke ich nicht. Und als ich mit dem Gedanken zu spielen begann, dass es vielleicht, oh, interessant sein könnte, mit einer Frau ins Bett zu gehen, da dachte ich, glaube ich, nicht an eine bestimmte Frau. Um genau zu sein, ich denke nicht, dass ich mich derartigen Fantasien hingegeben habe, als Barbara noch am Leben war.«

»Ich muss diese persönlichen Fragen stellen.«

»Sie müssen sich nicht entschuldigen. Herrgott, Mitzi Pomerance. Ich wette, dass sie fett geworden ist, ich wette, sie ist mittlerweile ein feistes kleines Ferkel. Aber Sie haben nur am Telefon mit ihr gesprochen.«

»Das ist richtig.«

»Lebt sie immer noch in derselben Wohnung? Bestimmt, denn man würde sie dort nicht einmal mit einer Brechstange rausbekommen.«

»Jemandem ist es doch gelungen. Ein Käufer hat das Gebäude in ein Einfamilienhaus umgewandelt.«

»Davon müssen sie krank geworden sein. Sind sie in der Gegend geblieben?«

»Mehr oder weniger. Sie sind in die Carroll Street gezogen.«

»Nun, ich hoffe, dass sie glücklich sind. Mitzi und Gordon.« Sie beugte sich vor, suchte mein Gesicht mit ihren grauen Augen ab. »Sie trinken«, sagte sie. »Richtig?«

»Wie bitte?«

»Sie sind ein Trinker, oder nicht?«

»Ich vermute, man könnte mich als trinkenden Mann bezeichnen.«

Die Wörter hörten sich steif an, selbst für meine Ohren. Sie hingen einen Augenblick lang in der Luft, und dann erklang ihr Lachen, voluminös und von ganzem Herzen. »›Ich vermute, man könnte mich als trinkenden Mann bezeichnen.‹ Herrgott, das ist wunderbar! Nun, ich vermute, man könnte mich als trinkende Frau bezeichnen, Mr. Scudder. Man hat mich schon als weitaus Schlimmeres bezeichnet, und es war ein langer Tag und ein trockener noch dazu. Wie wäre es mit etwas, um den Staub loszuwerden?«

»Das ist keine schlechte Idee.«

»Was hätten Sie gerne?«

»Haben Sie Bourbon?«

»Ich denke nicht.« Die Bar befand sich hinter zwei Schiebetüren in einem der Bücherregale. »Scotch oder Wodka«, verkündete sie.

»Scotch.«

»Eis? Wasser? Wie?«

»Einfach pur.«

»So wie ihn Gott geschaffen hat, was?« Sie kam mit zwei bis zur Hälfte gefüllten Whiskygläsern zurück, eines mit Scotch, das andere mit Wodka. Sie gab mir meines, blickte in ihr eigenes. Sie sah aus, als würde sie sich einen Trinkspruch überlegen, aber offenbar fiel ihr kein passender ein. »Ach, zum Teufel damit«, sagte sie und nahm einen Schluck.

»Was denken Sie, wer sie umgebracht hat?«

»Zu früh, das zu sagen. Es könnte jemand gewesen sein, von dem ich noch nicht gehört habe. Oder es könnte Pinell gewesen sein. Ich würde mich gern mal mit ihm unterhalten.«

»Denken Sie, dass Sie seine Erinnerung auffrischen könnten?«

Ich schüttelte den Kopf. »Ich denke, ich würde einen Eindruck von ihm gewinnen. Ein großer Teil der Detektivarbeit beruht auf Intuition. Man sammelt Einzelheiten und nimmt Eindrücke auf, und dann hat man plötzlich wie aus dem Nichts die Antwort im Kopf. Es ist nicht so wie bei Sherlock Holmes, zumindest war es für mich nie so.«

»Das hört sich fast so an, als gäbe es ein übersinnliches Element dabei.«

»Nun, ich kann nicht aus der Hand lesen oder die Zukunft vorhersehen. Aber vielleicht ist es so.« Ich nippte an meinem Scotch. Er hatte den Medizingeschmack, den Scotch immer hat, aber diesmal störte es mich nicht so sehr. Es war einer der kräftigeren Scotchs, dunkel und torfig. Ich denke, es war Teacher's. »Als nächstes will ich nach Sheepshead Bay rausfahren«, sagte ich.

»Jetzt?«

»Morgen. Dort hat sich der vierte Eispickel-Mord ereignet. Das war der, der Barbara Ettinger Angst eingejagt haben soll.«

»Sie denken, dass dieselbe Person–«

»Louis Pinell hat den Mord in Sheepshead Bay gestanden. Natürlich beweist das rein gar nichts. Ich bin mir nicht sicher, warum ich rausfahren will. Ich tippe, ich will mit jemandem sprechen, der am Tatort war, mit jemandem, der die Leiche gesehen hat. Es gibt ein paar Details im Zusammenhang mit den Morden, die der Presse verschwiegen wurden, und sie wurden auch beim Mord an Barbara kopiert. Unzureichend kopiert allerdings, und ich will wissen, ob es beim anderen Mord in Brooklyn dazu Parallelen gibt.«

»Und falls ja, was würde das beweisen? Dass es einen zweiten Mörder gab, einen Irren, der sich auf Brooklyn beschränkt hat?«

»Und praktischerweise nach zwei Morden aufgehört hat? Das ist möglich. Es würde nicht einmal ausschließen, dass es jemand war, der ein Motiv hatte, Barbara umzubringen. Nehmen wir an, ihr Mann hatte beschlossen, sie zu töten, aber erkannt, dass der Eispickel-Mörder bislang noch nicht in Brooklyn zugeschlagen hatte, weshalb er zuerst irgendeine Fremde in Sheepshead Bay ermordet hat, um ein Muster zu schaffen.«

»Gibt es Menschen, die derartige Dinge tun?«

»Es gibt nichts, das man sich vorstellen kann, das nicht irgendjemand irgendwann einmal getan hat. Vielleicht hatte jemand ein Motiv für den Mord an der Frau in Sheepshead Bay. Dann befürchtete er, dass der Mord als einziger seiner Art in Brooklyn auffallen würde, weshalb er Barbara getötet hat. Oder vielleicht war das nur eine Entschuldigung dafür. Vielleicht hat er ein zweites Mal gemordet, weil er festgestellt hatte, dass er es genoss.«

»Mein Gott.« Sie trank Wodka. »Um welche Details hat es sich gehandelt?«

»Das wollen Sie nicht wissen.«

»Sie wollen die arme kleine Frau vor der schrecklichen Wahrheit beschützen?«

»Den Opfern wurde in die Augen gestochen. Mit dem Eispickel, genau in die Augäpfel.«

»Herrgott. Und die ... wie haben Sie es genannt? Unzureichende Kopie?«

»Bei Barbara Ettinger war es nur ein Auge.«

»Wie ein Zwinkern.« Sie saß einen langen Moment lang reglos, dann blickte sie auf ihr Glas hinab und stellte fest, dass es leer war. Sie ging zur Bar und kam mit den beiden Flaschen zurück. Nachdem sie uns nachgeschenkt hatte, ließ sie die Flaschen auf dem Schieferplattentisch stehen.

»Ich frage mich, warum jemand so etwas tun würde«, sagte sie.

»Das ist ein weiterer Grund, weshalb ich gerne mit Pinell sprechen würde«, sagte ich. »Um ihn zu fragen.«

Unser Gespräch wanderte von Thema zu Thema. An einem Punkt fragte sie mich, ob sie mich Matt oder Matthew nennen sollte. Ich sagte ihr, dass es mir egal wäre. Sie sagte, dass es ihr wichtig wäre, dass ich sie nicht Janice, sondern Jan nennen würde.

»Solange es Ihnen nichts ausmacht, Mordverdächtige mit ihrem Vornamen anzusprechen.«

Als ich ein Cop war, hatte ich gelernt, Verdächtige immer mit dem Vornamen anzusprechen. Es gab einem einen gewissen psychologischen Vorteil. Ich sagte ihr, dass sie keine Verdächtige war.

»Ich war an dem Tag den ganzen Nachmittag über im Happy Hours«, sagte sie. »Natürlich wäre es schwer, das nach all diesen Jahren zu beweisen. Damals wäre es leicht gewesen. Leute, die allein leben, dürften es schwerer haben, zu Alibis zu kommen.«

»Sie leben allein hier?«

»Solange die Katzen nicht zählen. Sie haben sich irgendwo versteckt. Sie halten sich von Fremden fern. Es würde sie nicht sehr beeindrucken, wenn Sie ihnen Ihren Ausweis zeigen.«

»Unnachgiebige Vertreter der harten Linie.«

»Mhm. Ich lebe schon immer allein. Seitdem ich Eddie verlassen habe, meine ich. Ich hatte Beziehungen, aber ich habe immer allein gelebt.«

»Solange die Katzen nicht zählen.«

»Solange die Katzen nicht zählen. Ich dachte damals nicht, dass ich die nächsten acht Jahre lang allein leben würde. Ich dachte, dass eine Beziehung mit einer Frau auf irgendeine grundlegende Weise anders sein würde. Sehen Sie, es war die Zeit der Bewusstseinsbildung. Ich hatte entschieden, dass die Männer das Problem waren.«

»Und sie waren es nicht?«

»Nun, vielleicht waren sie eins der Probleme. Frauen entpuppten sich als ein anderes. Eine Zeitlang dachte ich, einer der glücklichen Menschen zu sein, die dazu fähig sind, Beziehungen mit beiden Geschlechtern zu haben.«

»Nur eine Zeitlang?«

»Mhm. Denn was ich als Nächstes entdeckte, war, dass ich vielleicht fähig bin, Beziehungen mit Männern und Frauen zu haben, aber was ich vor allem bin, ist: nicht sehr gut in Beziehungen.«

»Nun, das kann ich nachempfinden.«

»Ich dachte mir, dass Sie das wahrscheinlich können. Sie leben allein, oder, Matthew?«

»Seit einer ganzen Weile.«

»Ihre Söhne leben bei Ihrer Frau? Nein, ich bin nicht übersinnlich. Es gibt ein Foto von ihnen in Ihrer Brieftasche.«

»Oh, das. Das ist ein altes Foto.«

»Sie sind hübsche Jungs.«

»Sie sind auch gute Jungs.« Ich schenkte mir etwas Scotch nach. »Sie wohnen draußen in Syosset. Ab und zu kommen sie mit dem Zug in die Stadt und wir sehen uns zusammen ein Baseballspiel an oder einen Kampf im Madison Square Garden.«

»Das müssen Ihre Jungs genießen.«

»Ich weiß, dass ich es genieße.«

»Sie müssen vor längerer Zeit ausgezogen sein.«

Ich nickte. »Etwa zu der Zeit, als ich den Dienst quittiert habe.«

»Selber Grund?«

Ich zuckte mit den Schultern.

»Warum haben Sie den Dienst quittiert? War es dieses Zeug?«

»Welches Zeug?«

Sie wedelte mit der Hand in Richtung der Flaschen. »Sie wissen schon. Der Alk.«

»Oh, zum Teufel, nein«, sagte ich. »Ich hab damals gar nicht so viel getrunken. Ich hatte einfach nur einen Punkt erreicht, an dem ich kein Cop mehr sein wollte.«

»Was war es? Desillusionierung? Der Verlust des Glaubens an das Justizsystem? Abscheu gegenüber der Korruption?«

Ich schüttelte den Kopf. »Meine Illusionen hab ich schon sehr früh verloren und großen Glauben an das Justizsystem hatte ich sowieso nie. Es ist ein schreckliches System und die Polizei tut, was sie kann. Was die Korruption betrifft, war ich nie Idealist genug, mich davon stören zu lassen.«

»Was dann? Midlife-Crisis?«

»So könnte man es nennen.«

»Nun, wir werden nicht darüber sprechen, wenn Sie es nicht wollen.«

Wir blieben einen Augenblick lang stumm. Sie trank, und dann trank ich, und dann stellte ich mein Glas ab und sagte: »Nun, es ist kein Geheimnis. Es ist nur nichts, über das ich sehr häufig spreche. Eines Abends war ich in einer Kneipe in Washington Heights. In dieser Bar durften Cops auf Kosten des Hauses trinken. Der Besitzer mochte es, uns bei sich zu haben, also konnte man anschreiben lassen und wurde nie gebeten, seine Schulden zu begleichen. Ich hatte das Recht, dort zu sein. Es war nach Dienstschluss und ich wollte etwas ausspannen, bevor ich den Zug raus nach Long Island nahm.«

Oder vielleicht wäre ich an diesem Abend sowieso nicht heimgefahren. Ich tat es nicht immer. Manchmal gönnte ich mir ein paar Stunden Schlaf in einem Hotelzimmer, um mir das Hin- und Herfahren zu ersparen. Manchmal musste ich mir kein Hotelzimmer nehmen.

»Zwei junge Typen haben den Laden überfallen«, fuhr ich fort. »Sie haben bekommen, was in der Kasse war, und auf dem Weg nach draußen haben sie den Barkeeper erschossen, einfach so zum Spaß. Ich bin hinter ihnen her auf die Straße gerannt. Ich war in zivil, aber natürlich hatte ich eine Waffe. Man trägt immer eine als Cop.

Ich hab auf sie geschossen und sie beide erwischt. Einer von ihnen war tot, der andere wurde zum Krüppel. Gelähmt von der Hüfte abwärts. Zwei Dinge, die er niemals mehr tun wird, sind gehen und vögeln.«

Ich hatte diese Geschichte schon früher erzählt, aber dieses Mal durchlebte ich es alles noch einmal. Washington Heights ist hügelig und sie waren hügelauf gelaufen. Ich erinnerte mich, wie ich mich konzentrierte, die Waffe mit beiden Händen hielt und auf sie schoss. Vielleicht war der Scotch schuld daran, dass die Erinnerung so lebendig war. Vielleicht war es etwas in ihren großen, unbeirrten grauen Augen, auf das ich reagierte.

»Und weil Sie den einen erschossen und den anderen zum Krüppel gemacht haben–«

Ich schüttelte den Kopf. »Das hätte mich nicht gestört. Es tut mir nur leid, dass ich sie nicht beide getötet habe. Sie hatten ohne jeglichen Grund den Barkeeper erschossen. Wegen denen hätte ich mir absolut keinen Kopf gemacht.«

Sie wartete.

»Eine der Kugeln ging daneben«, sagte ich. »Wenn man hügelauf auf ein paar sich bewegende Ziele schießt, zum Teufel, es ist erstaunlich, dass ich überhaupt so gut getroffen habe. Auf der Schießanlage hatte ich immer vorzügliche Ergebnisse, aber im wirklichen Leben ist es etwas anderes.« Ich versuchte, meinen Blick von ihrem zu lösen, aber es gelang mir nicht. »Eine Kugel ging daneben und sie prallte vom Asphalt ab oder so. Wurde zum Querschläger. Und da war ein kleines Mädchen, das herumging oder herumstand, was auch immer es gemacht haben mag. Es war erst sieben Jahre alt. Ich weiß nicht, was zum Teufel es um diese Zeit noch auf der Straße gemacht hat.«

Dieses Mal wandte ich den Blick ab. »Die Kugel traf es genau ins Auge«, sagte ich. »Als Querschläger hatte die Kugel an Tempo verloren, und wenn sie das Mädchen zwei Zentimeter weiter zur Seite getroffen hätte, wäre sie wahrscheinlich vom Knochen abgeprallt, aber im Leben kommt es auf Zentimeter an, oder? Es gab keinen Knochen, von dem sie abprallen konnte, die Kugel ging direkt ins Gehirn und das Mädchen war auf der Stelle tot.«

»Mein Gott!«

»Ich hatte keinen Fehler begangen. Es gab eine innerpolizeiliche Untersuchung, was in solchen Fällen das Standardverfahren ist, und man kam einstimmig zu dem Schluss, dass ich nichts falsch gemacht hatte. Ich erhielt sogar eine Belobigung. Das Kind war hispanischer Abstammung, puerto-ricanisch, sie hieß Estrellita Rivera, und manchmal stürzt sich die Presse auf einen, wenn ein derartiges Opfer einer Minderheitengruppe angehört. Oder man gerät ins Visier von irgendwelchen Bürgergruppen, aber in diesem Fall passierte nichts dergleichen. Wenn ich irgendetwas war, dann ein schnell reagierender Polizeiheld, der ein bisschen Pech gehabt hatte.«

»Und dann haben Sie den Dienst quittiert.«

Die Scotchflasche war leer. Es gab noch Wodka in der anderen Flasche und ich schenkte mir etwas davon in mein Glas. »Nicht sofort«, sagte ich. »Aber nicht allzu lange danach. Und ich weiß nicht, was mich dazu gebracht hat.«

»Schuldgefühle.«

»Da bin ich mir nicht sicher. Alles, was ich weiß, ist, dass ich keinen Spaß mehr daran hatte, ein Cop zu sein. Und es schien auch nicht mehr zu funktionieren, ein Ehemann und ein Vater zu sein. Ich hab eine Auszeit von beidem genommen, bin in ein Hotel einen Block westlich vom Columbus Circle gezogen. Irgendwann wurde mir dann klar, dass ich nicht zurückgehen würde, weder zu meiner Frau noch zum NYPD.«

Eine Zeitlang sagten wir beide nichts. Dann beugte sie sich in meine Richtung und berührte meine Hand. Es war eine unerwartete und leicht unbeholfene Geste und aus irgendeinem Grund hatte sie Wirkung auf mich. Ich fühlte, wie es mir die Kehle zuschnürte.

Dann hatte sie ihre Hand weggenommen und war aufgestanden. Einen Moment lang dachte ich, sie wollte, dass ich gehen würde. Stattdessen sagte sie: »Ich werde den Schnapsladen anrufen, solange sie noch offen haben. Der nächste ist in der Canal Street und sie schließen sehr früh. Bleiben Sie beim Scotch oder würden Sie lieber auf Bourbon umsteigen? Und falls ja, welche Marke?«

»Ich sollte wohl besser bald gehen.«

»Scotch oder Bourbon?«

»Ich bleibe beim Scotch.«

Während wir auf den Boten aus dem Schnapsladen warteten, führte sie mich im Loft herum und zeigte mir einige ihrer Arbeiten. Das meiste davon war realistisch, wie die Medusa, aber ein paar Stücke waren abstrakt. Es gab sehr viel Kraft in ihren Plastiken. Ich sagte ihr, dass mir ihre Arbeiten gefielen.

»Ich bin ziemlich gut«, sagte sie.

Sie ließ mich nicht für den Alkohol bezahlen, bestand darauf, dass ich ihr Gast war. Wir setzen uns wieder in unsere Sessel, öffneten unsere Flaschen, füllten unsere Gläser. Sie fragte mich, ob mir ihre Arbeiten wirklich gefielen. Ich versicherte ihr, dass dem so war.

»Angeblich bin ich gut«, sagte sie. »Wissen Sie, wie ich dazu gekommen bin? Indem ich mit den Kindern im Kinderhort geknetet habe. Schließlich hab ich diese gelbe Knetmasse mit nach Hause genommen und stundenlang damit gearbeitet. Dann hab ich einen Abendkurs am Brooklyn College belegt, einen Kurs der Erwachsenenbildung, und der Kursleiter sagte mir, dass ich Talent hätte. Er hätte mir das nicht sagen müssen. Ich wusste es.

Ich habe Anerkennung gefunden. Vor etwas mehr als einem Jahr hatte ich eine Ausstellung in der Chuck Levitan Gallery. Kennen Sie die? In der Grand Street?« Ich kannte sie nicht. »Nun, er hat mich eine Ein-Mann-Ausstellung machen lassen. Eine Ein-Frau-Ausstellung. Eine Eine-Person-Ausstellung. Scheiße, heutzutage muss man nachdenken, bevor man etwas sagt. Ist Ihnen das auch schon aufgefallen?«

»Mhm.«

»Und letztes Jahr hab ich ein Stipendium vom NEA bekommen, von der staatlichen Kulturförderung. Und ein kleineres Stipendium von der Einhoorn-Stiftung. Tun Sie nicht so, als wüssten sie, was die Einhoorn-Stiftung ist. Ich hatte noch nie davon gehört, bevor ich das Stipendium bekommen hab. Arbeiten von mir befinden sich in ein paar ganz anständigen Sammlungen. Eine oder zwei in Museen. Nun, eine, und es ist nicht das MoMA, aber es ist ein Museum. Ich bin eine Plastikerin.«

»Ich habe nie das Gegenteil behauptet.«

»Und meine Kinder sind in Kalifornien und ich bekomme sie nie zu sehen. Er hat das volle Sorgerecht. Zum Teufel, ich bin ausgezogen, oder? Ich bin sowieso von Haus aus eine Art von widernatürlicher Frau, irgend so eine Lesbe, die ihren Ehemann und ihre Kinder verlässt, deshalb bekommt er natürlich das Sorgerecht, oder? Ich hab deshalb keinen großen Aufstand gemacht. Wissen Sie was, Matthew?«

»Was?«

»Ich *wollte* das Sorgerecht nicht. Ich hatte genug davon, mich um Kinder zu kümmern. Was halten Sie davon?«

»Hört sich natürlich genug an.«

»Die Maisie Pomerances dieser Welt würden Ihnen da nicht zustimmen. Entschuldigung, ich meine Mitzi. Gordon und Mitzi Scheiß-Pomerance. Mr. und Mrs. Highschool-Jahrbuch.«

Ich konnte nun den Wodka in ihrer Stimme hören. Sie sprach die Worte nicht undeutlich aus, aber ihre Stimme hatte eine Klangfarbe, die vom Alkohol stammte. Es überraschte mich nicht. Sie hatte Glas für Glas mit mir mitgehalten und ich hatte mir keinerlei Zurückhaltung auferlegt. Natürlich hatte ich ein paar Drinks Vorsprung gehabt.

»Als er gesagt hat, dass er nach Kalifornien ziehen wird, hab ich einen Anfall bekommen. Ich hab geschrien, dass das unfair ist, dass er in New York bleiben muss, damit ich sie besuchen kann. Ich hätte Umgangsrecht, hab ich gesagt, und zu was wäre mein Umgangsrecht gut, wenn sie dreitausend Meilen entfernt wohnen würden? Aber wissen Sie was?«

»Was?«

»Ich war erleichtert. Ein Teil von mir war froh, dass sie weggezogen sind, denn sie würden nicht glauben, wie das war, einmal in der Woche mit der U-Bahn da rauszugondeln, in der Wohnung mit ihnen zu sitzen oder mit ihnen in Boerum Hill herumzulaufen, und immer den starrenden Blick von Maisie Pomerance zu riskieren. Verdammt noch mal, warum kriege ich den Namen dieser verdammten Frau nicht richtig hin? Mitzi!«

»Ich hab mir ihre Nummer notiert. Sie können sie jederzeit anrufen und ihr die Meinung sagen.«

Sie lachte. »Oh, Herr im Himmel«, sagte sie. »Ich muss pinkeln. Ich bin gleich zurück.«

Als sie zurückkam, setzte sie sich auf die Couch. Ohne Einleitung sagte sie: »Wissen Sie, was wir sind? Ich mit meinen Plastiken und Sie mit Ihrer Existenzangst? Was wir sind, wir sind zwei Trinker, die ausgestiegen sind. Das ist alles.«

»Wenn Sie es sagen.«

»Seien Sie nicht so herablassend. Sehen wir der Sache ins Auge. Wir sind beide Alkoholiker.«

»Ich bin ein starker Trinker. Da ist ein Unterschied.«

»Was ist der Unterschied?«

»Wenn ich möchte, könnte ich jederzeit damit aufhören.«

»Warum tun Sie es dann nicht?«

»Warum sollte ich?«

Anstatt mir zu antworten, beugte sie sich vor, um sich nachzuschenken. »Ich hab eine Weile damit aufgehört«, sagte sie. »Hab von heute auf morgen für zwei Monate aufgehört. Für mehr als zwei Monate.«

»Sie haben einfach so aufgehört?«

»Ich bin zu den Anonymen Alkoholikern gegangen.«

»Oh.«

»Waren Sie jemals dort?«

Ich schüttelte den Kopf. »Ich denke nicht, dass das für mich funktionieren würde.«

»Aber Sie könnten jederzeit aufhören, wenn Sie möchten.«

»Ja, wenn *ich* möchte.«

»Und überhaupt sind Sie kein Alkoholiker.«

Zuerst sagte ich nichts. Dann sagte ich: »Ich vermute, es kommt darauf an, wie man das Wort definiert. Überhaupt, das ist sowieso nur eine Schublade.«

»Die sagen, dass man für sich selbst entscheidet, ob man ein Alkoholiker ist.«

»Nun, ich entscheide, dass ich keiner bin.«

»Ich hatte für mich entschieden, dass ich einer war. Und es hat für mich funktioniert. Aber die Sache ist die, die sagen, dass es am besten funktioniert, wenn man nicht trinkt.«

»Ich kann sehen, dass das einen Unterschied macht.«

»Ich weiß nicht, warum ich mit dem Thema angefangen hab.« Sie trank ihr Glas aus, blickte mich über den Rand hinweg an. »Ich wollte nicht auf dieses gottverdammte Thema kommen. Erst meine Kinder und dann mein Trinken, was für beschissene Stimmungstöter.«

»Es ist in Ordnung.«

»Es tut mir leid, Matthew.«

»Vergessen Sie es.«

»Setzen Sie sich neben mich und helfen Sie mir beim Vergessen.«

Ich setzte mich zu ihr auf die Couch und fuhr mit der Hand über ihr feines Haars. Durch die vereinzelten grauen Haare wirkte es noch attraktiver. Sie blickte mich einen Augenblick lang mit diesen unergründlichen grauen Augen an, dann senkte sie die Augenlider. Ich küsste sie und sie schmiegte sich an mich.

Wir knutschten eine Zeitlang herum. Ich berührte ihre Brüste, küsste ihren Hals. Ihre kräftigen Hände bearbeiteten die Muskeln an meinem Rücken und meinen Schultern wie Knetmasse.

»Du wirst über Nacht bleiben.«

»Das fände ich gut.«

»Ich auch.«

Ich schenkte uns nach.

Kapitel 9

Ich erwachte, während in der Ferne Kirchenglocken läuteten. Mein Kopf war klar und ich fühlte mich gut. Ich schwang die Füße über die Seite des Betts und blickte in die Augen eines langhaarigen Katers, der sich auf der anderen Seite am Fuß des Betts zusammengerollt hatte. Er musterte mich, dann steckte er den Kopf unter die Pfoten und schlummerte weiter. Man muss nur mit der Dame des Hauses schlafen, schon wird man von den Katzen akzeptiert.

Ich zog mich an und fand Jan in der Küche. Sie trank ein Glas mit blassem Orangensaft. Ich vermutete, dass sie etwas hineingegeben hatte, um ihren Kater zu lindern. Sie hatte in einer Chemex-Glaskaraffe Kaffee gemacht und schenkte mir eine Tasse ein. Ich stand am Fenster und trank.

Wir sprachen nicht. Die Kirchenglocken hatten eine Pause eingelegt und die Stille des Sonntagmorgens breitete sich aus. Draußen war ein herrlicher Tag, die Sonne strahlte an einem wolkenlosen Himmel vor sich hin. Ich blickte auf die Straße hinab und konnte kein einziges Anzeichen für Leben erkennen, keine Person auf der Straße, kein fahrendes Auto.

Ich trank meinen Kaffee aus und stellte die Tasse zu dem schmutzigen Geschirr in der Spüle aus rostfreiem Stahl. Mit Hilfe eines Schlüssels holte Jan den Aufzug in ihr Stockwerk hoch. Sie fragte, ob ich nach Sheepshead Bay rausfahren würde, und ich antwortete, dass ich das vorhatte. Wir hielten uns einen Augenblick lang in den Armen. Ich spürte die Wärme ihres schönen Körpers durch den Morgenrock, den sie trug.

»Ich werde dich anrufen«, sagte ich und fuhr mit dem überdimensionierten Aufzug nach unten.

Ein Polizeibeamter namens O'Byrne erklärte mir am Telefon den Weg. Ich fuhr mit der BMT-U-Bahnlinie Brighton bis zur Station Gravesend – Neck

Road. Irgendwann nachdem wir Brooklyn erreicht hatten, fuhr die U-Bahn oberirdisch und wir kamen durch einige Viertel mit alleinstehenden Häusern, die absolut nicht nach New York aussahen.

Die Dienststelle des Einundsechzigsten Reviers war in der Coney Island Avenue und es gelang mir, ohne größere Probleme dorthin zu finden. Im Dienstraum spielte ich Kennen-Sie-den? mit einem drahtigen Detective mit ausgeprägtem Kinn, der auf den Namen Antonelli hörte. Wir hatten genug gemeinsame Bekannte, dass er mir gegenüber freundlich wurde. Ich erklärte ihm, womit ich mich beschäftigte, und erwähnte, dass Frank Fitzroy es mir vermittelt hatte. Er kannte auch Frank, wobei ich allerdings nicht den Eindruck hatte, dass sie allzu verrückt nacheinander waren.

»Ich werde nachsehen, wie es mit unseren Unterlagen steht«, sagte er. »Aber Sie haben wahrscheinlich schon Kopien unserer Berichte in der Akte, die Fitzroy Ihnen gezeigt hat, gesehen.«

»Was ich vor allem möchte, ist, mit jemandem reden, der die Leiche gesehen hat.«

»Sollten die Namen der Beamten, die am Tatort waren, nicht in der Akte sein, die Sie in Manhattan gesehen haben?«

Daran hatte ich selbst auch gedacht. Vielleicht hätte ich das alles geschafft, ohne bis an das äußerste Ende von Brooklyn rauszufahren. Aber wenn man loszieht, um nach etwas zu suchen, findet man manchmal mehr, als man gesucht hat.

»Nun, vielleicht kann ich die Akte finden«, sagte er und ließ mich an einem alten Schreibtisch aus Holz, der an den Rändern Brandspuren von Zigaretten aufwies, zurück. Zwei Tische weiter sprach ein schwarzer Detective mit hochgerollten Hemdsärmeln am Telefon. Es schien, als würde er mit einer Frau sprechen, und es hörte sich nicht so an, als ginge es um dienstliche Angelegenheiten. An einem anderen Schreibtisch an der gegenüberliegenden Wand befragten zwei Cops, einer in Uniform, der andere in Zivil, einen Teenager mit einem gelben Wuschelkopf. Ich konnte nicht hören, was sie sagten.

Antonelli kam mit einer dünnen Akte zurück und legte sie vor mich auf den Tisch. Ich sah sie durch, wobei ich ab und zu eine Pause machte, um mir etwas in meinem Notizbuch zu notieren. Das Opfer, erfuhr ich, war eine Susan Potowski, die in 2705 Haring Street gewohnt hatte. Sie hatte zwei Kinder gehabt, war neunundzwanzig Jahre alt gewesen und hatte getrennt von ihrem Ehemann, einem Bauarbeiter, gelebt. Sie hatte mit den Kindern in der unteren Wohnung einer Doppelhaushälfte für zwei Familien gewohnt, und sie war an einem Mittwochnachmittag gegen zwei Uhr ermordet worden.

Sie war von den Kindern gefunden worden. Die Kinder, ein achtjähriger Junge und ein zehnjähriges Mädchen, waren zusammen gegen halb vier von der Schule nach Hause gekommen und hatten ihre Mutter auf dem Küchenboden entdeckt, teilweise entkleidet, mit zahlreichen Stichwunden am Körper. Sie waren schreiend auf der Straße umhergelaufen, bis ein Streifenpolizist auf der Bildfläche erschienen war.

»Haben Sie was gefunden?«

»Vielleicht«, sagte ich. Ich notierte mir den Namen des ersten Polizisten am Tatort und ergänzte ihn mit denjenigen der beiden Detectives vom Einundsechzigsten, die im Haus in der Haring Street gewesen waren, bevor sie den Fall an das Revier Midtown North weitergegeben hatten. Ich zeigte Antonelli die drei Namen. »Arbeitet irgendeiner von denen noch hier draußen?«

»Streifenpolizist Burton Havermeyer, Detective dritten Grades Kenneth Allgood, Detective ersten Grades Michael Quinn. Mick Quinn ist vor zwei oder drei Jahren gestorben. Im Dienst. Er und sein Partner überwachten einen Schnapsladen in der Avenue W, es kam zu einem Schusswechsel und er wurde getötet. Furchtbare Sache. Seine Frau war zwei Jahre zuvor an Krebs gestorben, weshalb seine vier Kinder allein in der Welt zurückblieben. Der Älteste fing gerade an zu studieren. Sie müssen darüber gelesen haben.«

»Ja, ich denke, das habe ich.«

»Die Typen, die ihn erschossen haben, werden sehr lange einsitzen. Aber sie sind am Leben und er ist tot, so ist das. Die anderen beiden, Allgood und Havermeyer, deren Namen sagen mir nichts, also dürften sie schon nicht mehr hier gewesen sein, als ich hier angefangen habe. Und das war wann, vor fünf Jahren? So ungefähr.«

»Können Sie herausfinden, wo sie abgeblieben sind?«

»Ich kann vermutlich was rausfinden. Was wollen Sie die überhaupt fragen?«

»Ob ihr in beide Augen gestochen wurde.«

»Gab es keinen Bericht des Gerichtsmediziners in der Akte, die Ihnen dieser Wie-heißt-er-noch gezeigt hat? Fitzroy?«

Ich nickte. »Beide Augen.«

»Also?«

»Erinnern Sie sich an diesen Fall vor ein paar Jahren? Als man eine Frau aus dem Hudson gezogen und es als Tod durch Ertrinken eingestuft hat? Dann hat sich irgend so ein Held aus dem Gerichtsmedizinischen Institut den Schädel genommen und ihn als Briefbeschwerer benützt. Es gab deshalb einen Skandal, und wegen all des Aufruhrs hat sich jemand den Schädel zum ersten Mal genauer angesehen und ein Einschussloch darin gefunden.«

»Ich erinnere mich. Sie kam aus New Jersey, verheiratet mit einem Arzt, oder?«

»Das ist richtig.«

»Ich hab eine Faustregel. Wenn die Frau eines Arztes ermordet wird, dann war er es. Beweise sind mir scheißegal. Es war immer der Arzt. Ich erinnere mich nicht, ob dieser davongekommen ist oder nicht.«

»Ich auch nicht.«

»Aber ich verstehe, was Sie meinen. Der Bericht des Gerichtsmediziners ist nichts, worauf man sein Vermögen setzen sollte. Aber wie verlässlich sind Zeugen bei etwas, das vor neun Jahren passiert ist?«

»Nicht sonderlich. Trotzdem–«

»Ich werde sehen, was ich tun kann.«

Er blieb diesmal ein bisschen länger weg. Als er zurückkam, hatte er einen komischen Ausdruck auf dem Gesicht. »Seuchenfall«, sagte er. »Allgood ist auch tot. Und der Streifenpolizist, Havermeyer, hat den Dienst quittiert.«

»Woran ist Allgood gestorben?«

»Herzinfarkt, vor etwa einem Jahr. Er wurde vor ein paar Jahren versetzt, hat dann im Hauptquartier in der Centre Street gearbeitet. Eines Tages ist er an seinem Schreibtisch zusammengebrochen und gestorben. Einer der Jungs im Archiv kannte ihn noch aus seiner Zeit hier und wusste zufällig, wie er starb. Havermeyer könnte ebenfalls tot sein, bei allem was ich weiß.«

»Was ist mit dem passiert?«

Er zuckte mit den Schultern. »Wer weiß das schon? Er hat nur ein paar Monate nach der Eispickel-Sache den Abschied eingereicht. Hat für seinen

Wunsch, ins Zivilleben zurückzukehren, nicht weiter ausgeführte persönliche Gründe angegeben. Er hatte erst zwei oder drei Jahre auf dem Buckel. Sie wissen, wie hoch unter den Neulingen der Prozentsatz derjenigen, die es hinschmeißen, ist. Zum Teufel, Sie haben selbst hingeschmissen. Persönliche Gründe, was?«

»Etwas in der Art.«

»Ich hab eine Adresse und eine Telefonnummer ausgegraben. Aber er ist seitdem bestimmt ein halbes Dutzend Mal umgezogen. Wenn er keine Spuren hinterlassen hat, können Sie Ihr Glück immer noch im Hauptquartier versuchen. Er war nicht lange genug bei uns, um Anrecht auf eine Rente zu haben, aber für gewöhnlich bleiben die über Ex-Cops auf dem Laufenden.«

»Vielleicht wohnt er ja immer noch an der alten Adresse.«

»Möglich. Meine Großmutter wohnt auch noch in ihren drei kleinen Zimmern in der Elizabeth Street, in derselben Wohnung, seit sie vom Schiff aus Palermo an Land gegangen ist. Manche Leute rühren sich nicht vom Fleck. Andere wechseln die Adresse, wie sie ihre Socken wechseln. Vielleicht haben Sie Glück. Gibt es sonst noch etwas, das ich für Sie tun kann?«

»Wie komme ich zur Haring Street?«

»Zum Tatort?« Er lachte. »Herrgott, Sie sind ein Bluthund«, sagte er. »Sie wollen die Fährte aufnehmen, was?«

Er erklärte mir, wie ich zu Fuß dorthin kommen würde. Er hatte mir ziemlich viel von seiner Zeit gegönnt, aber er wollte kein Geld dafür. Ich spürte, dass er wahrscheinlich keines wollen würde – einige wollen welches, andere nicht –, aber ich bot ihm trotzdem welches an. »Sie könnten wahrscheinlich einen neuen Hut gebrauchen«, sagte ich. Er reagierte mit einem kurzen Grinsen und versicherte mir, dass er einen ganzen Schrank voller Hüte hätte. »Und dabei trage ich heutzutage kaum mal einen«, sagte er. Ich hatte ihm fünfundzwanzig Dollar angeboten, bescheiden genug für den Aufwand, den er für mich betrieben hatte. »Es ist ein ruhiger Tag auf einem ruhigen Revier«, sagte er. »Und wie weit bringt Sie das schon, was Sie von mir bekommen haben? Haben Sie irgendjemanden im Verdacht für diesen Mord in Boerum Hill?«

»Nicht wirklich.«

»Wie wenn man eine schwarze Katze in einer Kohlengrube jagt«, sagte er. »Tun Sie mir einen Gefallen, ja? Lassen Sie mich wissen, was dabei herauskommt. *Falls* etwas herauskommt.«

Ich folgte seinen Anweisungen in die Haring Street. Es sah nicht so aus, als hätte sich das Viertel in den vergangenen neun Jahren sehr verändert. Die Häuser waren gut instandgehalten und es gab überall Kinder. Am Bordstein parkten Autos, in den meisten Einfahrten standen welche. Mir kam der Gedanke, dass es wahrscheinlich ein Dutzend Menschen in dem Block geben musste, die sich an Susan Potowski erinnerten, und bei allem, was ich wusste, konnte ihr getrennt lebender Ehemann nach dem Mord in das Haus zurückgezogen sein und nun dort mit den Kindern wohnen. Sie würden jetzt älter sein, siebzehn und neunzehn.

Sie musste jung gewesen sein, als sie das erste Kind bekommen hatte. Selbst erst neunzehn. Frühe Ehen und frühes Kinderkriegen würden in diesem Viertel nicht ungewöhnlich gewesen sein.

Ich entschied, dass er wahrscheinlich weggezogen war. Falls er zurückgekommen war, um sich um die Kinder zu kümmern, würde er sie kaum dazu gezwungen haben, in dem Haus zu leben, in dem sie ihre Mutter tot auf dem Küchenboden entdeckt hatten. Oder doch?

Ich klingelte nicht an der betreffenden Klingel, ebenso wenig an irgendeiner anderen. Ich untersuchte Susan Potowskis Ermordung nicht und ich musste ihre Asche nicht durchsieben. Ich warf einen letzten Blick auf das Haus, in dem sie gestorben war, dann drehte ich mich um und ging weg.

Die Adresse, die ich für Burton Havermeyer hatte, war 212 St. Marks Place. Das East Village war kein sehr wahrscheinliches Wohnviertel für einen Cop und die Chancen standen schlecht, dass er neun Jahre später immer noch dort wohnte, ob er nun noch bei der Polizei war oder nicht. Von einer Telefonzelle in einem Drugstore in der Ocean Avenue aus rief ich bei der Nummer an, die Antonelli mir gegeben hatte.

Eine Frau meldete sich. Ich fragte, ob ich mit Mr. Havermeyer sprechen könnte. Es gab eine Pause. »Mr. Havermeyer wohnt nicht hier.«

Ich wollte mich dafür entschuldigen, dass ich die falsche Nummer gewählt hatte, aber sie war noch nicht fertig. »Ich weiß nicht, wo man Mr. Havermeyer erreichen kann.«

»Spreche ich mit Mrs. Havermeyer?«

»Ja.«

Ich sagte: »Entschuldigen Sie, dass ich Sie störe, Mrs. Havermeyer. Ein Detective vom Einundsechzigsten Revier, dort, wo Ihr Mann früher gearbeitet hat, hat mir diese Nummer gegeben. Ich versuche–«

»Mein früherer Mann.«

Ihre Stimme klang ausdruckslos, als distanzierte sie sich bewusst von den Wörtern, die sie sprach. Mir war etwas Ähnliches bei genesenen psychisch Kranken aufgefallen.

»Ich versuche, ihn wegen einer Polizeiangelegenheit zu kontaktieren«, sagte ich.

»Er ist schon seit Jahren nicht mehr bei der Polizei.«

»Das weiß ich. Wissen Sie zufällig, wie ich ihn erreichen kann?«

»Nein.«

»Ich nehme an, Sie sehen ihn nicht allzu häufig, Mrs. Havermeyer, aber haben Sie irgendeine Idee–«

»Ich sehe ihn nie.«

»Ich verstehe.«

»Ach, tun Sie das? Ich sehe meinen früheren Ehemann nie. Ich bekomme monatlich einen Scheck. Er geht direkt an meine Bank und wird auf meinem Konto gutgeschrieben. Ich sehe weder meinen Ehemann, noch sehe ich den Scheck. Verstehen Sie? Wirklich?«

Die Wörter hätten mit Leidenschaft gesprochen sein können. Aber die Stimme blieb flach und unbeteiligt.

Ich schwieg.

»Er ist in Manhattan«, sagte sie. »Vielleicht hat er ein Telefon und vielleicht steht seine Nummer im Telefonbuch. Sie können sie nachschlagen. Ich bin mir sicher, dass Sie mir verzeihen werden, wenn ich Ihnen nicht anbiete, sie für Sie nachzuschlagen.«

»Gewiss.«

»Ich bin mir sicher, dass es wichtig ist«, sagte sie. »Polizeiliche Angelegenheiten sind immer wichtig, oder?«

*   *   *

Im Drugstore gab es kein Telefonbuch für Manhattan, weshalb ich die Dame von der Auskunft für mich nachsehen ließ. Sie fand einen Burton Havermeyer in der westlichen 103rd Street. Ich wählte die Nummer, aber niemand hob ab.

Im Drugstore gab es eine Imbisstheke. Ich setzte mich auf einen Hocker und aß ein Sandwich mit gegrilltem Käse sowie ein übersüßes Stück Kirschkuchen und trank zwei Tassen schwarzen Kaffee. Der Kaffee war nicht schlecht, aber er konnte nicht mit dem mithalten, den Jan in ihrer Chemex-Glaskaraffe aufgebrüht hatte.

Ich dachte an sie. Dann ging ich wieder zum Telefon und hätte fast ihre Nummer gewählt. Stattdessen versuchte ich es noch einmal bei Havermeyer. Diesmal hob er ab.

Ich sagte: »Burton Havermeyer? Mein Name ist Matthew Scudder. Ich wollte mich erkundigen, ob ich heute Nachmittag bei Ihnen vorbeikommen kann, um mit Ihnen zu reden.«

»Über was?«

»Es geht um eine polizeiliche Angelegenheit. Ich möchte Ihnen ein paar Fragen stellen. Es wird nicht allzu viel Zeit in Anspruch nehmen.«

»Sind Sie von der Polizei?«

Zum Teufel. »Ich war mal Polizist.«

»Ich auch. Können Sie mir sagen, was Sie von mir wollen, Mr. ...?«

»Scudder«, half ich ihm. »Es geht um eine uralte Geschichte. Ich bin jetzt Privatdetektiv und arbeite an einem Fall, mit dem Sie zu tun hatten, als Sie noch am Einundsechzigsten waren.«

»Das ist Jahre her.«

»Ich weiß.«

»Können wir das nicht am Telefon erledigen? Ich kann mir nicht vorstellen, welche Informationen ich haben könnte, die für Sie nützlich sein könnten. Ich war Streifenpolizist, ich hab nicht an Fällen gearbeitet. Ich–«

»Ich würde gerne vorbeikommen, wenn Sie nichts dagegen haben.«

»Nun, ich–«

»Ich werde nicht viel Zeit beanspruchen.«

Es gab eine Pause. »Heute ist mein freier Tag«, sagte er mit einem Ton, der beinahe ein Jammern war. »Ich hatte vorgehabt, einfach nur herumzusitzen, ein paar Bier zu trinken und ein Baseballspiel zu gucken.«

»Wir können uns in den Werbepausen unterhalten.«

Er lachte. »Okay, Sie haben gewonnen. Kennen Sie meine Adresse? Der Name steht neben der Klingel. Wann werden Sie kommen?«

»In einer Stunde, vielleicht in eineinhalb.«

»In Ordnung.«

Die Upper West Side ist ein weiteres Stadtviertel, das einen Aufschwung erlebt, aber die lokale Wiedergeburt hatte die 96th Street noch nicht überschritten. Havermeyer wohnte in der 103rd Street zwischen Columbus und Amsterdam Avenue in einem der heruntergekommenen Sandsteinhäuser, die beide Seiten der Straße säumten. In dem Viertel wohnten vor allem Hispanos. Eine Menge Leute saß auf den Treppen vor den Häusern, hörte Musik aus großen tragbaren Radios und trank Miller High Life aus braunen Papiertüten. Jede dritte Frau war schwanger.

Ich fand das betreffende Haus, klingelte und stieg vier Stockwerke die Treppe hoch. Er wartete in der Tür einer der nach hinten gelegenen Wohnungen. Er fragte: »Scudder?« und ich nickte. »Burt Havermeyer«, sagte er. »Kommen Sie herein.«

Ich folgte ihm in eine relativ große Einzimmerwohnung mit Küchenzeile. Für Licht von der Decke sorgte eine einzelne Glühbirne in einem dieser japanischen Lampenschirme aus Papier. Die Wände hätten einen neuen Anstrich vertragen können. Ich setzte mich auf die Couch und nahm die Bierdose in Empfang, die er mir gab. Er öffnete sich selbst auch eine, dann ging er den Fernseher ausschalten. Das tragbare Schwarz-Weiß-Gerät stand auf einer Orangenkiste, in deren Fächern sich Taschenbücher befanden.

Er zog einen Sessel für sich selbst heran, überkreuzte die Beine. Er sah wie Anfang dreißig aus, eins dreiundsiebzig oder eins fünfundsiebzig, mit blasser Haut, schmalen Schultern und einem Bierbauch. Er trug eine braune Gabardinehose und ein beige gemustertes Sportshirt. Tiefliegende braune Augen, Hängebacken und nach hinten gegelte dunkelbraune Haare, und er hatte sich an diesem Morgen nicht rasiert. Ich auch nicht, wenn ich mir es recht überlegte.

»Vor etwa neun Jahren«, sagte ich. »Eine Frau namens Susan Potowski.«

»Ich wusste es.«

»Oh.«

»Ich hab aufgelegt und gedacht, warum würde irgendjemand mit mir über einen Fall von vor neun oder zehn Jahren sprechen wollen. Dann kam ich drauf, dass es sich um die Eispickel-Sache handeln musste. Ich lese Zeitung. Die haben den Kerl, oder? Die haben die Arme aufgehalten und er ist ihnen in den Schoß gefallen.«

»So ungefähr.« Ich erklärte ihm, dass Louis Pinell leugnete, irgendetwas mit dem Mord an Barbara Ettinger zu tun zu haben, und die Fakten ihn zu bestätigen schienen.

»Ich verstehe es nicht«, sagte er. »Es bleiben doch immer noch acht Morde, oder nicht? Genügt das nicht, um ihn wegzusperren?«

»Es genügt dem Vater von Barbara Ettinger nicht. Er will wissen, wer seine Tochter ermordet hat.«

»Und das ist Ihre Aufgabe.« Er pfiff leise. »Sie Glückspilz.«

»So sieht es aus.« Ich nahm einen Schluck aus der Bierdose. »Ich denke nicht, dass es irgendeine Verbindung zwischen dem Mord an Potowski und dem, den ich untersuche, gibt, aber sie haben sich beide in Brooklyn ereignet und vielleicht hat Pinell keinen von beiden begangen. Sie waren der erste Polizist am Tatort. Erinnern Sie sich gut an diesen Tag?«

»Herrgott«, sagte er. »Das sollte ich.«

»Ja?«

»Ich habe deshalb den Dienst quittiert. Aber ich vermute, das haben Ihnen die da draußen in Sheepshead Bay schon gesagt.«

»Alles, was die gesagt haben, war, dass es sich um nicht weiter ausgeführte persönliche Gründe gehandelt hat.«

»Ist das so?« Er hielt seine Bierdose mit beiden Händen und saß mit gesenktem Kopf da, den Blick auf die Dose gerichtet. »Ich erinnere mich, wie die Kinder geschrien haben«, sagte er. »Ich erinnere mich, wie ich gewusst habe, dass ich etwas sehr Schlimmes vorfinden werde, und dann ist meine nächste Erinnerung, wie ich in der Küche bin und auf die Leiche hinabblicke. Eines der Kinder zerrt an meiner Hose, so wie Kinder es tun, Sie wissen schon, wie sie es tun, und ich blicke auf die Frau hinab und schließe die Augen, und als ich sie wieder öffne, sehe ich immer noch dasselbe Bild. Sie war in einem, wie nennt man das, Hausmantel. Er hatte japanische

Schriftzeichen aufgedruckt und das Bild eines japanischen Vogels, japanische Kunst. Ein Kimono? Ich denke, es heißt Kimono. Ich erinnere mich an die Farbe. Orange, mit schwarzem Rand.«

Er blickte zu mir hoch, dann senkte er wieder die Augen. »Der Hausmantel war geöffnet. Der Kimono. Teilweise geöffnet. Und auf ihrem ganzen Körper waren diese Punkte, wie Satzzeichen. Wo er sie mit dem Eispickel bearbeitet hatte. Vor allem am Oberkörper. Sie hatte sehr schöne Brüste. Es ist furchtbar, sich an so etwas zu erinnern, aber wie wehrt man sich gegen Erinnerungen? Ich stand da und hab all die Wunden an ihren Brüsten gesehen und gewusst, dass sie tot war. Und ich hab gedacht, dass sie erstklassige Titten hat. Und mich dafür gehasst, das zu denken.«

»Das kommt vor.«

»Ich weiß, ich weiß, aber es bleibt einem im Gedächtnis wie ein Knochen, der einem im Rachen steckt. Und das Geheul der Kinder und der Lärm von draußen. Zuerst nehme ich den Lärm nicht wahr, weil ihr Anblick alles andere blockiert. Als ob es einen betäuben würde, alle anderen Sinne ausschaltet. Wissen Sie, was ich meine?«

»Ja.«

»Und dann kommt der Lärm hoch und der Junge hängt noch immer an meinem Hosenbein, und wenn er hundert Jahre alt wird, wird er sich immer so an seine Mutter erinnern. Ich selbst hatte sie nie zuvor gesehen und hab dieses Bild nicht abschütteln können. Es ist mir Tag und Nacht in den Sinn gekommen. Wenn ich geschlafen habe, war es Teil meiner Albträume, und tagsüber kam es mir in den merkwürdigsten Augenblicken in den Sinn. Ich wollte nirgendwo mehr reingehen. Ich wollte nicht riskieren, noch einmal auf eine Leiche zu stoßen. Und schließlich wurde mir klar, dass ich nicht länger eine Arbeit verrichten wollte, bei der man damit zu tun hatte, dass Leute umgebracht wurden. ›Nicht weiter ausgeführte persönliche Gründe.‹ Nun, jetzt hab ich sie ausgeführt. Ich hab ein bisschen abgewartet, und als es nicht besser wurde, hab ich die Sache hingeschmissen.«

»Was machen Sie jetzt?«

»Sicherheitskraft« Er nannte ein Geschäft im Zentrum Manhattans. »Ich hab ein paar andere Sachen ausprobiert, aber diesen Job mache ich jetzt seit sieben Jahren. Ich trage eine Uniform und hab sogar eine Pistole an der Hüfte. Bei dem Job, den ich zuvor hatte, hab ich auch eine Waffe getragen, aber sie war nicht geladen. Hat mich wahnsinnig gemacht. Ich hab gesagt: Entweder trage ich eine Waffe oder ich trage keine, es spielt keine Rolle für mich, aber gebt mir keine ungeladene Waffe, denn dann denken die Verbrecher, dass man bewaffnet ist, aber man kann sich nicht wehren. Jetzt hab ich eine geladene Pistole und sie hat seit sieben Jahren das Halfter nicht verlassen, was genau so ist, wie ich es mag. Ich diene zur Abschreckung gegen Überfälle und Ladendiebstähle. Nicht so sehr gegen Diebstähle, wie wir es gerne hätten. Ladendiebe können ziemlich clever sein.«

»Das kann ich mir vorstellen.«

»Es ist eine langweilige Arbeit. Das gefällt mir. Mir gefällt es zu wissen, dass ich nicht in die Küche von irgendjemandem spazieren muss und eine Leiche auf dem Boden liegt. Ich mache Witze mit anderen Leuten auf der Arbeit, ich schnappe ab und zu einen Ladendieb und die ganze Sache ist ruhig und konstant. Ich führe ein einfaches Leben, wenn Sie verstehen, was ich meine. Ich mag es so.«

»Eine Frage zum Tatort.«

»Klar.«

»Die Augen der Frau.«

»Oh, Herrgott«, sagte er. »Mussten Sie mich daran erinnern?«

»Erzählen Sie es mir.«

»Die Augen waren geöffnet. Er hat allen Opfern in die Augen gestochen. Ich wusste das vorher nicht. Man hat es vor der Presse verheimlicht, so wie man immer etwas verheimlicht, wissen Sie? Aber als die Detectives eintrafen, haben die es sofort bemerkt, und damit hatte es sich, müssen Sie wissen. Es war nicht unser Fall und wir konnten ihn an ein anderes Revier abgeben. Ich hab vergessen, an welches.«

»Midtown North.«

»Wenn Sie das sagen.« Er schloss einen Moment lang die Augen. »Hab ich gesagt, dass ihre Augen offen waren? Sie haben zur Decke hoch gestarrt. Aber sie waren wie Ovale aus Blut.«

»Beide Augen?«

»Wie bitte?«

»Waren beide Augen gleich?«

Er nickte. »Warum?«

»Barbara Ettinger wurde nur in ein Auge gestochen.«

»Macht das einen Unterschied?«

»Ich weiß es nicht.«

»Wenn jemand den Mörder kopieren wollte, würde er ihn vollständig kopieren, oder?«

»Das sollte man annehmen.«

»Außer, er *war* es und musste sich ausnahmsweise beeilen. Aber wer kennt sich schon mit Verrückten aus? Vielleicht hat ihm Gott gesagt, dass er dieses Mal nur in ein Auge stechen soll. Wer weiß das schon?«

Er ging sich noch ein Bier holen und bot mir auch eines an, aber ich lehnte ab. Ich wollte nicht mehr lange genug bleiben, es zu trinken. Ich hatte ihm in Wirklichkeit nur eine einzige Frage stellen wollen und die Antwort hatte den gerichtsmedizinischen Bericht bestätigt. Ich vermute, ich hätte sie auch am Telefon stellen können, aber dann hätte ich nicht dieselbe Möglichkeit gehabt, sein Gedächtnis gründlich zu prüfen und dabei ein Gefühl dafür zu bekommen, was er in dieser Küche entdeckt hatte. Es bestand kein Zweifel daran, dass er jetzt in die Vergangenheit gereist war und Susan Potowskis Leiche aufs Neue gesehen hatte. Er hatte nicht vermutet, dass ihr in beide Augen gestochen worden war. Er hatte seine Augen geschlossen und die Wunden gesehen.

Er sagte: »Manchmal frage ich mich. Nun, als ich davon gelesen habe, dass sie diesen Pinell verhaftet haben, und jetzt, weil Sie hergekommen sind. Was wäre, wenn nicht ich es gewesen wäre, der diese Potowski entdeckt hat? Oder angenommen, es wäre drei Jahre später passiert und ich hätte viel mehr Erfahrung gehabt? Ich kann mir vorstellen, wie dann mein ganzes Leben anders gelaufen wäre.«

»Vielleicht wären Sie bei der Polizei geblieben.«

»Das ist möglich, oder? Ich weiß nicht, ob es mir wirklich gefallen hat, ein Cop zu sein, oder ob ich dabei irgendetwas getaugt habe. Ich mochte die Kurse an der Akademie. Ich mochte es, die Uniform zu tragen. Ich mochte es, auf Streife zu gehen und Leute zu grüßen, die zurückgrüßten. Tatsächliche Polizeiarbeit, ich weiß nicht, wie sehr ich die mochte. Vielleicht, wenn ich wirklich für den Job geschaffen gewesen wäre, dann hätte mich das, was ich in der Küche gesehen hab, nicht umgehauen. Oder ich hätte es durchgestanden und wäre irgendwann einmal drüber weg gewesen. Sie waren selbst mal ein Cop und haben das Handtuch geworfen, oder?«

»Aus nicht weiter ausgeführten persönlichen Gründen.«

»Ja, ich vermute, davon liegt eine Menge in der Luft.«

»Es hing mit einem Tod zusammen«, sagte ich. »Ein Kind. Was passiert ist, ist, dass ich meinen Geschmack an der Arbeit verloren habe.«

»Genau das, was mir passiert ist, Matt. Ich hab den Geschmack daran verloren. Wissen Sie, was ich denke? Wenn es nicht diese eine bestimmte Sache gewesen wäre, hätte es eine andere gegeben.«

Konnte ich dasselbe sagen? Es war ein Gedanke, der mir früher noch nie in den Sinn gekommen war. Wenn Estrellita Rivera zu Hause im Bett gewesen wäre, wo sie hingehörte, würde ich dann noch in Syosset wohnen und eine Polizeimarke tragen? Oder hätte mich ein anderer Vorfall unvermeidlich in die Richtung gedrängt, in die ich gehen musste?

Ich sagte: »Sie und Ihre Frau haben sich getrennt.«

»Das ist richtig.«

»Zur gleichen Zeit, als Sie den Abschied eingereicht haben?«

»Nicht allzu lange danach.«

»Sind Sie dann gleich hierher gezogen?«

»Ich war in einem Wohnheim ein paar Blocks von hier am Broadway. Dort bin ich für etwa zehn Wochen geblieben, bis ich diese Wohnung hier gefunden habe. Seitdem wohne ich hier.«

»Ihre Frau wohnt noch immer im East Village.«

»Hä?«

»St. Marks Place. Sie wohnt noch immer dort.«

»Oh. Richtig.«

»Kinder?«

»Nein.«

»Das macht es einfacher.«

»Vermutlich.«

»Meine Frau und meine Söhne sind draußen auf Long Island. Ich wohne in einem Hotel in der 57th Street.«

Er nickte verständnisvoll. Menschen ziehen um und ihr Leben ändert sich. Bei ihm hatte es dazu geführt, dass er Kaschmirpullis bewachte. Bei mir dazu, dass ich tue, was auch immer ich tue. In einer Kohlengrube nach einer schwarzen Katze suchen, hatte Antonelli gemeint. Nach einer Katze suchen, die nicht dort war.

Kapitel 10

Als ich in mein Hotel zurückkam, wartete eine Nachricht von Lynn London auf mich. Ich rief sie vom Münztelefon in der Lobby aus an und erklärte ihr, wer ich war und was ich wollte.

Sie sagte: »Mein Vater hat Sie engagiert? Das ist komisch, denn zu mir hat er nichts gesagt. Ich dachte, man hätte den Mann gefasst, der meine Schwester getötet hat. Warum sollte er plötzlich – nun, lassen wir das. Ich weiß nicht, wie ich Ihnen helfen könnte.«

Ich sagte ihr, dass ich sie gerne treffen würde, um mit ihr über ihre Schwester zu sprechen.

»Nicht heute Abend«, sagte sie entschieden. »Ich bin erst vor ein paar Stunden aus den Bergen zurückgekommen. Ich bin erschöpft und ich muss meinen Unterricht für die Woche vorbereiten.«

»Morgen?«

»Tagsüber unterrichte ich. Am Abend habe ich eine Verabredung zum Essen und danach gehe ich in ein Konzert. Dienstagabend habe ich Gruppentherapie. Vielleicht am Mittwoch? Aber das ist auch nicht sonderlich gut für mich. Zum Teufel.«

»Vielleicht könnten wir–«

»Vielleicht könnten wir es am Telefon erledigen? Ich weiß wirklich nicht sehr viel, Mr. Scudder, und Gott im Himmel weiß, wie erledigt ich gerade bin, aber vielleicht würde ich jetzt, sagen wir, zehn Minuten Fragerei durchstehen. Denn ehrlich gesagt, ich weiß nicht, wann wir uns treffen könnten. Ich weiß wirklich nicht sehr viel, es war vor so vielen Jahren und–«

»Wann sind Sie morgen Nachmittag mit dem Unterricht fertig?«

»Morgen Nachmittag? Wir schicken die Kinder um Viertel nach drei nach Hause, aber–«

»Ich werde um vier zu Ihnen in Ihre Wohnung kommen.«

»Ich hab Ihnen doch gesagt, ich habe morgen eine Verabredung zum Abendessen.«

»Und danach ein Konzert. Ich komme um vier. Ich werde nicht viel Ihrer Zeit in Anspruch nehmen.«

Sie war nicht begeistert, aber wir blieben dabei. Ich gab ein weiteres Zehn-Cent-Stück aus und rief Jan Keane an. Ich fasste meinem Tag zusammen und sie sagte mir, dass mein Fleiß sie mit Respekt erfüllte. »Ich weiß nicht«, sagte ich. »Manchmal denke ich, dass ich Zeit verschwende. Ich hätte heute dasselbe mit ein paar Anrufen erreichen können.«

»Wir hätten unsere Angelegenheit gestern Abend auch am Telefon erledigen können«, sagte sie. »Was das anbetrifft.«

»Ich bin froh, dass wir das nicht getan haben.«

»Ich auch«, sagte sie. »Denke ich. Andererseits hatte ich vorgehabt, heute zu arbeiten, und ich konnte den Ton nicht mal ansehen. Ich hoffe nur, dass sich dieser Kater legt, bis es Zeit ist, schlafen zu gehen.«

»Ich hatte heute Morgen einen klaren Kopf.«

»Meiner beginnt erst langsam, wieder klar zu werden. Vielleicht war es ein Fehler, dass ich heute zu Hause geblieben bin. Die Sonne hätte etwas von dem Nebel weggebrannt. Jetzt sitze ich nur herum, bis es an der Zeit ist, ins Bett zu gehen.«

In diesem letzten Satz konnte sich eine unausgesprochene Einladung verborgen haben. Ich hätte mich wahrscheinlich auch selbst einladen können. Aber ich war bereits zu Hause, und ein kurzer und ruhiger Abend hatte auch seine Vorteile. Ich sagte ihr, dass ich ihr hatte mitteilen wollen, wie sehr ich ihre Gesellschaft genossen hatte, und dass ich sie wieder anrufen würde.

»Ich bin froh, dass du angerufen hast«, sagte sie. »Du bist ein toller Kerl, Matthew.« Eine Pause, und dann sagte sie: »Ich hab darüber nachgedacht. Er hat es wahrscheinlich getan.«

»Wer?«

»Doug Ettinger. Er hat sie wahrscheinlich ermordet.«

»Warum?«

»Ich weiß nicht, warum. Menschen haben immer ein Motiv, ihren Partner zu ermorden, oder? Es hat keinen Tag gegeben, an dem ich keinen Grund gehabt hätte, Eddie umzubringen.«

»Ich meine, warum denkst du, dass er es getan hat?«

»Oh. Was ich mir überlegt habe, ich habe mir überlegt, wie hinterhältig man sein müsste, jemanden umzubringen und dabei andere Morde zu imitieren. Und dann wurde mir klar, was für ein hinterhältiger Typ er war, was für ein unaufrichtiger Kerl. Er war fähig, etwas in der Art zu planen.«

»Das ist interessant.«

»Hör zu, ich habe kein besonderes Wissen. Aber das ist, was ich mir vorhin überlegt habe. Und jetzt macht er was? Er verkauft Sportartikel? Hast du das gesagt?«

Ich saß in meinem Zimmer und las eine Zeitlang, dann ging ich um die Ecke ins Armstrong's, um zu Abend zu essen. Ich blieb ein paar Stunden lang dort, aber ich trank nicht sehr viel. Es war nicht viel los, wie gewöhnlich an einem Sonntagabend. Ich sprach mit ein paar Leuten, aber die meiste Zeit über saß ich allein und ließ die Ereignisse der vergangenen zwei Tage in meinem Bewusstsein Revue passieren.

Ich verabschiedete mich relativ früh, spazierte zur 8th Avenue, um die Frühausgabe der *News* vom Montag zu kaufen. Ging zurück auf mein Zimmer, las die Zeitung, duschte. Betrachtete mich im Spiegel. Überlegte, mich zu rasieren, beschloss aber, bis zum Morgen zu warten.

Genehmigte mir einen Schlaftrunk, einen kleinen. Ging zu Bett.

Ich träumte tief, als das Telefon klingelte. In meinem Traum rannte ich, ich verfolgte jemanden oder wurde verfolgt, und ich richtete mich mit pochendem Herz im Bett auf.

Das Telefon klingelte. Ich streckte den Arm aus, meldete mich.

Eine Frau sagte: »Warum lassen Sie die Toten nicht ruhen?«

»Wer spricht da?«

»Lassen Sie die Toten in Ruhe. Lassen Sie die Toten begraben.«

»Wer spricht da?«

Ein Klick. Ich schaltete die Lampe an und blickte auf meine Uhr. Es war gegen halb zwei. Ich hatte eine Stunde lang geschlafen, wenn überhaupt.

Wer hatte mich angerufen? Es war eine Stimme gewesen, die ich schon einmal gehört hatte, aber ich konnte sie nicht zuordnen. Lynn London? Nein, dachte ich.

Ich stieg aus dem Bett, blätterte in meinem Notizbuch, nahm den Hörer wieder in die Hand. Als die Vermittlung des Hotels sich meldete, las ich eine Nummer vor. Man vermittelte mich und ich lauschte, wie es zweimal läutete.

Eine Frau meldete sich. Dieselbe Frau, die mir gerade gesagt hatte, dass ich die Toten in Ruhe lassen sollte. Ich hatte ihre Stimmer bereits einmal zuvor gehört und erinnerte mich jetzt daran.

Ich hatte ihr nichts zu sagen, das nicht einen oder zwei Tage warten konnte. Ohne etwas zu sagen, legte ich den Hörer auf und ging wieder ins Bett.

Kapitel 11

Am nächsten Morgen rief ich nach dem Frühstück in Charles Londons Büro an. Er war noch nicht auf der Arbeit. Ich hinterließ meinen Namen und sagte, dass ich es später noch einmal versuchen würde.

Mit einem weiteren Zehn-Cent-Stück rief ich Frank Fitzroy im Dreizehnten Revier an. »Scudder hier«, sagte ich. »Wo wird Pinell festgehalten?«

»Er war im Hauptquartier. Dann haben sie ihn raus auf Rikers Island verlegt, denke ich. Warum?«

»Ich würde gern mit ihm sprechen. Wie groß sind meine Chancen?«

»Nicht sehr groß.«

»Du könntest rausfahren«, schlug ich vor. »Ich wäre nur ein Kollege, der dich begleitet.«

»Ich weiß nicht, Matt.«

»Du würdest etwas für den Zeitaufwand bekommen.«

»Darum geht es nicht. Glaub mir. Die Sache ist die: Dieser Arsch ist uns in den Schoß gefallen und ich würde ungern sehen, dass er wegen einer verfahrenstechnischen Kleinigkeit freigesprochen wird. Wir bringen einen unberechtigten Besucher mit, sein Anwalt kriegt es spitz und bekommt davon Hummeln im Hintern, das könnte den ganzen Fall vermasseln. Kannst du mir folgen?«

»Das scheint nicht sehr wahrscheinlich zu sein.«

»Vielleicht nicht, aber es ist ein Risiko, das ich nicht unbedingt eingehen möchte. Was willst du überhaupt von ihm?«

»Ich weiß es nicht.«

»Vielleicht könnte ich ihm ein oder zwei Fragen für dich stellen. Falls ich überhaupt mit ihm sprechen kann, woran ich auch nicht unbedingt glaube. Vielleicht hat sein Anwalt den Hahn zugedreht. Aber wenn du eine spezielle Frage hast–«

Ich befand mich in der Telefonzelle in der Lobby meines Hotels und jemand klopfte an die Tür. Ich sagte Frank, dass er einen Moment lang warten sollte, dann öffnete ich die Tür einen Spalt breit. Es war Vinnie von der Rezeption, um mir zu sagen, dass ich einen Anruf hatte. Ich wollte wissen, wer es war, und er antwortete, dass es sich um eine Frau handle, die ihren Namen nicht genannt hatte. Ich fragte mich, ob es dieselbe Frau war, die mich letzte Nacht angerufen hatte.

Ich sagte ihm, dass er den Anruf aufs Haustelefon an der Rezeption stellen sollte und ich ihn dort in einer Minute entgegennehmen würde. Ich nahm die Hand von der Sprechmuschel und sagte zu Frank, dass mir nichts Spezielles einfiel, was ich Louis Pinell fragen wollte, dass ich aber vielleicht auf sein Angebot zurückkommen würde. Er erkundigte sich, ob ich mit meinen Ermittlungen irgendwie vorankam.

»Ich weiß es nicht«, sagte ich. »Es ist schwer zu sagen. Ich verbringe viel Zeit damit.«

»Damit der Wie-heißt-er-noch etwas für sein Geld bekommt. London.«

»Vermutlich. Ich habe das Gefühl, dass das meiste davon Zeitverschwendung ist.«

»Das ist doch immer so, oder etwa nicht? Es gibt Tage, da denke ich, dass ich neunzig Prozent meiner Zeit verschwende. Aber das muss man tun, damit es die zehn Prozent gibt, die keine Verschwendung sind.«

»Das ist ein Argument.«

»Selbst wenn du mit Pinell sprechen könntest, würde das zu den verschwendeten neunzig Prozent gehören. Denkst du das nicht auch?«

»Wahrscheinlich.«

Ich beendete das Gespräch mit ihm, ging zur Rezeption und nahm den Hörer des Haustelefons in die Hand. Es war Anita.

Sie sagte: »Matt? Ich wollte dir nur sagen, dass das Geld gekommen ist.«

»Das ist gut. Es tut mir leid, dass es nicht mehr ist.«

»Es kam zum richtigen Zeitpunkt.«

Ich schicke ihr Geld für die Jungs, wenn ich welches übrig habe. Sie hatte noch nie angerufen, nur um zu sagen, dass es angekommen war.

Ich fragte, wie es den Jungs ging.

»Es geht ihnen gut«, sagte sie. »Natürlich sind sie jetzt gerade in der Schule.«

»Natürlich.«

»Ich vermute, es ist schon eine Weile her, seit du sie zum letzten Mal getroffen hast.«

Ich fühlte einen roten Nadelstich der Wut. Hatte sie nur angerufen, um mir das zu sagen? Nur, um den kleinen Knopf mit den Schuldgefühlen zu drücken? »Ich arbeite an einem Fall«, sagte ich. »Sobald ich ihn abgeschlossen habe, wann auch immer das sein mag, können sie vielleicht reinkommen und wir können uns ein Spiel im Garden ansehen. Oder einen Boxkampf.«

»Das würde ihnen bestimmt gefallen.«

»Mir auch.« Ich dachte an Jan, die erleichtert war, dass sich ihre Kinder auf der anderen Seite des Kontinents befanden, erleichtert, dass sie sie nicht mehr besuchen musste, und die wegen ihrer Erleichterung Schuldgefühle hatte. »Mir würde das auch sehr gefallen«, sagte ich.

»Matt, der Grund, weshalb ich anrufe—«

»Ja?«

»Oh Gott«, sagte sie. Sie klang traurig und müde. »Es ist Bandy«, sagte sie.

»Bandy?«

»Unser Hund. Du erinnerst dich an Bandy?«

»Natürlich. Was ist mit ihm?«

»Oh, es ist traurig«, sagte sie. »Der Tierarzt meinte, dass wir ihn einschläfern lassen sollten. Er meinte, dass es an diesem Punkt wirklich nichts mehr gibt, das wir für ihn tun können.«

»Oh«, sagte ich. »Nun, ich vermute, wenn es das ist, was getan werden sollte—«

»Ich hab ihn bereits einschläfern lassen. Am Freitag.«

»Oh.«

»Ich denke, ich wollte, dass du davon weißt.«

»Armer Bandy«, sagte ich. »Er muss zwölf Jahre alt gewesen sein.«

»Er war vierzehn.«

»Ich wusste nicht, dass er so alt war. Das ist ein hohes Alter für einen Hund.«

»Angeblich entspricht das achtundneunzig Jahren bei einem Menschen.«

»Was war mit ihm los?«

»Der Tierarzt sagte, dass er einfach erledigt war. Seine Nieren waren in einem schlechten Zustand. Und er war fast blind. Das hast du gewusst, oder nicht?«

»Nein.«

»In den letzten ein oder zwei Jahren wurde sein Sehvermögen immer schlechter. Es war so traurig, Matt. Die Jungs haben irgendwie das Interesse an ihm verloren. Ich denke, das war das traurigste daran. Sie haben ihn geliebt, als sie jünger waren, aber sie sind größer geworden und er ist alt geworden und sie haben das Interesse verloren.« Sie fing zu weinen an. Ich stand da, hielt den Hörer an mein Ohr und sagte nichts.

Sie sagte: »Es tut mir leid, Matt.«

»Sei nicht albern.«

»Ich hab dich angerufen, weil ich es jemandem erzählen wollte, und wem sonst hätte ich es erzählen können? Erinnerst du dich daran, als wir ihn bekommen haben?«

»Ich erinnere mich.«

»Ich wollte ihn Bandit nennen, wegen der Flecken auf seinem Gesicht, weil sie aussahen wie eine Maske. Du hast irgendetwas gesagt, von wegen einem Hund einen schlechten Namen geben, aber da nannten wir ihn bereits Bandy. Also haben wir beschlossen, dass das die Kurzform von Bandersnatch war.«

»Aus *Alice im Wunderland*.«

»Der Tierarzt hat gesagt, dass er nichts gespürt hat. Er ist einfach eingeschlafen. Der Arzt hat sich für mich um das Beseitigen der Überreste gekümmert.«

»Das ist gut.«

»Er hatte ein gutes Leben, denkst du nicht auch? Und er war ein guter Hund. Er war so ein Clown. Er hat mich immer zum Lachen gebracht.«

Sie redete noch ein paar Minuten lang. Das Gespräch erschöpfte sich einfach, wie der Hund. Sie dankte mir noch einmal für das Geld und ich sagte noch einmal, dass ich wünschte, es wäre mehr. Ich sagte ihr, dass sie den Jungs ausrichten solle, wir würden uns sehen, sobald ich meinen derzeitigen Fall abgeschlossen hatte. Sie sagte, sie würde nicht vergessen, es ihnen auszurichten. Ich legte auf und ging nach draußen.

Die Sonne war hinter Wolken verborgen und es wehte ein eisiger Wind. Zwei Häuser neben dem Hotel ist eine Kneipe namens McGovern's. Sie öffnen früh.

Ich ging hinein. Der Laden war leer bis auf zwei alte Männer, einer von ihnen hinter der Theke, der andere davor. Die Hand des Barkeepers zitterte leicht, als er mir einen doppelten Early Times einschenkte und ein Glas Wasser dazustellte.

Ich hob das Glas und fragte mich, ob es klug war, London einen frühen Besuch in seinem Büro abzustatten, wenn ich nach Bourbon roch, dann entschied ich, dass so etwas bei einem inoffiziellen Privatdetektiv eine entschuldbare Exzentrizität war. Ich dachte an den armen alten Bandy, aber natürlich dachte ich nicht wirklich über den Hund nach. Für mich, und wahrscheinlich auch für Anita, war er einer der wenigen Fäden gewesen, die uns noch miteinander verbunden hatten. Ähnlich wie unsere Ehe hatte er sich Zeit genommen, ein Ende zu finden.

Ich trank den Drink und verließ die Kneipe.

Londons Büro befand sich im fünfzehnten Stock eines Gebäudes mit achtundzwanzig Stockwerken in der Pine Street. Ich teilte mir den Aufzug mit zwei Männern in waldgrüner Arbeitskleidung. Einer von ihnen trug ein Klemmbrett, der andere einen Werkzeugkoffer. Sie sprachen nicht, ich auch nicht.

Ich kam mir wie eine Ratte in einem Labyrinth vor, bis ich endlich Londons Büro fand. Sein Name war der oberste von vier, die auf der Mattglastür aufgeführt waren. Drinnen bat mich eine Empfangsdame mit leicht britischem Akzent, Platz zu nehmen, dann sprach sie leise in ein Telefon. Ich blätterte eine Ausgabe der *Sports Illustrated* durch, bis eine Tür geöffnet wurde und Charles London mich in sein Büro bat.

Es war ein relativ großer Raum, bequem, ohne luxuriös zu wirken. Sein Fenster ermöglichte einen Blick auf den Hafen, der von den Nachbargebäuden nur teilweise verdeckt wurde. Wir standen uns auf beiden Seiten seines Schreibtisches gegenüber und ich spürte, dass zwischen uns etwas in der Luft lag. Einen Augenblick lang bedauerte ich, im McGovern's einen Bourbon getrunken zu haben, dann wurde mir klar, dass der nichts mit der Wand, die uns zu trennen schien, zu tun hatte.

»Ich wünschte, Sie hätten vorher angerufen«, sagte er. »Sie hätten sich den Weg hierher sparen können.«

»Ich habe angerufen, aber man hat mir gesagt, dass Sie noch nicht im Büro seien.«

»Ich habe eine Nachricht bekommen, dass Sie noch einmal anrufen würden.«

»Ich dachte mir, dass ich mir den Anruf sparen könnte.«

Er nickte. Er schien genauso gekleidet zu sein wie bei seinem Besuch im Armstrong's, nur die Krawatte war eine andere. Ich war mir sicher, dass er auch Anzug und Hemd gewechselt hatte. Wahrscheinlich hatte er sechs identische Anzüge und zwei Schubladen voll mit weißen Hemden.

Er sagte: »Ich werde Sie darum bitten müssen, die Ermittlungen einzustellen, Mr. Scudder.«

»Oh?«

»Sie scheinen nicht sehr überrascht zu sein.«

»Ich habe die Spannung gespürt, als ich hereingekommen bin. Warum?«

»Meine Gründe sind unwichtig.«

»Für mich sind sie wichtig.«

Er zuckte mit den Schultern. »Ich habe einen Fehler begangen«, sagte er. »Ich habe Ihnen vergebliche Mühe bereitet. Es war Geldverschwendung.«

»Sie haben das Geld bereits verschwendet. Sie können sich dafür genauso gut etwas von mir geben lassen. Das Geld kann ich nicht zurückgeben, denn ich habe es bereits ausgegeben.«

»Ich habe keine Rückerstattung erwartet.«

»Und ich bin nicht hergekommen, um zusätzliches Geld zu verlangen. Also, was sparen Sie, wenn Sie mir sagen, dass ich den Fall aufgeben soll?«

Die blassblauen Augen blinzelten zweimal hinter der rahmenlosen Brille. Er fragte mich, ob ich mich nicht setzen wollte. Ich antwortete, dass es mir nichts ausmachte zu stehen. Er blieb selbst stehen.

Er sagte: »Ich habe mich töricht verhalten. Sich um Rache bemühen, um Vergeltung. Ruhige Gewässer aufwühlen. Entweder hat dieser Mann sie getötet oder irgendein anderer Verrückter hat es getan, und es gibt wahrscheinlich keine Möglichkeit, es jemals absolut sicher zu wissen. Es war ein Fehler von mir, Sie zu engagieren, die Vergangenheit aufzuwühlen und Unruhe in die Gegenwart zu bringen.«

»Ist es das, was ich getan habe?«

»Wie bitte?«

»Die Vergangenheit aufgewühlt und Unruhe in die Gegenwart gebracht? Vielleicht ist das eine gute Beschreibung meiner Rolle. Wann haben Sie beschlossen, mich zurückzupfeifen?«

»Das ist unwichtig.«

»Ettinger hat sich bei Ihnen gemeldet, oder? Es muss gestern gewesen sein. Samstag ist ein hektischer Tag in seinem Laden, sie verkaufen eine Menge Tennisschläger. Er hat Sie wahrscheinlich gestern Abend angerufen, nicht wahr?« Als er zögerte, sagte ich: »Nur zu. Sagen Sie mir, dass es unwichtig ist.«

»Das ist es. Und im Grunde genommen geht es Sie nichts an, Mr. Scudder.«

»Ich hab heute Nacht gegen halb zwei einen Weckruf von der zweiten Mrs. Ettinger bekommen. Hat sie Sie etwa um die gleiche Zeit angerufen?«

»Ich weiß nicht, wovon Sie sprechen.«

»Sie hat eine sehr markante Stimme. Ich hatte sie am Tag zuvor gehört, als ich bei Ettinger zu Hause anrief und sie mir sagte, dass er im Laden in Hicksville war. Sie hat mich heute Nacht angerufen, um mir zu sagen, dass ich die Toten in Frieden ruhen lassen sollte. Das scheint auch das zu sein, was Sie möchten.«

»Ja«, sagte er. »Das ist, was ich will.«

Ich hob einen Briefbeschwerer von Londons Schreibtisch auf. Ein etwa drei Zentimeter langes Messingschildchen kennzeichnete es als ein Stück versteinertes Holz aus der Wüste Arizonas.

»Ich kann verstehen, wovor Karen Ettinger Angst hat. Ihr Ehemann könnte sich als Mörder entpuppen und das würde ihre Welt auf den Kopf stellen. Man sollte meinen, dass eine Frau in ihrer Lage wissen wollte, was die Wahrheit ist. Wie ruhig kann sie von jetzt an sein, wenn sie mit einem Mann zusammenlebt, den sie mehr oder weniger im Verdacht hat, seine erste Frau ermordet zu haben? Aber die Menschen sind in dieser Hinsicht komisch. Sie können Dinge aus ihrem Bewusstsein verdrängen. Was auch immer passiert ist, hat sich vor Jahren und in Brooklyn ereignet. Und außerdem, das Frauenzimmer ist tot, oder? Menschen ziehen um und ihr Leben ändert sich, also gibt es nichts, worüber sie sich Sorgen machen müsste, oder?«

Er schwieg. Der Briefbeschwerer hatte ein Stück schwarzen Filz an der Unterseite, damit er den Schreibtisch nicht verkratzte. Ich legte ihn zurück, Filz nach unten.

Ich sagte: »Sie würden sich wegen der Welt Ettingers oder der seiner Frau keine Sorgen machen. Was kümmert es Sie, wenn die ein bisschen belästigt werden. So lange Ettinger keine Möglichkeit hatte, Druck auf Sie auszuüben, was ich aber bezweifle. Ich denke nicht, dass man Sie so einfach herumkommandieren könnte.«

»Mr. Scudder–«

»Es ist etwas anderes, aber was? Kein Geld, keine Gewaltandrohung. Ach zum Teufel, ich weiß, was es ist.«

Er wich meinem Blick aus.

»Der Ruf Ihrer Tochter. Sie haben Angst vor dem, was ich bei ihr im Grab finden werde. Ettinger muss Ihnen gesagt haben, dass sie eine Affäre hatte. Er hat mir gesagt, dass sie keine hatte, aber ich denke nicht, dass er ein sehr enges Verhältnis zur Wahrheit hat. In der Tat, es sieht so aus, als hätte sie sich mit einem Mann getroffen. Vielleicht auch mit mehr als einem. Vielleicht verstößt das gegen Ihre Auffassung von Anständigkeit, aber gegenüber der Tatsache, dass sie ermordet wurde, wiegt es nicht allzu schwer. Vielleicht wurde sie von einem Liebhaber getötet. Oder vielleicht wurde sie von ihrem Ehemann getötet. Es gibt jede Menge Möglichkeiten, aber Sie wollen keiner davon ins Auge sehen, weil sich dabei für die Welt herausstellen könnte, dass Ihre Tochter keine Jungfrau mehr war.«

Einen Moment lang dachte ich, dass er die Beherrschung verlieren würde. Dann verschwand etwas aus seinen Augen. »Ich befürchte, dass ich Sie nun darum bitten muss zu gehen«, sagte er. »Ich habe ein paar Anrufe zu erledigen und in fünfzehn Minuten habe ich einen Termin.«

»Ich vermute, Montage sind hektisch im Versicherungsgeschäft. Wie Samstage für Sportartikel.«

»Es tut mir leid, dass Sie verbittert sind. Vielleicht werden Sie später einmal Verständnis für meine Haltung haben, aber–«

»Oh, ich habe Verständnis für Ihre Haltung«, sagte ich. »Ihre Tochter wurde völlig grundlos von einem Verrückten ermordet und Sie hatten sich mit dieser Wirklichkeit abgefunden. Dann mussten Sie sich mit einer neuen Wirklichkeit abfinden, und das bedeutete auch, dass Sie sich damit auseinandersetzen mussten, dass jemand einen Grund gehabt haben könnte, sie zu töten. Dass es vielleicht sogar ein guter Grund war.« Ich schüttelte den Kopf, mit mir selbst unzufrieden, weil ich zu viel redete. »Ich bin hergekommen, um ein Foto Ihrer Tochter zu bekommen«, sagte ich. »Sie haben es nicht zufällig mitgebracht?«

»Warum würden Sie es wollen?«

»Hab ich Ihnen das nicht kürzlich gesagt?«

»Aber Sie arbeiten jetzt nicht mehr an dem Fall«, sagte er, als würde er mit einem Kind sprechen, das schwer von Begriff war. »Ich erwarte keine Rückerstattung, aber ich will, dass Sie die Untersuchung aufgeben.«

»Sie wollen mich feuern.«

»Wenn Sie es so ausdrücken.«

»Aber Sie haben mich niemals engagiert. Also, wie können Sie mich dann feuern?«

»Mr. Scudder−«

»Wenn man in ein Wespennest sticht, kann man nicht einfach entscheiden, dass die Wespen wieder in ihr Nest zurückkehren sollen. Es gibt eine Menge Dinge, die ich in Bewegung gesetzt habe, und ich will herausfinden, wohin sie mich führen. Ich werde jetzt nicht einfach damit aufhören.«

Er hatte einen seltsamen Ausdruck auf dem Gesicht, als würde er sich ein bisschen vor mir fürchten. Vielleicht hatte ich die Stimme erhoben oder sah irgendwie bedrohlich aus.

»Entspannen Sie sich«, sagte ich ihm. »Ich werde die Toten nicht aufschrecken. Die Toten kann man nicht mehr aufschrecken. Sie haben das Recht, mir zu sagen, dass ich den Fall aufgeben soll, und ich habe das Recht, ihnen zu sagen, dass Sie zum Teufel gehen sollen. Ich bin eine Privatperson, die eine inoffizielle Untersuchung durchführt. Ich könnte dabei effizienter vorgehen, wenn Sie mir helfen würden, aber es geht auch ohne Sie.«

»Ich wünschte mir, Sie würden es sein lassen.«

»Und ich wünschte mir, Sie würden mich unterstützen. Aber man kann nicht alles haben. Es tut mir leid, dass sich das nicht so ergibt, wie Sie es wollten. Ich habe versucht, Ihnen zu erklären, dass es so kommen könnte. Ich vermute, Sie wollten nicht zuhören.«

* * *

Auf dem Weg nach unten hielt der Aufzug in beinahe jedem Stockwerk an. Ich trat auf die Straße hinaus. Es war noch immer bewölkt und kälter, als ich es in Erinnerung gehabt hatte. Ich musste fast zwei Blocks gehen, bis ich eine Kneipe fand. Ich genehmigte mir einen schnellen doppelten Bourbon und verließ sie wieder. Ein paar Blocks weiter ging ich in eine andere Bar und nahm noch einen Drink.

Ich fand eine U-Bahn-Station, machte mich auf den Weg zum Bahnsteig für die Züge Richtung Norden, dann änderte ich meine Absicht und wartete auf einen Zug, der nach Brooklyn fuhr. Ich stieg in der Jay Street aus und ging eine Straße hoch und eine andere hinunter, bis ich in Boerum Hill war. Ich kam zu einer Pfingstkirche in der Schermerhorn Street. Das Anschlagbrett war voller Aushänge auf Spanisch. Ich saß zwanzig Minuten lang in der Kirche in der Hoffnung, dass sich die Dinge in meinem Bewusstsein klären würden, aber es klappte nicht. Ich stellte fest, dass meine Gedanken zwischen toten Dingen hin- und hersprangen: ein toter Hund, eine tote Ehe, eine tote Frau in ihrer Küche, eine tote Spur.

Ein zur Glatze neigender Mann, der einen ärmellosen Pullover über einem kastanienbraunen Hemd trug, fragte mich etwas auf Spanisch. Ich vermutete, er wollte wissen, ob er mir helfen konnte. Ich stand auf und ging.

Ich lief weiter herum. Was seltsam war, dachte ich, war, dass ich mich irgendwie noch stärker verpflichtet fühlte, Barbara Ettingers Mörder zu finden, nachdem mich ihr Vater gefeuert hatte. Das Unterfangen war noch immer so hoffnungslos wie zuvor, sogar doppelt so hoffnungslos, weil mein Klient mich nun nicht mehr unterstützen würde. Und dennoch schien ich zu glauben, was ich ihm über die Dinge, die ich in Bewegung gesetzt hatte, gesagt hatte. Die Toten konnten tatsächlich nicht mehr aufgeschreckt werden, aber ich hatte damit begonnen, die Lebenden aufzuschrecken, und ich hatte das Gefühl, dass das zu etwas führen würde.

Ich dachte an den armen alten Bandersnatch, der immer dazu bereit gewesen war, einem Stock nachzujagen oder spazieren zu gehen. Er hatte immer eines seiner Spielzeuge gebracht, um zu signalisieren, dass er spielen wollte. Wenn man einfach dastand, ließ er es einem vor die Füße fallen, aber wenn man versuchte, es ihm abzunehmen, schloss er den Kiefer und hielt es verbissen fest.

Vielleicht hatte ich von ihm gelernt.

*   *   *

Ich ging zu dem Haus in der Wyckoff Street. Ich klingelte bei Donald Gilman und Rolfe Waggoner. Sie waren nicht zu Hause. Ebenso wenig wie Judy Fairborn. Ich ging weiter zu dem Haus, in dem Jan gewohnt hatte, mit – wie hieß er noch? Edward. Eddie.

Ich suchte eine Kneipe auf und genehmigte mir einen Drink. Nur einen einfachen Bourbon, keinen doppelten. Nur ein bisschen was, um den Pegel zu halten, gegen die Kälte, die in der Luft lag.

Ich entschied, dass ich Louis Pinell besuchen würde. Zum einen würde ich ihn fragen, ob er bei jedem Mord einen anderen Eispickel verwendet hatte. Aus den Autopsien war weder in der einen noch in der anderen Richtung etwas hervorgegangen. Vielleicht ist die Rechtsmedizin noch nicht so weit fortgeschritten.

Ich fragte mich, wo er die Eispickel herbekommen hatte. So ein Eispickel schien mir ein verdammt altmodisches Gerät zu sein. Wofür sollte man ihn noch verwenden, außer für einen Mord? Man hatte heutzutage keine Eisschränke mehr, bekam keine Eisblöcke mehr geliefert vom Eismann. Man füllte Formen mit Wasser, um Eiswürfel zu machen, oder hatte einen Automaten im Kühlschrank, der die Würfel herstellte.

Unser Kühlschrank in Syosset hatte einen Eisautomaten gehabt.

Wo bekam man einen Eispickel? Wie teuer waren sie? Ich war plötzlich voller Eispickel-Fragen. Ich lief umher, fand ein Billigkaufhaus, fragte eine Verkäuferin in der Haushaltswarenabteilung, wo ich einen Eispickel finden könnte. Sie schickte mich in die Eisenwarenabteilung, wo mir eine andere Verkäuferin sagte, dass sie keine Eispickel führten.

»Ich vermute, sie sind nicht mehr gefragt«, sagte ich.

Sie sparte sich die Mühe, mir zu antworten. Ich lief weiter herum, kam zu einem Laden, der Eisenwaren und Küchenutensilien verkaufte. Der Mann hinter dem Tresen trug eine Weste aus Kamelhaar und kaute auf einem Zigarrenstummel. Ich fragte ihn, ob sie Eispickel hätten, und er drehte sich ohne ein Wort um und kam mit einem Eispickel zurück, der an einem Stück Karton befestigt war.

»Achtundneunzig Cent«, sagte er. »Eins sechs mit Verkaufssteuer.«

Ich wollte den Eispickel nicht wirklich. Ich hatte nur über den Preis und die Verfügbarkeit nachgegrübelt. Ich kaufte ihn trotzdem. Draußen hielt ich an einem Papierkorb aus Draht an, warf die braune Papiertüte und den Karton hinein und untersuchte meinen Kauf. Der Kopf war zehn bis zwölf Zentimeter lang, die Spitze scharf. Der Griff war ein Zylinder aus dunklem Holz. Ich hielt den Eispickel abwechselnd in der linken und der rechten Hand, dann ließ ich ihn in meiner Tasche verschwinden.

Ich ging zurück in den Laden. Der Mann, der mir den Eispickel verkauft hatte, blickte von seiner Zeitschrift hoch. »Ich habe gerade diesen Eispickel bei Ihnen gekauft«, sagte ich.

»Stimmt etwas damit nicht?«

»Nein, alles in Ordnung. Verkaufen Sie viele davon?«

»Ein paar.«

»Wie viele?«

»Ich führe kein Buch darüber«, sagte er. »Ab und zu verkaufe ich einen.«

»Wofür werden sie gekauft?«

Er bedachte mich mit der Art von vorsichtigem Blick, mit dem man bedacht wird, wenn die Leute anfangen, sich Fragen über den Geisteszustand ihres Gegenübers zu stellen. »Wofür auch immer man will«, sagte er. »Ich vermute, man pult damit nicht in den Zähnen herum, aber ansonsten alles, was man will.«

»Sind Sie schon lange hier?«

»Wie bitte?«

»Führen Sie den Laden hier schon lange?«

»Lange genug.«

Ich nickte und ging. Ich verzichtete darauf, ihn zu fragen, wer neun Jahre zuvor einen Eispickel bei ihm gekauft hatte. Wenn ich es getan hätte, wäre er nicht der Einzige gewesen, der an meinem Geisteszustand gezweifelt hätte. Aber wenn ihm jemand diese Frage direkt nach dem Mord an Barbara Ettinger gestellt hätte, wenn jemand ihn und jeden anderen Haushalts- und Eisenwarenverkäufer in Brooklyn gefragt hätte, und wenn sie die passenden Fotos herumgezeigt und ein paar andere passende Fragen gestellt hätten, vielleicht hätten sie dann damals Barbaras Mörder gefunden.

Es hatte keinen Grund gegeben, etwas Derartiges zu tun. Keinen Grund zu denken, dass es sich anders verhielt, als wonach es aussah, ein weiterer Treffer für den Eispickel-Mörder.

Ich lief herum, eine Hand am Griff des Eispickels in meiner Tasche. Ein praktisches kleines Teil. Man konnte damit nicht schneiden, man konnte nur stechen, aber man könnte trotzdem ziemlich gut jemanden damit bearbeiten.

War es legal, ihn herumzutragen? Laut Gesetz handelte es sich nicht um eine tödliche Waffe, sondern um ein gefährliches Instrument. Tödliche Waffen sind Dinge wie geladene Pistolen und Revolver, Springmesser, Fallmesser, Dolche, Schlagstöcke, Totschläger und Schlagringe; Objekte, deren einzige Funktion der mörderische Angriff ist. Ein Eispickel hat andere Funktionen, obwohl der Mann, der ihn mir verkauft hatte, keine davon hatte nennen können.

Trotzdem, das bedeutete noch nicht, dass es legal war, damit herumzulaufen. In den Augen des Gesetzes ist ein Buschmesser ein gefährliches Instrument, keine tödliche Waffe, aber es ist nicht erlaubt, mit einem in den Straßen von New York herumzulaufen.

Ich nahm das Ding ein paar Mal aus der Tasche, um es anzublicken. Irgendwann unterwegs ließ ich es in der Kanalisation verschwinden.

War der Eispickel, der bei Barbara Ettinger verwendet worden war, auf ähnliche Weise entsorgt worden? Es war möglich. Es war sogar möglich, dass er in denselben Gulli geworfen worden war. Alle möglichen Dinge waren möglich.

Der Wind wurde schlimmer, anstatt sich zu legen. Ich genehmigte mir einen weiteren Drink.

Ich verlor den Überblick über die Zeit. An einem Punkt blickte ich auf meine Armbanduhr und es war fünfundzwanzig vor vier. Ich erinnerte mich daran, dass ich um vier bei Lynn London sein sollte. Ich sah nicht, wie ich noch rechtzeitig hinkommen würde. Andererseits, sie wohnte in Chelsea, es würde nicht so lange dauern –

Dann fing ich mich. Worüber machte ich mir Sorgen? Warum sollte ich mir den Hals brechen, um eine Verabredung einzuhalten, die sie selbst nicht einhalten würde? Denn ihr Vater hatte sicherlich mit ihr gesprochen, entweder früh am heutigen Morgen oder noch spät in der Nacht, und sie würde inzwischen wissen, dass es eine Kehrtwende in der Familienpolitik der

Londons gegeben hatte. Matthew Scudder vertrat nicht länger die besten Interessen der Familie. Er führte seine Torheit aus persönlichen Gründen weiter, und vielleicht hatte er das Recht, das zu tun, aber er konnte dabei nicht auf die Kooperation von Charles London und seiner Tochter, der Lehrerin, bauen.

»Haben Sie was gesagt?«

Ich blickte hoch und sah in die warmen braunen Augen des Barkeepers. »Nur mit mir selbst geredet«, sagte ich.

»Daran gibt's nichts auszusetzen.«

Mir gefiel seine Einstellung. »Sie können mir genauso gut noch einen einschenken«, sagte ich. »Und schenken Sie sich selbst auch was ein, wenn Sie schon dabei sind.«

Ich rief Jan zweimal von Brooklyn aus an, beide Male war besetzt. Als ich nach Manhattan zurückgekehrt war, rief ich sie vom Armstrong's aus erneut an und bekam wieder den Besetztton zu hören. Ich trank eine Tasse Kaffee mit einem Schuss Bourbon und versuchte es noch einmal. Es war immer noch besetzt.

Ich ließ die Frau von der Telefongesellschaft die Leitung überprüfen. Sie meldete sich mit der Information wieder, dass der Hörer abgehoben war. Es gibt eine Möglichkeit, wie sie dafür sorgen können, dass das Telefon klingelt, auch wenn der Hörer abgehoben ist, und ich dachte daran, mich als Cop auszugeben und sie das tun zu lassen, aber dann entschied ich, darauf zu verzichten.

Ich hatte kein Recht, die Frau zu stören. Vielleicht schlief sie. Vielleicht hatte sie Gesellschaft.

Vielleicht war ein Mann bei ihr oder eine Frau. Es ging mich nichts an.

Etwas ließ sich in meinem Magen nieder und glühte dort wie ein Stück heiße Kohle. Ich trank noch eine Tasse Kaffee mit Bourbon-Geschmack, um es zu löschen.

Der Abend eilte an mir vorbei. Ich widmete ihm nicht allzu viel Aufmerksamkeit. Meine Gedanken schweiften umher.

Ich hatte Dinge, über die ich nachdenken musste.

An einem Punkt fand ich mich am Telefon wieder, wie ich Lynn Londons

Nummer wählte. Keine Antwort. Nun, sie hatte mir gesagt, dass sie Karten für ein Konzert hatte. Und ich konnte mich sowieso nicht erinnern, warum ich sie anrufen wollte. Ich hatte bereits entschieden, dass es keinen Sinn hatte. Das war der Grund, weshalb ich meine Verabredung mit ihr verpasst hatte.

Nicht, dass sie selbst zu Hause gewesen wäre. Sie hätte mich dort stehen lassen wie einen Idioten.

Also rief ich noch einmal bei Jan an. Immer noch besetzt.

Ich dachte daran, zu ihr zu gehen. Mit einem Taxi wäre ich schnell dort gewesen. Aber welchen Sinn hätte es? Wenn eine Frau den Hörer neben das Telefon legt, tut sie das nicht, weil sie hofft, dass man dann an ihrer Tür klopfen wird.

Zum Teufel mit ihr.

Als ich zurück an der Bar war, sprach jemand über den Schlitzer von der 1st Avenue. Ich erfuhr, dass er noch immer nicht gefasst war. Eines der Opfer hatte beschrieben, wie der Mann versucht hatte, ein Gespräch anzufangen, bevor er seine Waffe gezückt und angegriffen hatte.

Ich dachte an den netten Artikel, in dem ich gelesen hatte, dass Straßenräuber einen nach der Uhrzeit oder dem Weg fragen. Man sollte nicht mit Fremden reden, dachte ich.

»Das ist das Problem hier heute Abend«, sagte ich. »Zu viele Fremde.«

Ein paar Leute blickten mich an. Von der anderen Seite der Bar fragte Billie mich, ob mit mir alles okay war.

»Mir geht's gut«, versicherte ich ihm. »Es ist nur, dass es heute Abend hier zu voll ist. Es gibt keinen Platz zum Atmen.«

»Wahrscheinlich ein guter Abend, früh nach Hause zu gehen.«

»Damit hast du Recht.«

Aber ich verspürte keine Lust, nach Hause zu gehen, nur den Drang, aus der Kneipe zu verschwinden. Ich ging um die Ecke ins McGovern's und genehmigte mir einen schnellen Drink. Der Laden war tot, weshalb ich nicht lange blieb. Ich überquerte die Straße und begab mich ins Polly's Cage, das ich aber wieder verließ, als die Jukebox anfing, mir auf die Nerven zu gehen.

Die Luft draußen war erfrischend. Mir fiel auf, dass ich den ganzen Tag über getrunken hatte und dass das insgesamt eine ganze Menge Alk ergab, ich aber keine Probleme damit zu haben schien. Er hatte überhaupt keine Wirkung auf mich. Ich war hellwach, bei klarem Verstand, hatte einen klaren Kopf. Es würde noch Stunden dauern, bis ich einschlafen konnte.

Ich ging um den Block, suchte einen Schuppen in der 8th Avenue auf, danach ging ich ins Joey Farrell's. Ich fühlte mich ruhelos und kampflustig, und als der Barkeeper etwas sagte, das mich irritierte, verschwand ich von dort. Ich erinnere mich nicht, was er gesagt hatte.

Ich lief weiter herum. Ich befand mich auf der 9th Avenue gegenüber vom Armstrong's und ging Richtung Süden, und es hing etwas in der Luft, das mich wachsam werden ließ. Gerade, als ich mich über das Gefühl wunderte, trat etwa zehn Meter vor mir ein junger Mann aus einem Eingang.

In einer Hand hatte er eine Zigarette. Als ich mich näherte, trat er zielbewusst in meinen Weg und fragte mich nach einem Streichholz.

So machen es diese Hurensöhne. Einer stoppt dich und schätzt dich ab. Der andere nähert sich von hinten und man hat plötzlich einen Unterarm an der Luftröhre oder ein Messer am Hals.

Ich rauche nicht, habe aber normalerweise immer eine Packung Streichhölzer in der Tasche. Ich machte eine hohle Hand, zündete ein Streichholz an. Er schob sich die unangezündete Zigarette zwischen die Lippen, beugte sich vor und ich schnippte ihm das brennende Streichholz ins Gesicht und griff ihn an. Ich packte ihn und schubste ihn so heftig, dass er nach hinten gegen die Backsteinmauer geschleudert wurde.

Ich wirbelte herum, bereit für seinen Partner.

Hinter mir war niemand. Nichts, außer einer leeren Straße.

Das machte es einfacher. Ich drehte mich weiter und blickte ihn an, als er sich mit aufgerissenen Augen und offenem Mund von der Wand löste. Er war so groß wie ich, aber schmächtiger, um die zwanzig, mit ungekämmtem dunklem Haar und einem Gesicht, das im Licht der Straßenlampen weiß wie Papier war.

Ich trat schnell auf ihn zu und versetzte ihm einen Schlag in den Bauch. Er wollte zurückschlagen, aber ich wich dem Schlag aus und traf ihn noch einmal ein paar Zentimeter über der Gürtelschnalle. Das brachte ihn dazu, die Hände zu senken, woraufhin ich meinen rechten Unterarm in einem

Bogen schwang und ihn mit dem Ellbogen am Mund traf. Er wich zurück und fasste sich mit beiden Händen an den Mund.

Ich sagte: »Umdrehen und Hände an die Wand! Komm schon, du Arschloch. Klatsch deine verdammten Hände an die Wand!«

Er sagte, dass ich verrückt sei, dass er nichts getan hätte. Die Worte waren nur gedämpft zu hören, weil er immer noch die Hände vor den Mund hielt.

Aber er drehte sich um und streckte die Hände an die Wand.

Ich trat zu ihm, verhakte meinen Fuß in seinem und zog ihn zurück, damit er sich nicht schnell von der Wand lösen konnte.

»Ich hab nichts getan«, sagte er. »Was ist los mit dir?«

Ich sagte ihm, dass er den Kopf an die Wand legen sollte.

»Alles, was ich getan habe, war, nach einem Streichholz zu fragen.«

Ich sagte ihm, dass er die Schnauze halten sollte. Ich durchsuchte ihn und er hielt währenddessen still. Aus seinem Mundwinkel tropfte etwas Blut. Nichts Ernstes. Er trug eine dieser Lederjacken mit einem Fellkragen und zwei großen Taschen an der Vorderseite. Ich denke, man nennt sie Bomberjacken. Die linke Tasche enthielt eine Packung Taschentücher und eine Schachtel Winston Lights. Die andere Tasche enthielt ein Messer. Eine kurze Bewegung mit meinem Handgelenk und die Klinge kam zum Vorschein.

Ein Fallmesser. Eine der sieben tödlichen Waffen.

»Ich trag es nur bei mir«, sagte er.

»Wozu?«

»Schutz.«

»Vor wem? Kleinen alten Omas?«

Ich nahm ihm die Brieftasche ab. Sie enthielt einen Ausweis, der nahelegte, dass er Anthony Sforczak hieß und in Woodside in Queens wohnte. Ich sagte: »Du bist sehr weit weg von Zuhause, Tony.«

»Und?«

In der Brieftasche befanden sich zwei Zehner und ein paar Ein-Dollar-Scheine. In einer anderen Hosentasche fand ich ein dickes Bündel Geldscheine, das von einem Gummiband zusammengehalten wurde. Und in der Brusttasche seines Hemds, unter der Lederjacke, steckte eines dieser Wegwerffeuerzeuge.

»Es hat keinen Saft mehr«, sagte er.

Ich schnipste es an. Es entzündete sich und ich zeigte ihm die Flamme.

Die Hitze wuchs und er bewegte mit einem Ruck den Kopf zur Seite. Ich nahm den Daumen vom Druckknopf und die Flamme erlosch.

»Vorhin hatte es keinen. Es wollte nicht angehen.«

»Warum hast du es dann behalten? Warum hast du es nicht weggeschmissen?«

»Es verstößt gegen das Gesetz, einfach Sachen auf der Straße wegzuschmeißen.«

»Dreh dich um.«

Er bewegte sich langsam und mit argwöhnischen Augen von der Wand weg. Ein kleiner Blutfaden lief von seinem Mundwinkel über sein Kinn hinab. Sein Mund fing an, dort, wo mein Ellbogen ihn getroffen hatte, anzuschwellen.

Er würde nicht daran sterben.

Ich gab ihm die Brieftasche und das Feuerzeug zurück. Das Bündel Scheine steckte ich in meine eigene Tasche.

»Das ist mein Geld«, sagte er.

»Du hast es gestohlen.«

»Einen Teufel habe ich. Was wirst du tun, es behalten?«

»Was denkst du?« Ich ließ die Klinge aus dem Griff fallen und hielt das Messer so, dass das Licht auf der Klinge funkelte. »Du solltest dich besser in diesem Stadtteil nicht mehr blicken lassen. Was du außerdem nicht tun solltest, ist, mit einem Messer herumlaufen, wenn die halbe Polizeibehörde auf der Jagd nach dem 1st-Avenue-Schlitzer ist.«

Er starrte mich an. Etwas in seinen Augen sagte mir, dass er sich wünschte, ich hätte kein Messer in der Hand. Ich erwiderte seinen Blick, ließ die Klinge in den Griff zurückgleiten und warf das Messer hinter mir auf den Boden.

»Nur zu«, sagte ich. »Tu dir keinen Zwang an.«

Ich balancierte auf meinen Fußballen und wartete auf ihn. Einen Augenblick lang überlegte er es sich vielleicht, und ich hoffte, dass er Anstalten machen würde. Ich konnte spüren, wie das Blut in meinen Adern sang und in meinen Schläfen pulsierte.

Er sagte: »Du bist verrückt, weißt du das? Du bist vollkommen verrückt«. Er wich zehn oder zwanzig Meter zurück, dann rannte er mehr oder weniger zur Straßenecke.

Ich stand da und blickte ihm nach, bis er nicht mehr zu sehen war.

Die Straße war immer noch leer. Ich fand das Fallmesser auf dem Asphalt und steckte es in die Tasche. Auf der anderen Straßenseite öffnete sich die Tür des Armstrong's und ein junger Mann und eine junge Frau kamen aus der Kneipe. Sie gingen händchenhaltend die Straße hinab.

Ich fühlte mich gut. Ich war nicht betrunken. Ich hatte einfach nur den Tag über meinen Alkoholpegel gehalten, mehr nicht. Man musste sich nur ansehen, wie ich mit dem Dreckskerl umgegangen war. Es gab an meinen Instinkten nichts auszusetzen, ebenso wenig an meinen Reflexen. Der Alk kam mir nicht in die Quere. Es ging nur darum, Treibstoff aufzunehmen, darauf zu achten, dass der Tank nicht leer wurde. Daran gab es nichts auszusetzen.

Kapitel 12

Ich war urplötzlich wach, ohne jegliche Anlaufzeit. Es war so abrupt, als hätte man ein Transistorradio eingeschaltet.

Ich befand mich im Bett meines Hotelzimmers, lag auf der Decke mit dem Kopf auf dem Kopfkissen. Meine Kleidung war auf dem Stuhl abgelegt, aber ich hatte in meiner Unterwäsche geschlafen. Ich hatte einen üblen Geschmack in meinem trockenen Mund und mörderische Kopfschmerzen.

Ich stand auf. Ich fühlte mich wackelig und schrecklich, und in der Luft hing das Gefühl des drohenden Untergangs, als könnte ich dem Tod ins Auge blicken, wenn ich mich schnell genug umdrehte.

Ich wollte keinen Drink, aber ich wusste, dass ich einen brauchte, um meinen Zustand zu lindern. Ich konnte die Bourbonflasche nicht finden, bis ich sie schließlich im Papierkorb entdeckte. Offensichtlich hatte ich sie ausgetrunken, bevor ich zu Bett gegangen war. Ich fragte mich, wie voll sie noch gewesen war.

Es spielte keine Rolle. Jetzt war sie leer.

Ich streckte einen Arm aus, blickte auf meine Hand. Sie schien relativ ruhig zu sein. Ich bewegte die Finger. Nicht so felsenfest wie Gibraltar, aber auch nicht das große Zittern.

Im Inneren fühlte ich mich allerdings ziemlich wackelig.

Ich erinnerte mich nicht, wie ich ins Hotel zurückgekommen war. Ich forschte behutsam in meinem Gedächtnis nach und kam nicht weiter als bis zu dem jungen Kerl, der die Straße entlangeilte und um die Ecke verschwand. Anthony Sforczak, so hieß er.

Na bitte, kein Problem mit meiner Erinnerung.

Nur, dass meine Erinnerung an diesem Punkt aufhörte. Oder vielleicht einen Moment später, als das junge Paar aus dem Armstrong's gekommen und händchenhaltend die Straße entlangspaziert war. Dann gab es eine

Lücke, die damit endete, dass ich in meinem Hotelzimmer zu mir kam. Wie spät war es überhaupt?

Meine Armbanduhr befand sich noch an meinem Handgelenk. Viertel nach neun. Und draußen war es hell, also neun Uhr morgens. Nicht, dass ich wirklich nachsehen musste, um sicher zu sein. Ich hatte keinen ganzen Tag verloren, nur die Zeit, die ich gebraucht hatte, einen halben Block nach Hause und ins Bett zu gehen.

Vorausgesetzt, ich war direkt nach Hause gegangen.

Ich zog meine Unterwäsche aus und stieg unter die Dusche. Während ich duschte, konnte ich das Telefon klingeln hören. Ich ließ es klingeln. Ich verbrachte viel Zeit unter dem Wasserstrahl, dann drehte ich ihn auf kalt, so lange ich es aushielt, was nicht sehr lange war. Ich trocknete mich ab und rasierte mich. Meine Hand war nicht so ruhig, wie sie es hätte sein können, aber ich ließ mir Zeit und schnitt mich nicht.

Was ich im Spiegel sah, gefiel mir nicht. Viel Rot in den Augen. Ich dachte an Havermeyers Beschreibung von Susan Potowski, dass ihre Augen in Blut geschwommen hatten. Mir gefielen meine roten Augen nicht, ebenso wenig wie das Geflecht geplatzter Äderchen auf meinen Wangenknochen und meinem Nasenrücken.

Ich wusste, wie sie dorthin gekommen waren. Durch den Alkohol. Durch nichts anderes. Ich konnte vergessen, was er womöglich mit meiner Leber anstellte, denn meine Leber befand sich nicht dort, wo ich sie jeden Morgen ansehen musste.

Oder wo sie jemand anderes sehen konnte.

Ich griff zu sauberer Kleidung, zog mich an, stopfte alles andere in meinen Wäschesack. Das Duschen half und das Rasieren half und die saubere Kleidung half, aber trotzdem konnte ich fühlen, dass sich die Reue wie ein Umhang auf meine Schultern senkte. Ich wollte der letzten Nacht nicht ins Auge sehen, weil ich wusste, dass mir nicht gefallen würde, was ich sehen würde.

Aber welche Wahl blieb mir?

Ich steckte das Bündel Geldscheine in die eine Tasche, das Fallmesser in die andere. Ich ging nach unten und aus dem Hotel, an der Rezeption vorbei, ohne anzuhalten. Ich wusste, dass es Nachrichten für mich geben würde, aber ich ging davon aus, dass sie auch später noch dort sein würden.

Ich beschloss, nicht ins McGovern's zu gehen, aber als ich vorbeikam, ging ich doch hinein. Nur ein schneller Drink, um das unsichtbare Zittern zu mildern. Ich trank ihn wie die Medizin, die er war.

Um die Ecke setzte ich mich in eine der hinteren Bankreihen in der St. Paul's Church. Sehr lange saß ich dort und dachte an nichts. Ich saß einfach dort.

Dann kamen die Gedanken. Es gab keine Möglichkeit, sie zurückzuhalten.

Ich war am Abend zuvor betrunken gewesen und hatte es nicht bemerkt. Ich war wahrscheinlich schon ziemlich früh am Tag betrunken gewesen. Es gab Abschnitte in Brooklyn, an die ich mich nicht klar erinnern konnte, und von der U-Bahnfahrt zurück nach Manhattan schien nichts in meinem Gedächtnis haften geblieben zu sein. Was das anbetraf, konnte ich mir nicht einmal sicher sein, mit der U-Bahn gefahren zu sein. Vielleicht hatte ich ein Taxi genommen.

Ich erinnerte mich, in einer Kneipe in Brooklyn Selbstgespräche geführt zu haben. Ich musste betrunken gewesen sein. Normalerweise führe ich keine Selbstgespräche, wenn ich nüchtern bin.

Bislang zumindest nicht.

Na schön, mit all dem konnte ich leben. Ich trank verdammt noch mal zu viel, und wenn man das auf Dauer macht, wird es Zeiten geben, zu denen man betrunken wird, ohne es zu wollen. Es war nicht zum ersten Mal passiert und ich hatte den Verdacht, dass es auch nicht das letzte Mal gewesen war. Das lag einfach in der Natur der Sache.

Aber ich war betrunken gewesen, als ich den Polizeihelden in der 9th Avenue gegeben hatte, angefeuert mit Alk als hochwertigem Treibstoff. Meine cleveren Instinkte, die mich vor einem Überfall gewarnt hatten, waren am Morgen danach weniger ein Grund für Stolz.

Vielleicht hatte er wirklich nur Feuer gewollt.

Ich musste gegen die aufkommende Übelkeit ankämpfen und schmeckte Gallenflüssigkeit in meinem Rachen. Vielleicht war er einfach nur ein junger Kerl aus Woodside gewesen, der einen netten Abend in der Stadt verbringen wollte. Vielleicht war er nur in meiner Einbildung ein Straßenräuber gewesen, in meiner betrunkenen Einbildung. Vielleicht hatte ich ihn ohne jeden Grund verprügelt und ausgeraubt.

Aber er hatte nach Feuer gefragt, obwohl er ein funktionierendes Feuerzeug gehabt hatte.

Na und? Das war zum Kontaktanknüpfen ebenso uralt wie Tabak. Nach Feuer fragen, ein Gespräch beginnen. Er konnte ein Stricher gewesen sein. Er wäre bei weitem nicht der erste Schwule, der sich eine Bomberjacke anzieht.

Er hatte ein Fallmesser bei sich getragen.

Na und? Wenn man die Stadt filzte, würde man ein Waffenlager füllen können. Die halbe Stadt trug etwas bei sich, um sich vor der anderen Hälfte zu schützen. Das Messer war eine tödliche Waffe und er verstieß gegen das Gesetz, weil er es bei sich trug, aber das bewies überhaupt nichts.

Er hatte gewusst, wie man die Hände an die Wand legte. Er war nicht zum ersten Mal gefilzt worden.

Und das bewies auch überhaupt nichts. Es gibt Stadtviertel, in denen man nicht aufwachsen kann, ohne einmal die Woche von der Polizei angehalten und gefilzt zu werden.

Und das Geld? Das Bündel Geldscheine?

Er konnte auf redliche Weise dazu gekommen sein. Oder er konnte es sich auf unzählige andere, unredliche Arten verdient haben und musste noch immer kein Straßenräuber gewesen sein.

Und meine vielgepriesenen Copinstinkte? Zum Teufel, in dem Augenblick, als er aus dem Eingang getreten war, hatte ich gewusst, dass er mich ansprechen würde.

Richtig. Und ich hatte auch gewusst, dass sich sein Partner von hinten an mich anschleichen würde, hatte es gewusst, als hätte ich Augen im Hinterkopf. Nur, dass dort niemand gewesen war. So viel zur Unfehlbarkeit meines Instinkts.

Ich nahm das Fallmesser aus der Tasche, ließ die Klinge erscheinen. Angenommen, ich hätte es gestern Abend bei mir gehabt. Oder, was wahrscheinlicher war, angenommen, ich hätte noch immer den Eispickel, den ich in Boerum Hill gekauft hatte, bei mir gehabt. Hätte ich mich auf ein paar Faustschläge gegen seinen Körper und den Ellbogenschlag in sein Gesicht beschränkt? Oder hätte ich das Werkzeug, das mir zur Verfügung stand, eingesetzt?

Ich fühlte mich mulmig und es war mehr als nur der Kater.

Ich schloss das Messer und steckte es weg. Ich nahm das Geldscheinbündel aus der Tasche, entfernte das Gummiband, zählte. Ich kam auf einhundertsiebzig Dollar in Fünfern und Zehnern.

Wenn er ein Straßenräuber war, warum hatte er das Messer dann nicht in der Hand gehabt? Warum war es in seiner Jackentasche gewesen, die noch dazu zugeknöpft gewesen war?

War sie *wirklich* zugeknöpft gewesen?

Es spielte keine Rolle. Ich sortierte die Scheine und steckte sie zu meinen eigenen. Auf dem Weg nach draußen zündete ich ein paar Kerzen an, bevor ich siebzehn Dollar in die Almosenbüchse stopfte.

An der Ecke 57th Street ließ ich das Fallmesser in einem Gulli verschwinden.

Kapitel 13

Mein Taxifahrer war ein israelischer Einwanderer und ich denke nicht, dass er jemals zuvor von Rikers Island gehört hatte. Ich sagte ihm, dass er der Beschilderung zum LaGuardia Airport folgen sollte. Als wir in dessen Nähe kamen, gab ich ihm weitere Anweisungen. Am Fuß der Brücke, die über die Bowery Bay und den East-River-Kanal zur Insel führt, stieg ich an einer Imbissstube aus.

Die Mittagszeit war gekommen und gegangen und der Laden war weitgehend leer. Ein paar Männer in Arbeitskleidung saßen am Tresen. In einer der mittleren Nischen saß ein Mann mit einer Tasse Kaffee vor sich. Er blickte mich erwartungsvoll an, als ich mich näherte. Ich stellte mich vor und er sagte mir, dass er Marvin Hiller war.

»Mein Wagen steht draußen«, sagte er. »Oder wollen Sie erst noch einen Kaffee trinken? Es ist nur so, dass ich ein bisschen in Eile bin. Es hat heute Morgen im Strafgericht in Queens länger gedauert und ich sollte in einer dreiviertel Stunde bei meinem Zahnarzt sein. Aber wenn ich zu spät komme, komme ich eben zu spät.«

Ich antwortete ihm, dass ich keinen Kaffee wollte. Er zahlte seine Rechnung, dann gingen wir nach draußen und fuhren in seinem Auto über die Brücke. Er war ein angenehmer und eher ernsthafter Mann, ein paar Jahre jünger als ich, und sah genau aus wie das, was er war: ein Anwalt, der seine Kanzlei auf dem Queens Boulevard in Elmhurst hatte. Einer seiner Klienten, einer, der sehr wenig zu den Mietkosten der Kanzlei beitragen würde, war Louis Pinell.

Ich hatte Hillers Namen von Frank Fitzroy bekommen und seine Sekretärin dazu gebracht, ihn anzupiepsen, damit er mich in meinem Hotel anrief. Ich hatte erwartet, mit meiner Bitte um die Freigabe für einen Besuch bei Pinell auf pauschale Ablehnung zu stoßen, und hatte genau das Gegenteil erhalten. »Nur, damit es sauber ist«, hatte er gesagt, »warum treffen Sie mich nicht da draußen und wir fahren zusammen rüber? Wahrscheinlich werden Sie so mehr aus ihm herausbekommen. Er ist ein wenig gesprächiger, wenn sein Anwalt dabei ist.«

Jetzt sagte er: »Ich habe keine Ahnung, was Sie aus ihm herausbekommen werden. Ich vermute, Sie wollen sich wahrscheinlich vor allem davon überzeugen, dass er diese Ettinger nicht umgebracht hat.«

»Vermutlich.«

»Ich würde sagen, dass er eine weiße Weste hat, was diese Tat betrifft. Die Beweislage ist ziemlich eindeutig. Wenn es nur seine Aussage wäre, dann würde ich sagen, vergessen wir es, denn wer weiß, an was die sich erinnern und was die erfinden, wenn sie so verrückt sind wie er.«

»Ist er wirklich verrückt?«

»Oh, er ist völlig bekloppt«, sagte Hiller. »Daran besteht kein Zweifel. Sie werden es selbst sehen. Ich bin sein Anwalt, aber unter uns gesagt, sehe ich es als meine Aufgabe an sicherzustellen, dass er niemals mehr ins Freie kommt, ohne an einer Leine zu sein. Es ist gut, dass ich diesen Fall bekommen habe.«

»Warum?«

»Weil jeder, der verrückt genug wäre, es zu wollen, ihn ohne größere Probleme freibekommen würde. Ich werde ihn verteidigen, aber wenn ich es wirklich darauf anlegen würde, könnte die Anklage nicht standhalten. Alles, was die haben, ist sein Geständnis, und das könnte man auf ein Dutzend Arten zunichtemachen, darunter, dass er nicht bei Verstand war, als er gestanden hat. Es gibt keinerlei Beweise, nicht nach neun Jahren. Es gibt Anwälte, die denken, dass ein Strafverteidiger zu sein bedeutet, dass sie sich für einen Kerl wie Lou einsetzen müssen und dafür sorgen sollten, dass er auf freien Fuß kommt.«

»Er würde es wieder tun.«

»Natürlich würde er es wieder tun. Er hatte einen verdammten Eispickel in der Tasche, als sie ihn geschnappt haben. Wieder unter uns gesagt, ich denke, dass Anwälte mit so einer Haltung gemeinsam mit ihren Klienten in einer Zelle sitzen sollten. Aber in der Zwischenzeit bin ich hier und spiele Gott. Was wollen Sie Lou fragen?«

»Es gab noch einen weiteren Mord in Brooklyn. Ich werde ihm vielleicht ein paar Fragen dazu stellen.«

»Sheepshead Bay. Den hat er zugegeben.«

»Das ist richtig. Ich weiß nicht, was ich ihn sonst noch fragen werde. Wahrscheinlich verschwende ich meine Zeit. Und Ihre.«

»Machen Sie sich deshalb keine Sorgen.«

Dreißig oder vierzig Minuten später fuhren wir zurück aufs Festland und ich entschuldigte mich noch einmal dafür, dass ich seine Zeit vergeudet hatte.

»Sie haben mir einen Gefallen getan«, sagte er. »Ich werde einen neuen Termin beim Zahnarzt vereinbaren müssen. Hatten Sie schon einmal Paradontalchirurgie?«

»Nein.«

»Sie sind ein kluger Mann. Dieser Typ ist der Cousin meiner Frau und er ist ziemlich gut, aber was sie tun, ist, dass sie einem das Zahnfleisch abschneiden. Sie erledigen bei jedem Termin einen Teil des Mundes. Nach dem letzten Mal hab ich eine Woche lang alle vier Stunden Codein genommen. Ich bin in einem Dauernebel herumgelaufen. Ich vermute, auf lange Sicht ist es die Sache wert, aber Sie sollten nicht das Gefühl haben, dass Sie mir etwas vorenthalten haben, das ich genossen hätte.«

»Wenn Sie es sagen.«

Ich erklärte ihm, dass er mich einfach irgendwo absetzen sollte, aber er bestand darauf, mich zur U-Bahn-Station am Northern Boulevard zu bringen. Unterwegs sprachen wir noch etwas über Pinell. »Sie haben sehen können, warum man ihn auf der Straße aufgegriffen hat«, sagte er. »Die Verrücktheit spiegelt sich in seinen Augen wider. Ein Blick und man sieht sie.«

»Es gibt jede Menge Verrückter auf den Straßen.«

»Aber er ist auf gefährliche Weise verrückt, und das sieht man ihm an. Und trotzdem bin ich in seiner Gegenwart niemals nervös. Nun, ich bin keine Frau und er hat keinen Eispickel. Das könnte etwas damit zu tun haben.«

Am Eingang zur U-Bahn stieg ich aus dem Wagen und zögerte einen Moment lang. Er beugte sich zu mir, einen Arm über die Rückenlehne des Beifahrersitzes gelegt. Wir schienen beide widerwillig, uns voneinander zu verabschieden. Ich mochte ihn und spürte, dass er mich ebenfalls schätzte.

»Sie haben keine Lizenz«, sagte er. »Haben Sie nicht etwas in der Hinsicht gesagt?«

»Das ist richtig.«

»Könnten Sie sich keine Lizenz besorgen?«

»Ich will keine.«

»Nun, vielleicht könnte ich Ihnen trotzdem etwas Arbeit zukommen lassen, wenn sich das Richtige ergibt.«

»Warum würden Sie das tun?«

»Ich weiß nicht. Mir hat gefallen, wie Sie mit Lou umgegangen sind. Und bei Ihnen habe ich das Gefühl, dass die Wahrheit für Sie wichtig ist.« Er gluckste. »Außerdem schulde ich Ihnen etwas. Sie haben mir eine halbe Stunde im Zahnarztstuhl erspart.«

»Nun, falls ich jemals einen Anwalt brauchen sollte–«

»Richtig. Sie wissen, wen Sie anrufen müssen.«

Die U-Bahn nach Manhattan fuhr mir vor der Nase davon. Während ich auf dem oberirdischen Bahnsteig auf die nächste wartete, gelang es mir, ein Telefon zu finden, das funktionierte. Ich probierte es bei Lynn London. Ich hatte an der Hotelrezeption nachgefragt, bevor ich Hiller angerufen hatte, und es hatte eine Nachricht von ihr vom Vorabend gegeben. Wahrscheinlich hatte sie sich gefragt, warum ich nicht gekommen war. Ich fragte mich, ob sie mich angerufen hatte, als ich unter der Dusche stand. Wer auch immer es gewesen war, hatte es vorgezogen, keine Nachricht zu hinterlassen. Der Rezeptionist hatte gesagt, dass es sich um eine Anruferin gehandelt hatte, aber aus Erfahrung hatte ich gelernt, nicht allzu große Stücke auf sein Erinnerungsvermögen zu geben.

Bei Lynn London hob niemand ab. Keine Überraschung. Sie war vermutlich noch in der Schule oder auf dem Weg nach Hause. Hatte sie irgendwelche Pläne für den Nachmittag erwähnt? Ich konnte mich nicht erinnern.

Ich holte mir mein Zehn-Cent-Stück zurück und wollte es zusammen mit meinem Notizbuch in die Tasche stecken. Gab es irgendjemand anderen, den ich anrufen konnte? Ich blätterte in meinem Notizbuch und war überrascht, wie viele Namen, Telefonnummern und Adressen ich mir notiert hatte, vor allem wenn man in Betracht zog, wie wenig ich erreicht hatte.

Karen Ettinger? Ich hätte sie fragen können, wovor sie sich fürchtete.

Hiller hatte mir gerade erst gesagt, er spüre, dass ich dachte, die Wahrheit sei wichtig. Offenbar dachte sie, dass sie es wert war, verheimlicht zu werden.

Es würde allerdings ein Ferngespräch sein. Und ich hatte nicht viel Kleingeld.

Charles London? Frank Fitzroy? Einen Ex-Cop, der in der Upper West Side wohnte? Seine Ex-Frau in der Lower East Side?

Mitzi Pomerance? Jan Keane?

Deren Hörer lag wahrscheinlich noch immer neben dem Telefon.

Ich steckte das Notizbuch und die Münze weg. Ich hätte einen Drink vertragen können. Seit dem einen Muntermacher im McGovern's hatte ich keinen gehabt. Ich hatte seitdem ein spätes Frühstück gegessen, hatte mehrere Tassen Kaffee getrunken, aber das war alles.

Ich blickte über die niedrige Mauer an der Rückseite des Bahnsteigs. Mein Auge blieb an einer roten Leuchtreklame in einem Kneipenfenster hängen. Ich hatte gerade einen Zug verpasst. Ich konnte mir einen Schnellen genehmigen und mehr als rechtzeitig für den nächsten Zug zurück sein.

Ich setzte mich auf eine Bank und wartete auf den Zug.

Ich stieg zweimal um und erreichte schließlich den Columbus Circle. Als ich auf die Straße trat, war der Himmel dabei, dunkler zu werden; er nahm die für New York typische kobaltblaue Farbe an. Es gab keine Nachrichten für mich an der Rezeption meines Hotels. Von der Lobby aus rief ich Lynn London an.

Diesmal erreichte ich sie. »Der schwer zu erreichende Mr. Scudder«, sagte sie. »Sie haben mich versetzt.«

»Es tut mir leid.«

»Ich habe gestern Nachmittag auf Sie gewartet. Nicht sehr lange, denn ich hatte nicht viel Zeit. Ich vermute, es ist etwas dazwischengekommen, aber Sie haben mich auch nicht angerufen.«

Ich erinnerte mich, wie ich mir überlegt hatte, die Verabredung einzuhalten, und wie ich mich dann dagegen entschieden hatte. Der Alkohol hatte die Entscheidung für mich getroffen. Ich hatte in einer warmen Kneipe gesessen und draußen war es kalt gewesen.

»Ich hatte gerade mit Ihrem Vater gesprochen«, sagte ich. »Er hatte mich gebeten, den Fall aufzugeben. Ich vermutete, dass er mit Ihnen in Kontakt getreten war, um Ihnen zu sagen, dass Sie nicht mit mir kooperieren sollten.«

»Also haben Sie einfach entschieden, dass Sie die Londons abschreiben können, oder?« Es gab eine Spur der Belustigung in ihrer Stimme. »Ich habe hier gewartet, wie gesagt. Dann bin ich ausgegangen und habe meine Verabredung für den Abend eingehalten, und als ich nach Hause zurückgekommen bin, hat mein Vater angerufen. Um mir zu sagen, dass er Ihnen befohlen hat, den Fall aufzugeben, Sie aber trotzdem vorhaben, damit weiterzumachen.«

Also hätte ich sie treffen können. Der Alkohol hatte die Entscheidung getroffen, und er hatte eine schlechte getroffen.

»Er sagte mir, dass ich Sie nicht ermutigen sollte. Er sagte, dass es von Anfang an ein Fehler von ihm gewesen sei, die Vergangenheit aufzuwühlen.«

»Aber Sie haben mich angerufen. Oder war das, bevor Sie mit ihm gesprochen haben?«

»Einmal davor und einmal danach. Der erste Anruf war, weil ich wütend auf Sie war, dass Sie mich versetzt hatten. Der zweite war, weil ich wütend auf meinen Vater war.«

»Warum?«

»Weil ich nicht gerne herumkommandiert werde. Das ist eine Eigenart von mir. Er hat gesagt, dass Sie ein Foto von Barbara wollten. Ich gehe davon aus, dass er sich geweigert hat, Ihnen eins zu geben. Wollen Sie immer noch eins?«

Wollte ich? Ich konnte mich jetzt nicht mehr daran erinnern, was ich damit vorgehabt hatte. Vielleicht würde ich damit die Eisenwarengeschäfte abklappern und es jedem zeigen, der Eispickel verkaufte.

»Ja«, sagte ich. »Ich will immer noch eins.«

»Nun, das kann ich Ihnen geben. Ich weiß nicht, womit ich Ihnen sonst noch dienen kann. Aber etwas, das ich Ihnen im Moment nicht geben kann, ist Zeit. Ich war auf dem Weg aus dem Haus, als das Telefon geklingelt hat. Ich bin bereits im Mantel. Ich treffe einen Freund zum Abendessen und danach werde ich beschäftigt sein.«

»Mit Gruppentherapie.«

»Woher wissen Sie das? Hab ich das erwähnt, als wir miteinander gesprochen haben? Sie haben ein gutes Gedächtnis.«

»Manchmal.«

»Lassen Sie mich nachdenken. Morgen Abend ist auch unmöglich. Ich würde sagen, dass Sie heute Abend nach der Therapie vorbeikommen sollen, aber da fühle ich mich normalerweise wie durch den Fleischwolf gedreht. Nach der Schule gibt es morgen eine Lehrerkonferenz, und wenn die endlich zu Ende ist – hören Sie, können Sie in die Schule kommen?«

»Morgen?«

»Ich habe von eins bis zwei eine Freistunde. Wissen Sie, wo ich unterrichte?«

»Eine Privatschule im Village, aber ich weiß nicht, welche.«

»Es ist die Devonhurst School. Hört sich sehr vornehm an, oder? In Wirklichkeit ist es eher das Gegenteil. Und sie befindet sich im East Village. 2nd Avenue zwischen 10th und 11th Street. Auf der östlichen Straßenseite, näher an der 11th als an der 10th.«

»Ich werde es finden.«

»Ich werde in Zimmer 41 sein. Und, Mr. Scudder? Sie sollten mich besser kein zweites Mal versetzen.«

Ich ging um die Ecke ins Armstrong's. Ich aß einen Hamburger und einen kleinen Salat, dann trank ich Kaffee mit Bourbon. Um acht wechseln die Barkeeper, und als Billie eine halbe Stunde vor Beginn seiner Schicht hereinkam, ging ich zu ihm.

»Ich vermute, ich war gestern ziemlich voll«, sagte ich.

»Oh, du warst in Ordnung«, sagte er.

»Es war ein langer Tag und ein langer Abend.«

»Du hast ein bisschen laut gesprochen«, sagte er. »Abgesehen davon warst du so, wie du immer bist. Und du wusstest, wann du abziehen musstest, um früh nach Hause zu gehen.«

Nur, dass ich nicht früh nach Hause gegangen war.

Ich ging zu meinem Tisch zurück und trank noch einen Kaffee mit Bourbon. Als ich ihn getrunken hatte, waren die letzten Reste meines Katers verschwunden. Ich war die Kopfschmerzen relativ früh losgeworden, aber das

Gefühl, ein oder zwei Schritte neben mir zu stehen, hatte den ganzen Tag über angehalten.

Großartiges System: Das Gift und das Gegengift kommen aus derselben Flasche.

Ich ging zum Telefon, warf eine Münze ein und hätte fast Anitas Nummer gewählt. Ich saß da und fragte mich, warum. Ich wollte nicht über den toten Hund reden, und das war das einzige Thema, über das wir in den letzten Jahren annäherungsweise ein bedeutungsvolles Gespräch geführt hatten.

Ich wählte Jans Nummer. Mein Notizbuch befand sich in meiner Tasche, aber ich musste es nicht herausholen. Ich hatte die Nummer im Kopf.

»Hier ist Matthew«, sagte ich. »Ich hab mich gefragt, ob du vielleicht Gesellschaft möchtest.«

»Oh.«

»Wenn du nicht beschäftigt bist.«

»Nein, bin ich nicht. Um ehrlich zu sein, ich fühle mich ein bisschen angeschlagen. Ich habe mich gerade für einen ruhigen Abend vor dem Fernseher bereit gemacht.«

»Nun, wenn du lieber allein sein möchtest–«

»Das hab ich nicht gesagt.« Es gab eine Pause. »Ich möchte nur keinen langen Abend haben.«

»Das möchte ich auch nicht.«

»Erinnerst du dich noch, wie du herkommst?«

»Ich erinnere mich.«

Auf dem Weg zu ihr fühlte ich mich wie ein Jugendlicher vor einem Date. Ich klingelte ihren Code und wartete am Bordstein. Sie warf mir den Schlüssel herab. Ich ging hinein und fuhr in dem großen Aufzug hoch.

Sie trug einen Rock und einen Pullover, die Füße steckten in Rehfellhausschuhen. Wir standen einen Augenblick lang da und blickten uns an, dann gab ich ihr die Papiertüte, die ich bei mir trug. Sie nahm die beiden Flaschen heraus, die eine Teacher's Scotch, die andere die Marke russischen Wodkas, die sie bevorzugte.

»Das perfekte Mitbringsel«, sagte sie. »Ich dachte, du bist ein Bourbontrinker.«

»Nun, es ist komisch. Ich hatte am nächsten Morgen einen klaren Kopf und mir ist der Gedanke gekommen, dass ich von Scotch vielleicht weniger einen Kater bekomme.«

Sie stellte die Flaschen ab. »Ich wollte heute Abend nichts trinken«, sagte sie.

»Nun, heb sie dir auf. Wodka wird nicht schlecht.«

»Nicht, wenn man ihn nicht trinkt. Lass mich dir etwas einschenken. Pur, richtig?«

»Richtig.«

Zuerst war es unnatürlich. Wir waren einander nahe gewesen, hatten eine Nacht im Bett miteinander verbracht, aber wir waren trotzdem steif und unbeholfen. Ich fing an, über den Fall zu reden, einerseits weil ich jemandem davon erzählen wollte, andererseits weil es das war, was uns verband. Ich erzählte ihr, wie mich mein Klient dazu bringen wollte, die Ermittlungen aufzugeben, und wie ich trotzdem weitermachte. Sie schien das nicht ungewöhnlich zu finden.

Dann sprach ich über Pinell.

»Er hat Barbara Ettinger definitiv nicht ermordet«, sagte ich. »Und er hat definitiv den Eispickel-Mord in Sheepshead Bay begangen. Ich hatte bei keinem dieser beiden Punkte wirkliche Zweifel, aber ich wollte meine eigenen Eindrücke gewinnen. Und ich wollte ihn einfach zu Gesicht bekommen. Ich wollte ein Gespür für den Mann entwickeln.«

»Wie ist er?«

»Gewöhnlich. Sie sind immer gewöhnlich, oder? Nur, dass ich nicht weiß, ob das das richtige Wort dafür ist. Die Sache mit Pinell ist, dass er unbedeutend aussieht.«

»Ich denke, ich hab ein Foto von ihm in der Zeitung gesehen.«

»Von einem Foto bekommt man nicht die volle Wirkung. Pinell ist die Art von Person, die man nicht wahrnimmt. Typen wie er liefern Essen aus, reißen die Karten im Kino ab. Schmächtiger Körperbau, verstohlenes Auftreten und ein Gesicht, das einem nicht im Gedächtnis haften bleibt.«

»Die Banalität des Bösen.«

»Was war das?«

Sie wiederholte die Formulierung. »Das ist aus dem Titel eines Buchs über Adolf Eichmann.«

»Ich weiß nicht, ob Pinell böse ist. Er ist verrückt. Vielleicht ist das Böse eine Form des Wahnsinns. Auf jeden Fall braucht man keinen Bericht eines Psychiaters, um zu merken, dass er verrückt ist. Es ist deutlich in seinen Augen zu sehen. Wo wir bei Augen sind, das war etwas, das ich ihn fragen wollte.«

»Was?«

»Ob er ihnen allen in beide Augen gestochen hat. Er sagte, dass er es getan hat. Er hat es gleich am Anfang getan, bevor er angefangen hat, ihre Körper zu Nadelkissen zu verunstalten.«

Sie schauderte. »Warum?«

»Das war das andere, was ich ihn fragen wollte. Warum die Augen? Es hat sich herausgestellt, dass er einen völlig logischen Grund hatte. Er tat es, um der Entdeckung zu entgehen.«

»Ich kann dir nicht folgen.«

»Er dachte, dass die Augen eines toten Menschen das Letzte, was er vor dem Tod gesehen hat, festhalten würden. Wenn das der Fall wäre, müsste man einfach die Netzhaut des Opfers scannen und würde ein Bild des Mörders erhalten. Er hat einfach nur gegen diese Möglichkeit vorgesorgt, indem er ihre Augen zerstört hat.«

»Mein Gott!«

»Das Witzige dabei ist, dass er nicht die erste Person ist, die diese Theorie vertritt. Im letzten Jahrhundert haben ein paar Kriminologen dieselbe Idee gehabt, der Pinell verfallen ist. Sie waren der Ansicht, dass es nur eine Frage der Zeit ist, bis die notwendige Technologie existiert, mit der man das Bild von der Netzhaut ablesen kann. Und wer weiß, ob es nicht irgendwann einmal möglich sein wird? Ein Arzt könnte dir alle möglichen Gründe dafür nennen, warum es physiologisch niemals möglich sein wird, aber schau dir die ganzen Dinge an, die man vor hundert Jahren als mindestens ebenso weit hergeholt betrachtet hat. Oder nur vor zwanzig Jahren.«

»Also ist Pinell nur ein bisschen seiner Zeit voraus, ist es das?« Sie stand auf und ging mit meinem leeren Glas zur Bar. Sie füllte es und schenkte sich selbst ein Glas Wodka ein. »Ich glaube, das verdient einen Drink. ›Ich seh dir in die Augen, Kleines.‹ Das ist das Beste, was ich an Bogart-Imitation zustande bringe. Ich bin besser mit Ton.«

Sie setzte sich wieder und sagte: »Ich wollte heute nichts trinken. Nun, zum Teufel damit.«

»Ich will es selbst ziemlich langsam angehen lassen.«

Sie nickte. Ihre Augen waren auf das Glas in ihrer Hand gerichtet. »Ich war froh, als du angerufen hast, Matthew. Ich dachte nicht, dass du es tun würdest.«

»Ich hab gestern Abend versucht, dich zu erreichen. Es war immer besetzt.«

»Ich hatte den Hörer abgenommen.«

»Ich weiß.«

»Du hast sie nachsehen lassen? Ich wollte gestern Abend einfach nur die Welt fernhalten. Wenn ich hier bin und die Tür abgeschlossen ist, der Hörer neben dem Telefon liegt und die Rollos unten sind, dann fühle ich mich wirklich in Sicherheit. Verstehst du, was ich meine?«

»Ich denke, ja.«

»Du musst wissen, ich bin am Sonntagmorgen nicht mit einem klaren Kopf aufgewacht. Ich hab mich am Sonntag betrunken. Und dann hab ich mich gestern Abend wieder betrunken.«

»Oh.«

»Und dann bin ich heute Morgen aufgestanden, hab eine Tablette gegen das Zittern genommen und beschlossen, dass ich ein oder zwei Tage lang die Finger vom Alk lassen würde. Nur, um die Berg- und Talfahrt zu unterbrechen, weißt du?«

»Klar.«

»Und jetzt sitze ich hier mit einem Glas in der Hand. Was für eine Überraschung, oder?«

»Du hättest etwas sagen sollen, Jan. Dann hätte ich keinen Wodka mitgebracht.«

»Es ist keine große Sache.«

»Ich hätte auch keinen Scotch mitgebracht. Ich hab gestern selbst zu viel getrunken. Wir hätten heute Abend zusammen sein können, ohne zu trinken.«

»Denkst du das wirklich?«

»Natürlich.«

Ihre großen grauen Augen sahen unergründlich tief aus. Sie starrte mich einen langen Moment lang traurig an, dann hellte sich ihre Miene auf. »Nun, jetzt ist es zu spät, diese Hypothese auf die Probe zu stellen, oder? Warum machen wir nicht einfach das Beste aus dem, was wir haben?«

Wir tranken nicht viel. Sie trank genug Wodka, um mich einzuholen, und dann glitten wir einfach so dahin. Sie legte ein paar Platten auf und wir saßen auf der Couch und hörten Musik, ohne viel zu reden. Wir fingen an, uns auf der Couch zu liebkosen, dann gingen wir ins Schlafzimmer, um die Sache zu Ende zu bringen.

Wir waren gut zusammen, besser als wir es am Samstagabend gewesen waren. Neuheit verleiht Würze, aber wenn die Chemie zwischen zwei Partnern stimmt, verbessert die Vertrautheit die körperliche Liebe. Ich ging etwas aus mir heraus und fühlte ein bisschen von dem, was sie fühlte.

Danach setzten wir uns wieder auf die Couch und ich fing an, über den Mord an Barbara Ettinger zu reden. »Sie ist so verdammt tief begraben«, sagte ich. »Es ist nicht nur die lange Zeit, die vergangen ist. Neun Jahre sind lang, aber es gibt Leute, die sind vor neun Jahren gestorben, und man könnte sich durch ihr Leben bewegen und alles noch so ziemlich so vorfinden, wie sie es zurückgelassen haben. Dieselben Leute in den Nachbarhäusern und jeder führt noch die gleiche Art von Leben.

Bei Barbara hat jeder einen völligen Umbruch vollzogen. Du hast den Kinderhort geschlossen, deinen Ehemann verlassen und bist hierher gezogen. Dein Mann hat die Kinder genommen und ist nach Kalifornien abgehauen. Ich war einer der ersten Cops am Tatort, und Gott weiß, wie sehr sich mein Leben seitdem verändert hat. Es gab drei Cops, die mit dem Fall in Sheepshead Bay befasst waren oder mit den Ermittlungen begonnen hatten. Zwei davon sind tot und der dritte hat den Dienst quittiert, hat seine Frau verlassen, lebt in einer Einzimmerwohnung und steht in einem Kaufhaus Wache.«

»Und Doug Ettinger hat wieder geheiratet und verkauft jetzt Sportartikel.«

Ich nickte. »Und Lynn London hat geheiratet und sich scheiden lassen, und die Hälfte der Nachbarn in der Wyckoff Street ist irgendwo anders hingezogen. Ich weiß, dass wir Amerikaner mobil sind. Ich hab irgendwo gelesen, dass jedes Jahr zwanzig Prozent des Landes umzieht. Selbst so scheint es, als hätte jeder Wind auf der Erde eifrig versucht, Sand auf ihr Grab zu blasen. Es ist, als würde man nach Troja graben.«

»›Tief bei den ersten Toten.‹«

»Was ist das?«

»Ich weiß nicht, ob ich mich richtig erinnere. Einen Augenblick.« Sie ging durch den Raum, suchte in den Bücherregalen, zog ein dünnes Buch heraus und blätterte darin. »Es ist von Dylan Thomas«, sagte sie, »und es ist irgendwo hier drin. Wo zum Teufel ist es? Ich bin mir sicher, dass es hier drin ist. Hier ist es.«

Sie las:

> » *Tief bei den ersten Toten liegt Londons Tochter,*
> *Ummantelt von langen Freunden,*
> *Den zeitlosen Körnern, den dunklen Adern der Mutter,*
> *Verborgen am untrauernden Wasser*
> *Der rastlosen Themse.*
> *Auf den ersten Tod folgt kein zweiter.* «

»Londons Tochter«, sagte ich.

»Die Stadt London. Aber deshalb muss ich daran gedacht haben. Tief bei den ersten Toten liegt Charles Londons Tochter.«

»Lies es noch einmal vor.«

Sie tat es.

»Nur, dass es irgendwo eine Tür gibt, zu der ich einfach nur den Griff finden müsste. Sie wurde nicht von irgendeinem Irren ermordet. Es war jemand mit einem Grund, jemand, den sie kannte. Jemand, der es bewusst so aussehen ließ, als sei es Pinells Werk gewesen. Und der Mörder läuft immer noch frei herum. Er ist nicht gestorben oder von der Bildfläche verschwunden. Er läuft noch herum. Es gibt keinen Anlass für mich, das zu glauben, aber es ist ein Gefühl, das ich nicht loswerden kann.«

»Denkst du, dass es Doug war?«

»Falls ich das nicht denke, bin ich der Einzige. Selbst seine Frau glaubt, dass er es getan hat. Vielleicht weiß sie nicht, was sie glaubt, aber warum sonst sollte sie sich vor dem fürchten, was ich herausfinden werde?«

»Aber du denkst, dass es jemand anderes gewesen sein könnte?«

»Ich denke, dass sich sehr viele Leben nach ihrem Tod radikal verändert haben. Vielleicht hatte ihr Tod etwas mit diesen Veränderungen zu tun. Mit einigen von ihnen, jedenfalls.«

»Das von Doug, offensichtlich. Ob er sie nun ermordet hat oder nicht.«

»Vielleicht hat ihr Tod auch andere Leben beeinflusst.«

»Wie ein Stein, den man in einen Teich wirft? Der Welleneffekt?«

»Vielleicht. Ich weiß einfach nicht, was passiert ist oder wie. Ich hab dir gesagt, es ist eine Ahnung, ein Gefühl. Nichts Konkretes, auf das ich deuten könnte.«

»Dein Copinstinkt, ist es das?«

Ich lachte. Sie fragte mich, was so lustig wäre. Ich sagte: »Es ist nicht lustig. Ich hatte den ganzen Tag lang Zeit, über die Richtigkeit meines Copinstinkts nachzudenken.«

»Wie meinst du das?«

Und so kam es dazu, dass ich ihr mehr erzählte, als ich eigentlich geplant hatte. So ziemlich alles von Anitas Anruf bis zu dem jungen Typen mit dem Fallmesser. Zwei Tage zuvor hatte ich herausgefunden, was für eine gute Zuhörerin sie war, und sie stellte es auch jetzt unter Beweis.

Als ich fertig war, sagte sie: »Ich verstehe nicht, warum du dir Vorwürfe machst. Du hättest umgebracht werden können.«

»Wenn es wirklich ein Versuch war, mich auszurauben.«

»Was hättest du tun sollen, warten, bis er mit dem Messer auf dich einsticht? Und warum hatte er überhaupt ein Messer bei sich? Ich weiß nicht, was ein Fallmesser ist, aber es hört sich nicht so an wie etwas, das man sich für den Fall, dass man ein Stück Schnur abschneiden muss, in die Tasche steckt.«

»Er könnte es zum Schutz bei sich getragen haben.«

»Und das Bündel Geldscheine? Für mich hört sich das so an, als ob er einer dieser unterdrückten Homosexuellen war, die Schwule aufgabeln und sie ausrauben. Und manchmal verprügeln oder töten sie sie, wenn sie schon dabei sind. Um sich zu beweisen, wie normal sie sind. Und du machst dir Vorwürfe, weil du so einem Typen eine blutige Lippe verpasst hast?«

Ich schüttelte den Kopf. »Ich mache mir Vorwürfe, weil mein Urteil nicht vernünftig war.«

»Weil du betrunken warst.«

»Und es nicht einmal wusste.«

»War dein Urteilsvermögen schlecht an dem Abend, als du die beiden Kneipenräuber erschossen hast? An dem Abend, an dem das puerto-ricanische Mädchen getötet wurde?

»Du bist eine ziemlich scharfsinnige Dame, oder?«

»Ein verdammtes Genie.«

»Das ist die Frage, vermute ich. Und die Antwort lautet, nein, es war nicht schlecht. Ich hatte nicht so viel getrunken und es nicht gespürt. Aber – «

»Aber es hat trotzdem Erinnerungen wachgerufen.«

»Richtig.«

»Und du wolltest ihnen nicht direkt ins Auge sehen, ebenso wenig wie Karen Ettinger der Tatsache ins Auge sehen will, dass sie glaubt, ihr Ehemann könnte seine erste Frau ermordet haben.«

»Eine sehr scharfsinnige Dame.«

»Scharfsinniger geht es kaum. Fühlst du dich jetzt besser?«

»Mhm.«

»Reden hilft. Aber du hast es so tief in dir begraben, dass du nicht einmal wusstest, dass es da war.« Sie gähnte. »Eine scharfsinnige Dame zu sein macht müde.«

»Das kann ich glauben.«

»Wollen wir ins Bett gehen?«

»Klar.«

Aber ich blieb nicht über Nacht. Ich dachte, dass ich es tun würde, aber ich war noch wach, als die Veränderung ihres Atmens verriet, dass sie eingeschlafen war. Ich lag erst auf der einen Seite, dann auf der anderen, und es war klar, dass ich nicht bereit war zu schlafen. Ich stieg aus dem Bett und trottete leise in den anderen Raum.

Ich zog mich an, dann stand ich am Fenster und blickte hinaus auf die Lispenard Street. Es gab noch mehr als genügend Scotch, aber ich wollte nicht davon trinken.

Ich verließ ihre Wohnung. Einen Block weiter, in der Canal Street, gelang es mir, ein Taxi zum Anhalten zu bewegen. Ich kam rechtzeitig in meinem Viertel an, um noch die letzte halbe Stunde oder so im Armstrong's verbringen zu können, aber ich sagte mir, zum Teufel damit, und begab mich direkt auf mein Hotelzimmer.

Irgendwann schlief ich ein.

Kapitel 14

Ich hatte eine Nacht voller Träume und mit leichtem Schlaf. Der Hund, Bandy, tauchte in einem der Träume auf. Er war nicht wirklich tot. Sein Tod war nur vorgetäuscht worden, als Teil eines aufwendigen Schwindels. Er erzählte mir das alles, und er erzählte mir auch, dass er schon immer hatte sprechen können, sich aber davor gefürchtet hatte, seine Fähigkeit preiszugeben. »Wenn ich das nur gewusst hätte«, staunte ich, »was für Gespräche hätten wir führen können!«

Ich erwachte erholt, mit klarem Kopf und ausgesprochen hungrig. Ich aß Schinkenspeck mit Eiern und Bratkartoffeln im Red Flame und las dabei die *News*. Sie hatten den 1st-Avenue-Schlitzer gefasst oder zumindest hatten sie jemanden verhaftet, von dem sie behaupteten, dass es sich bei ihm um den Schlitzer handelte. Das Foto des Verdächtigen wies große Ähnlichkeit mit dem früher veröffentlichten Phantombild auf. Das kommt nicht allzu häufig vor.

Ich trank die zweite Tasse Kaffee, als Vinnie gegenüber von mir in der Nische Platz nahm. »Frau für dich in der Lobby«, sagte er.

»Für mich?«

Er nickte. »Jung, nicht unattraktiv. Nette Kleidung, nette Frisur. Hat mir ein paar Dollar gegeben, damit ich sie auf dich aufmerksam mache, wenn du ins Hotel kommst. Ich weiß nicht mal, ob du zurückkommen wirst, deshalb dachte ich mir, ich lasse es drauf ankommen und sehe hier und da nach, ob ich dich finden kann. Eddie hat die Rezeption für mich übernommen. Kommst du ins Hotel zurück?«

»Ich hatte es nicht vorgehabt.«

»Was du machen könntest, nun, du könntest sie dir ansehen und mir ein Zeichen geben, ob ich sie auf dich aufmerksam machen soll oder nicht. Ich verdiene mir zwar gerne mal ein paar Dollars, aber damit kann ich mich auch nicht zur Ruhe setzen, wenn du weißt, was ich meine. Wenn du dich vor der Dame drücken willst–«

»Du kannst sie auf mich aufmerksam machen«, sagte ich. »Egal, wer sie ist.«

Er ging ins Hotel zurück. Ich trank den Kaffee aus, las die Zeitung zu Ende und ließ mir damit Zeit, selbst ins Hotel zurückzugehen. Als ich hereinspazierte, nickte Vinnie bedeutungsvoll in Richtung des Ohrensessels beim Zigarettenautomaten, aber er hätte sich die Mühe sparen können. Ich hätte sie auch ohne Hilfe entdeckt. Sie wirkte völlig fehl am Platze, eine gepflegt aussehende, sorgfältig frisierte Vorstadtprinzessin mit farblich abgestimmter Kleidung, die sich in den falschen Teil der 57th Street verlaufen hatte. Ein paar Blocks weiter östlich hätte sie vielleicht ein Abenteuer erleben können, während einer Runde durch die Kunstgalerien nach einer Druckgrafik suchen können, die gut zu den pilzfarbenen Vorhängen im Wohnzimmer passte.

Ich sorgte dafür, dass Vinnie sich sein Geld verdiente, ging an ihr vorbei und wartete auf den Aufzug. Dessen Türen öffneten sich gerade, als sie meinen Namen aussprach.

Ich sagte: »Guten Tag, Mrs. Ettinger.«

»Wie–«

»Ich habe Ihr Foto auf dem Schreibtisch ihres Manns gesehen. Und ich hätte wahrscheinlich Ihre Stimme wiedererkannt, auch wenn ich sie nur am Telefon gehört habe.« Das blonde Haar war ein bisschen länger als auf dem Bild in Douglas Ettingers Fotowürfel, und beim direkten Kontakt war die Stimme weniger nasal, aber es gab keinen Zweifel. »Ich hab Ihre Stimme ein paar Mal gehört. Einmal, als ich Sie angerufen hab, einmal, als Sie mich angerufen haben, und dann noch einmal, als ich zurückgerufen habe.«

»Ich dachte mir, dass Sie das waren«, sagte sie. »Es hat mir Angst eingejagt, als das Telefon geklingelt und sich niemand gemeldet hat.«

»Ich wollte nur sichergehen, dass ich die Stimme erkannt hatte.«

»Ich habe Sie seitdem angerufen. Ich habe Sie gestern zweimal angerufen.«

»Ich hab keine Nachrichten erhalten.«

»Ich habe keine hinterlassen. Ich weiß nicht, was ich gesagt hätte, wenn ich Sie erreicht hätte. Gibt es einen vertraulicheren Ort, an dem wir uns unterhalten können?«

Ich ging mit ihr einen Kaffee trinken, nicht ins Red Flame, aber in einen ähnlichen Laden weiter den Block entlang. Auf dem Weg nach draußen zwinkerte Vinnie mir mit einem verschlagenen Lächeln zu. Ich fragte mich, wie viel Geld sie ihm gegeben hatte.

Weniger, als sie bereit war, mir zu geben, da bin ich mir sicher. Kaum hatten wir unseren Kaffee bekommen, als sie ihre Handtasche auf den Tisch legte und bedeutungsvoll darauf tippte.

»Da drin ist ein Umschlag«, verkündete sie. »Er enthält fünftausend Dollar.«

»Das ist sehr viel Geld, um es in dieser Stadt herumzutragen.«

»Vielleicht möchten Sie mir die Last abnehmen.« Sie studierte mein Gesicht, und als ich keine Reaktion zeigte, beugte sie sich vor und senkte verschwörerisch die Stimme. »Das Geld ist für Sie, Mr. Scudder. Tun Sie nur das, worum Mr. London Sie bereits gebeten hat. Geben Sie den Fall auf.«

»Wovor haben Sie Angst, Mrs. Ettinger?«

»Ich will einfach nicht, dass Sie in unserem Leben herumstochern.«

»Was denken Sie, könnte ich da finden?« Ihre Hand griff nach der Handtasche, sie suchte Sicherheit in der mutmaßlichen Macht von fünftausend Dollar. Ihr Nagellack hatte die Farbe von Eisenrost. Sanft sagte ich: »Denken Sie, dass Ihr Mann seine erste Frau umgebracht hat?«

»Nein!«

»Wovor haben Sie dann Angst?«

»Ich weiß es nicht.«

»Wann haben Sie Ihren Mann kennengelernt, Mrs. Ettinger?«

Sie erwiderte meinen Blick, antwortete nicht.

»Bevor seine Frau umgebracht wurde?« Ihre Finger kneteten die Handtasche. »Er hat auf Long Island studiert. Sie sind jünger als er, aber Sie könnten ihn damals gekannt haben.«

»Es war, bevor er sie kennengelernt hat«, sagte sie. »Lange bevor sie geheiratet haben. Dann sind wir uns nach ihrem Tod zufällig wieder begegnet.«

»Und Sie hatten Angst, dass ich das herausfinde?«

»Ich–«

»Sie haben sich mit ihm getroffen, bevor sie starb, oder etwa nicht?«

»Das können Sie nicht beweisen.«

»Warum sollte ich das beweisen müssen? Warum sollte ich es überhaupt beweisen wollen?«

Sie öffnete die Handtasche. Ihre Finger hatten Schwierigkeiten mit dem Verschluss, aber es gelang ihr, die Tasche zu öffnen. Sie zog einen braunen Umschlag ihrer Bank hervor. »Fünftausend Dollar«, sagte sie.

»Stecken Sie es weg.«

»Ist es nicht genug? Es ist viel Geld. Sind fünftausend Dollar nicht viel Geld dafür, nichts zu tun?«

»Es ist zu viel. Sie haben sie nicht getötet, oder, Mrs. Ettinger?«

»Ich?« Sie hatte Schwierigkeiten, die Frage zu verstehen. »Ich? Natürlich nicht.«

»Aber Sie waren froh, als sie starb.«

»Das ist furchtbar«, sagte sie. »Sagen Sie so etwas nicht.«

»Sie hatten eine Affäre mit ihm. Sie wollten ihn heiraten und dann wurde sie ermordet. Wie hätten Sie nicht froh sein sollen?«

Ihre Augen waren auf eine Stelle über meiner Schulter gerichtet, sie blickte in die Ferne. Ihre Stimme war so abwesend wie ihr Blick. Sie sagte: »Ich wusste nicht, dass sie schwanger war. Er hat gesagt ... er hat gesagt, dass er es auch nicht gewusst hatte. Er hat mir gesagt, dass sie nicht mehr miteinander schliefen. Sex hatten, meine ich. Natürlich haben sie zusammen geschlafen, sie haben in einem Bett geschlafen, aber er hat gesagt, dass sie keinen Sex hatten. Ich habe ihm geglaubt.«

Die Kellnerin näherte sich, um uns Kaffee nachzuschenken. Ich hob eine Hand, um die Unterbrechung zu vermeiden. Karen Ettinger sagte: »Er hat gesagt, dass sie das Kind eines anderen Mannes in sich trug. Weil es nicht sein Baby gewesen sein konnte.«

»War es das, was sie Charles London gesagt haben?«

»Ich habe nie mit Mr. London gesprochen.«

»Ihr Mann schon, oder? Hat er ihm das gesagt? War es das, von dem London befürchtete, dass es herauskommen würde, wenn ich mich weiter mit dem Fall befasse?«

Ihre Stimme war gleichgültig, abwesend. »Er hat gesagt, dass sie von einem anderen Mann schwanger war. Einem Schwarzen. Er hat gesagt, dass das Baby schwarz gewesen wäre.«

»Das hat er London gesagt.«

»Ja.«

»Hatte er ihnen das jemals zuvor gesagt?«

»Nein. Ich denke, dass es nur etwas ist, das er sich ausgedacht hat, um Mr. London zu beeinflussen.« Sie blickte mich an, und ihre Augen boten mir einen kurzen Einblick in die Person, die sich hinter dem vorstädtischen Äußeren verbarg. »Ebenso wie der Rest wahrscheinlich etwas war, dass er sich meinetwegen ausgedacht hat. Es war wahrscheinlich sein Baby.«

»Sie glauben nicht, dass sie eine Affäre hatte?«

»Vielleicht. Vielleicht hatte sie eine. Aber sie muss auch mit ihm geschlafen haben. Oder sie hätte aufgepasst, dass sie nicht schwanger wird. Frauen sind nicht dumm.« Sie blinzelte mehrmals. »Abgesehen von manchen Dingen. Männer erzählen ihren Freundinnen immer, dass sie aufgehört haben, mit ihren Frauen zu schlafen. Und es ist immer eine Lüge.«

»Denken Sie, dass–«

Sie ging einfach über meine Frage hinweg. »Er erzählt ihr wahrscheinlich auch, dass er nicht mehr mit mir schläft«, sagte sie in einem sehr nüchternen Ton. »Und es ist eine Lüge.«

»Erzählt wem?«

»Der Frau, mit der er eine Affäre hat.«

»Ihr Mann hat eine Affäre?«

»Ja«, sagte sie und runzelte die Stirn. »Ich wusste das bis jetzt nicht. Ich wusste es, aber ich wusste nicht, dass ich es wusste. Ich wünschte, Sie hätten nie diesen Fall übernommen. Ich wünschte, Mr. London hätte nie Ihren Namen gehört.«

»Mrs. Ettinger–«

Sie stand jetzt, klammerte sich mit beiden Händen an die Handtasche, ihr Gesicht war von Schmerz gezeichnet. »Ich hatte eine gute Ehe«, beharrte sie. »Und was habe ich jetzt? Können Sie mir das sagen? Was habe ich jetzt?«

Kapitel 15

Ich dachte nicht, dass sie eine Antwort darauf erwartete. Ich hatte jedenfalls keine für sie, und sie blieb nicht lange genug, um herauszufinden, was ich vielleicht sonst noch zu sagen haben könnte. Sie stolzierte steif aus dem Café. Ich blieb lange genug, um meinen Kaffee auszutrinken, dann ließ ich Trinkgeld auf dem Tisch liegen und bezahlte die Rechnung. Nicht nur, dass ich ihre fünftausend Dollar nicht genommen hatte, ich bezahlte auch noch ihren Kaffee.

Draußen war schönes Wetter und ich dachte, ich würde etwas Zeit damit totschlagen, einen Teil des Weges zu meiner Verabredung mit Lynn London zu Fuß zu gehen. Es ergab sich, dass ich die ganze Strecke ins Zentrum hinunter und nach Osten ging, unterbrochen von einer ersten Pause, als ich mich auf eine Parkbank setzte, und einer zweiten, als ich einen Kaffee trank und dazu ein Brötchen aß. Nachdem ich die 14th Street überquert hatte, kehrte ich im Dan Lynch's ein und genehmigte mir den ersten Drink des Tages. Ich hatte zuvor gedacht, dass ich vielleicht auf Scotch umsteigen würde, weil der mir einmal mehr einen Kater erspart hatte, aber ich bestellte ein Glas Bourbon mit einem kleinen Bier dazu, bevor ich mich an meinen Entschluss erinnerte. Ich trank und genoss die Wärme, die sich in mir ausbreitete. In der Kneipe herrschte ein üppiger Biergeruch, den ich ebenfalls genoss, und ich wäre gerne noch etwas geblieben. Aber ich hatte die Lehrerin schon einmal versetzt.

Ich fand die Schule, ging hinein. Niemand kümmerte sich um mich, als ich das Gebäude betrat, und niemand hielt mich in den Gängen an. Ich fand Zimmer 41 und stand einen Augenblick lang in der Türöffnung, um die Frau zu studieren, die an dem hellen Eichentisch saß. Sie las ein Buch und hatte meine Ankunft nicht bemerkt. Ich klopfte gegen die offene Tür und sie blickte zu mir hoch.

»Ich bin Matthew Scudder«, sagte ich.

»Und ich Lynn London. Kommen Sie herein und schließen Sie die Tür.«

Sie erhob sich und wir reichten uns die Hand. Es gab keinen Platz, an dem ich mich hinsetzen konnte, nur Tische in Kindergröße. Kunstwerke der Schüler und Prüfungsarbeiten, einige davon mit goldenen oder silbernen Sternen versehen, hingen an Anschlagbrettern. Auf der Tafel war eine Aufgabe der schriftlichen Division in gelber Kreide ausgearbeitet. Ich ertappte mich dabei, wie ich nachrechnete.

»Sie wollten ein Foto«, sagte Lynn London. »Ich befürchte, ich bin keine Spezialistin für Familienerinnerungsstücke. Das ist das Beste, was ich zu bieten habe. Das war Barbara auf dem College.«

Ich studierte das Foto und blickte von ihm hoch zu der Frau, die neben mir stand. Sie bemerkte die Bewegung meiner Augen. »Wenn Sie nach Ähnlichkeit suchen«, sagte sie, »verschwenden Sie Ihre Zeit. Sie sah unserer Mutter ähnlich.«

Lynn schlug nach ihrem Vater. Sie hatte die gleichen kühlen blauen Augen. Wie er trug sie eine Brille, aber ihre hatte einen dicken Rand und rechteckige Gläser. Ihr braunes Haar war hochgesteckt und auf dem Hinterkopf zu einem strengen Knoten gebunden. Es lag ein Ernst auf ihrem Gesicht, ihre Züge hatten etwas Strenges, und obwohl ich wusste, dass sie erst dreiunddreißig war, sah sie ein paar Jahre älter aus. Es gab Falten an ihren Augenwinkeln und tiefere an den Mundwinkeln.

Barbaras Bild verriet mir nicht viel. Ich hatte die Polizeifotos nach ihrem Tod gesehen, kontrastreiche Schwarzweißaufnahmen aus der Küche in der Wyckoff Street, aber ich wollte etwas, dass mir einen Eindruck von der Person vermitteln würde, und Lynns Foto verschaffte mir das auch nicht. Vielleicht suchte ich nach mehr, als mir ein Foto bieten konnte.

Sie sagte: »Mein Vater befürchtet, dass Sie Barbaras Namen in den Schmutz ziehen könnten. Werden Sie das tun?«

»Ich hatte es nicht geplant.«

»Douglas Ettinger hat ihm etwas erzählt und er befürchtet, dass Sie es der Welt mitteilen werden. Ich wünschte, ich wüsste, worum es geht.«

»Er hat Ihrem Vater gesagt, dass Ihre Schwester von einem Schwarzen schwanger war.«

»Oh mein Gott. Stimmt das?«

»Was denken Sie?«

»Ich denke, dass Doug ein Wurm ist. Das habe ich schon immer gedacht. Jetzt weiß ich, warum mein Vater Sie hasst.«

»*Mich* hasst?«

»Mhm. Ich habe mich gefragt, warum. Genau genommen habe ich Sie vor allem deshalb treffen wollen, um herauszufinden, was für eine Art von Mann so eine starke Reaktion bei meinem Vater hervorrufen könnte. Sehen Sie, wenn Sie nicht gewesen wären, hätte er diese Information über seine geheiligte Tochter nie erhalten. Wenn er Sie nicht angeheuert hätte und wenn Sie nicht mit Doug gesprochen hätten – Sie haben mit ihm gesprochen, nehme ich an?«

»Ich habe ihn getroffen. Im Laden in Hicksville.«

»Wenn Sie das nicht getan hätten, hätte er meinem Vater nicht etwas erzählt, das mein Vater absolut nicht hören wollte. Ich denke, er würde es vorziehen zu glauben, dass beide seiner Töchter noch Jungfrauen sind. Nun, vielleicht ist er wegen mir nicht so besorgt. Ich habe die Unverschämtheit besessen, mich scheiden zu lassen, wodurch ich sowieso schon verloren bin. Er würde krank werden, wenn ich eine gemischtrassige Beziehung hätte, denn schließlich gibt es für alles eine Grenze, aber ich denke nicht, dass es ihn kümmert, ob ich Affären habe. Ich bin bereits beschädigte Ware.« Ihre Stimme war tonlos, weniger bitter als die Worte, die sie sprach. »Aber Barbara war eine Heilige. Wenn ich ermordet werden würde, würde er Sie von Haus aus schon mal nicht engagieren, aber wenn er es doch täte, wäre ihm egal, was Sie herausfinden. Bei Barbara liegt die Sache ganz anders.«

»War sie eine Heilige?«

»Wir standen uns nicht sonderlich nahe.« Sie wandte den Blick ab, hob einen Bleistift vom Schreibtisch hoch. »Sie war meine große Schwester. Ich habe sie auf ein Podest gestellt und dann ihre tönernen Füße gesehen und eine Periode der selbstgefälligen Verachtung für sie durchgemacht. Ich wäre vielleicht darüber hinausgewachsen, aber dann wurde sie ermordet, weshalb ich voller Schuldgefühle war wegen dem, was ich für sie empfunden hatte.« Sie blickte mich an. »Das ist eine der Sachen, an denen ich in der Therapie arbeite.«

»Hatte sie eine Affäre während ihrer Ehe mit Ettinger?«

»Wenn, dann hätte sie es mir nicht erzählt. Was sie mir erzählt hat, war, dass er fremdging. Sie sagte, dass er Annäherungsversuche bei ihren

Freundinnen unternahm und dass er seine Sozialhilfefälle vögelte. Ich weiß nicht, ob das der Wahrheit entsprach oder nicht. Er hat es nie bei mir versucht. «

Sie sagte es, als handle es sich um einen weiteren Eintrag in einer langen Liste von Dingen, die sie gegen ihn hatte. Ich sprach noch weitere zehn Minuten mit ihr, ohne viel zu erfahren abgesehen von der Tatsache, dass Barbara Ettingers Tod Auswirkungen auf das Leben ihrer Schwester gehabt hatte, und das war keine Neuigkeit. Ich fragte mich, wie anders Lynn vor neun Jahren gewesen sein mochte und wie anders sie jetzt gewesen wäre, wenn Barbara noch am Leben wäre. Vielleicht war es alles schon vorhanden gewesen, alles an Ort und Stelle, die Bitterkeit, der emotionale Panzer. Ich fragte mich – obwohl ich es wahrscheinlich hätte erraten können –, wie Lynns eigene Ehe gewesen war. Hätte sie denselben Mann geheiratet, wenn Barbara noch am Leben gewesen wäre? Hätte sie sich dann später von ihm scheiden lassen?

Ich verabschiedete mich von ihr mit einem nutzlosen Foto und einem Kopf voller irrelevanter – oder nicht beantwortbarer – Fragen. Ich war froh, der verkrampften Persönlichkeit der Frau zu entkommen. Das Dan Lynch's war nur ein paar Blocks Richtung Norden und ich ging in die Richtung, während ich mich an das dunkle Holz, die Wärme, den feuchtfröhlichen Biergeruch erinnerte.

Sie fürchteten sich alle davor, dass ich sie ausgraben würde, dachte ich, aber das war unmöglich, denn sie war unglaublich tief begraben. Der Abschnitt, den Jan aus dem Gedicht vorgelesen hatte, kam mir in den Sinn und ich versuchte, mich daran zu erinnern, wie genau die Formulierung gewesen war. *Tief bei den ersten Toten* – war das richtig?

Ich beschloss, dass ich die exakten Worte wissen wollte. Mehr als das, ich wollte das ganze Gedicht. Ich erinnerte mich vage daran, dass es in der Nähe in der 2nd Avenue eine Zweigbibliothek gab. Ich ging einen Block nach Norden, fand sie nicht, drehte mich um und ging in die entgegengesetzte Richtung. Es gab in der Tat eine Bibliothek, genau dort, wo ich gedacht hatte, ein fast quadratisches, dreistöckiges Gebäude mit kunstvoll verzierter Marmorfassade. Ein Schild in der Tür verkündete die Öffnungszeiten; sie hatten mittwochs geschlossen.

Alle Zweigbibliotheken haben die Öffnungszeiten verkürzt und Tage, an denen sie geschlossen haben, eingeführt. Teil der finanziellen Einschränkungen. Die Stadt kann sich nichts mehr leisten, und die Verwaltung geht herum wie ein alter Geizhals, der nicht genutzte Räume in einem weiträumigen, ungeheizten Haus absperrt. Dem Polizeiapparat gehören zehntausend Beamte weniger an als früher. Alles wird weniger, nur die Mieten und die Verbrechensrate nicht.

Ich ging noch einen Block weiter, die nächste Querstraße war die St. Marks Place. Ich wusste, dass es dort einen Buchladen gab, noch dazu einen, der sehr wahrscheinlich eine Lyrikabteilung haben würde. Der belebteste Geschäftsblock der St. Marks Place, so schick, wie man im East Village überhaupt sein kann, befindet sich zwischen der 2nd und der 3rd Avenue. Ich bog rechts ab und ging Richtung 3rd Avenue, und nachdem ich etwa zwei Drittel des Blocks hinter mich gebracht hatte, stieß ich auf den Buchladen. Sie hatten eine Taschenbuchausgabe der gesammelten Gedichte von Dylan Thomas. Ich musste sie ein paar Mal durchblättern, bevor ich das Gedicht fand, nach dem ich suchte, aber es war enthalten und ich las es ganz durch. »Eine Weigerung, den Feuertod eines Kindes in London zu betrauern«, war der Titel. Es gab Teile, die ich vermutlich nicht verstand, aber mir gefiel trotzdem, wie sie sich anhörten, das Gewicht und die Form der Wörter.

Das Gedicht war lang genug, mich vom Versuch abzuhalten, es in mein Notizbuch zu kopieren. Außerdem, vielleicht würde ich auch einige der anderen Gedichte lesen wollen. Ich bezahlte das Buch und steckte es in die Tasche.

Es ist komisch, wie einen kleine Dinge in eine bestimmte Richtung bewegen. Von all dem Zufußgehen war ich müde geworden. Ich wollte mit der U-Bahn nach Hause fahren, aber ich wollte auch einen Drink, weshalb ich einen Moment lang auf dem Bürgersteig vor dem Buchladen stand und versuchte, mich zu entscheiden, was ich machen sollte und wohin ich gehen würde. Während ich dort stand, kamen zwei Streifenpolizisten in Uniform vorbei. Sie sahen beide unglaublich jung aus, der eine war so jugendlich frisch, dass seine Uniform wie ein Faschingskostüm wirkte.

Auf der anderen Straßenseite verkündete ein Ladenschild »Haberman's«. Ich weiß nicht, was sie dort verkauften.

Ich dachte an Burton Havermeyer. Vielleicht hätte ich auch an ihn gedacht, wenn ich den Cop nicht gesehen oder meine Erinnerung nicht durch einen Namen, der seinem nicht unähnlich war, angeregt geworden wäre. Auf jeden Fall dachte ich an ihn. Ich erinnerte mich daran, dass er früher in dieser Straße gewohnt hatte und seine Frau noch immer hier wohnte. Ich konnte mich an die genaue Adresse nicht erinnern, aber sie stand in meinem Notizbuch. 212 St. Marks Place, gemeinsam mit der Telefonnummer.

Das wäre noch immer kein Grund gewesen, mir das Haus anzusehen, in dem sie wohnte. Er hatte nicht einmal etwas mit dem Fall, an dem ich arbeitete, zu tun, denn mein Treffen mit Louis Pinell hatte mich davon überzeugt, dass der kleine Psychopath zwar Susan Potowski ermordet hatte, nicht aber Barbara Ettinger. Aber Havermeyers Leben hatte sich auf eine Weise verändert, die mich interessierte, auf eine Weise nicht unähnlich derer, in der mein eigenes durch einen anderen Tod verändert worden war.

Die St. Marks Place beginnt an der 3rd Avenue und die Hausnummern steigen, je weiter man Richtung Osten geht. Der Block zwischen 2nd und 1st Avenue war eher von Wohnhäusern geprägt und weniger gewerblich. Ein paar der Reihenhäuser hatten verzierte Fenster und Rillentafeln neben den Eingängen, die erkennen ließen, dass es sich um Kirchen handelte. Es gab eine ukrainische Kirche, eine polnisch-katholische Kirche.

Ich ging zur 1st Avenue, wartete an der Ampel, überquerte die Straße, als es grün wurde. Ich führte meinen Weg einen ruhigen Block entlang fort, mit Häusern, die weniger attraktiv und in einem schlechteren Zustand waren als die im vorherigen Block. Eines von einer Gruppe geparkter Autos, an denen ich vorbeikam, war herrenlos, ohne Räder und Radkappen, das Radio herausgenommen, das Innere ausgeweidet. Auf der anderen Straßenseite versuchten drei bärtige, langhaarige Männer in Hell's-Angels-Kluft, ein Motorrad zum Laufen zu bringen.

Die letzte Hausnummer im Block war 132. Die Straße endete an der nächsten Kreuzung, wo die Avenue A die westliche Begrenzung des Tompkins Square Parks bildete. Ich stand da und blickte auf die Hausnummer, dann auf den Park, erst zu der einen, dann zu dem anderen.

Von der Avenue A Richtung Osten bis zum Fluss erstrecken sich die Blocks, die Alphabet City genannt werden. Die Bewohner bestehen vor allem aus Junkies, Straßenräubern und Verrückten. Niemand, der anständig ist, wohnt absichtlich dort, nicht, wenn er es sich leisten kann, irgendwo anders zu wohnen.

Ich zog mein Notizbuch aus der Tasche. Die Adresse war immer noch dieselbe: 212 St. Marks Place.

Ich spazierte durch den Tompkins Square Park und überquerte die Avenue B. Auf meinem Weg durch den Park boten mir Drogendealer Cannabis, Pillen und LSD an. Entweder sah ich für sie nicht wie ein Cop aus oder es kümmerte sie nicht.

Nach der Avenue B fingen die Hausnummern bei 300 an. Und die Straßenschilder nannten es nicht St. Marks Place. Hier war es die östliche 8th Street.

Ich ging wieder zurück durch den Park. In 130 St. Marks Place gab es eine Kneipe namens Blanche's Tavern. Ich ging hinein. Der Laden war heruntergekommen, es stank nach abgestandenem Bier, abgestandenem Urin und Körpern, die ein Vollbad nötig gehabt hätten. Etwa ein Dutzend dieser Körper war anwesend, die meisten von ihnen an der Bar, ein paar an den Tischen. Es wurde totenstill, als ich hereinkam. Ich vermute, ich sah nicht so aus, als ob ich dort hingehören würde, und ich kann nur hoffen, dass ich es niemals tun werde.

Ich sah zuerst im Telefonbuch nach. Das Revier in Sheepshead Bay konnte einen Fehler gemacht haben, Antonelli konnte mir die falsche Nummer gegeben haben oder ich hatte sie mir nicht richtig notiert. Ich fand seinen Eintrag, Burton Havermeier in der westlichen 103rd Street, aber ich fand keine Havermeyers für die St. Marks Place.

Ich hatte kein Kleingeld mehr. Der Barkeeper gab mir ein paar Zehn-Cent-Stücke. Seine Kundschaft schien nun, nachdem sie erkannt hatte, dass ich nichts von ihr wollte, entspannter zu sein.

Ich warf eine Münze in den Apparat, wählte die Nummer in meinem Notizbuch. Keine Antwort.

Ich verließ die Kneipe und ging ein paar Hauser weiter bis zu 112 St. Marks Place. Ich überprüfte die Briefkästen im Windfang, wobei ich nicht wirklich erwartete, den Namen Havermeyer zu finden, dann ging ich wieder auf die Straße. Ich wollte einen Drink, aber das Blanche's war eigentlich nicht der Ort, an dem ich ihn trinken wollte.

In der Not frisst der Teufel Fliegen. Ich trank ein Glas puren Bourbon an der Bar, eine der besseren Marken. Zu meiner Rechten sprachen zwei Männer über eine gemeinsame Bekannte. »Ich hab ihr gesagt, dass sie sich nicht von ihm abschleppen lassen soll«, sagte der eine. »Ich hab ihr gesagt, dass er nichts taugt und dass er sie verprügeln und reinlegen wird. Aber sie hat es trotzdem gemacht, hat ihn mit zu sich nach Hause genommen, und er hat sie verprügelt und sie reingelegt. Also, was bildet sie sich jetzt ein, dass sie zu mir kommt, um sich auszuheulen?«

Ich wählte noch einmal die Nummer. Nach dem vierten Klingeln hob ein Junge ab. Ich dachte, ich hätte mich verwählt, und fragte ihn, ob ich die Nummer von Havermeyer gewählt hatte. Er bestätigte mir, dass ich das hatte.

Ich fragte, ob Mrs. Havermeyer zu sprechen war.

»Sie ist nebenan«, sagte er. »Ist es wichtig? Ich könnte sie holen.«

»Nicht nötig. Ich muss die Adresse für eine Lieferung überprüfen. Was ist eure Hausnummer?«

»212.«

»212 was?«

Er fing an, mir die Nummer der Wohnung zu sagen. Ich sagte ihm, dass ich den Namen der Straße wissen wollte.

»212 St. Marks Place«, sagte er.

Ich hatte einen dieser Momente, wie ich sie ab und zu in Träumen habe, wenn der schlafende Geist auf einen unmöglichen Widerspruch stößt und schließlich zu der Erkenntnis gelangt, dass er träumt. Hier war ich und sprach mit einem aufgeweckten Jungen, der darauf bestand, dass er an einer Adresse wohnte, die nicht existierte.

Oder vielleicht lebten er und seine Mutter im Tompkins Square Park, bei den Eichhörnchen.

Ich sagte: »Zwischen was befindet sich das?«

»Hä?«

»Was sind die Querstraßen? In welchem Block seid ihr?«

»Oh«, sagte er. »3rd und 4th Avenue.«

»Was?«

»Wir wohnen zwischen der 3rd und der 4th Avenue.«

»Das ist unmöglich«, sagte ich.

»Hä?«

Ich blickte vom Telefon weg und erwartete mehr oder weniger, etwas völlig anderes als das Innere von Blanche's Tavern zu sehen. Zum Beispiel eine Mondlandschaft. St. Marks Place begann an der 3rd Avenue und führte nach Osten. Es gab keine St. Marks Place zwischen 3rd und 4th Avenue.

Ich sagte: »Wo?«

»Hä? Hören Sie, Mister, ich denke nicht–«

»Warte einen Moment.«

»Vielleicht sollte ich meine Mutter holen. Ich–«

»Welcher Bezirk?«

»Hä?«

»Bist du in Manhattan? Brooklyn? Bronx? Wo bist du, mein Junge?«

»Brooklyn.«

»Bist du dir sicher?«

»Ja, ich bin mir sicher.« Er hörte sich den Tränen nahe an. »Wir wohnen in Brooklyn. Was wollen Sie überhaupt? Was ist los, sind Sie verrückt oder was?«

»Es ist okay«, sagte ich. »Du warst mir eine große Hilfe. Vielen Dank.«

Ich hängte ein und fühlte mich wie ein Idiot. Straßennamen wiederholen sich in den fünf Stadtbezirken. Ich hatte keinen Grund gehabt anzunehmen, dass sie in Manhattan lebte.

Ich dachte nach, ließ das, an was ich mich von meinem früheren Gespräch mit der Frau erinnern konnte, noch einmal ablaufen. Wenn ich irgendetwas hätte wissen können, dann, dass sie nicht in Manhattan wohnte. »Er ist in Manhattan«, hatte sie über ihren Mann gesagt. Sie hätte es nicht so formuliert, wenn sie selbst in Manhattan wohnen würde.

Aber was war mit meinem Gespräch mit Havermeyer? »Ihre Frau wohnt noch immer im East Village«, hatte ich gesagt, und er hatte mir zugestimmt.

Nun, vielleicht hatte er einfach nur gewollt, dass unser Gespräch ein Ende nimmt, Es war einfacher, mir zuzustimmen, als mir zu erklären, dass es eine andere St. Marks Place in Brooklyn gab.

Trotzdem ...

Ich verließ das Blanche's und eilte nach Westen zu dem Buchladen, in dem ich den Gedichtband gekauft hatte. Sie hatten einen Hagstrom Taschenatlas der fünf Stadtbezirke. Ich suchte hinten nach der St. Marks Place, blätterte zu der entsprechenden Karte, fand, wonach ich gesucht hatte.

Die St. Marks Place ist sowohl in Brooklyn als auch in Manhattan nur drei Blocks lang. Nach Osten, über die Flatbush Avenue hinaus, führt dieselbe Straße in einem leichten Winkel als St. Marks Avenue weiter und erstreckt sich unter diesem Namen bis nach Brownsville.

Richtung Westen endet die St. Marks Place an der 3rd Avenue – ebenso, wie sie es an einer ganz anderen 3rd Avenue in Manhattan tut. Auf der anderen Seite der 3rd Avenue trägt die St. Marks Place von Brooklyn einen anderen Namen.

Wyckoff Street.

Kapitel 16

Es musste gegen drei gewesen sein, als ich mit dem Jungen telefoniert hatte. Es war zwischen halb sieben und sieben, als ich die Treppe zum Eingang des Hauses in der westlichen 103rd Street hochstieg. Ich hatte in den dazwischenliegenden Stunden Dinge zu erledigen gehabt.

Ich drückte ein paar Klingeln, aber nicht seine, und jemand öffnete mir die Tür. Wer auch immer es war, starrte mich durch eine einen Spaltbreit geöffnete Tür im zweiten Stock an, verzichtete aber darauf, mein Recht vorbeizumarschieren infrage zu stellen. Ich stand vor Havermeyers Tür und lauschte kurz. Der Fernseher war eingeschaltet, es liefen die Lokalnachrichten.

Ich erwartete nicht wirklich, dass er durch die Tür auf mich schießen würde, aber als Sicherheitskraft trug er eine Waffe. Und obwohl er sie wahrscheinlich jeden Abend im Geschäft verstaute, konnte ich nicht sicher sein, dass er nicht noch eine zweite zu Hause hatte. Man hatte uns beigebracht, neben einer Tür zu stehen, wenn man daran klopft, also tat ich das. Ich hörte, wie sich seine Schritte der Tür näherten, dann fragte seine Stimme, wer da war.

»Scudder«, sagte ich.

Er öffnete die Tür. Er war in Alltagskleidung und ließ wahrscheinlich nicht nur seine Waffe, sondern auch die Uniform jeden Abend im Geschäft zurück. In einer Hand hielt er eine Bierdose. Ich fragte, ob ich hereinkommen könnte. Seine Reaktionszeit war lang, aber schließlich nickte er und machte mir Platz. Ich trat ein und schloss die Tür hinter mir.

Er sagte: »Noch immer mit diesem Fall beschäftigt, was? Gibt es etwas, dass ich für Sie tun kann?«

»Ja.«

»Nun, es würde mich freuen, wenn ich helfen kann. In der Zwischenzeit, wie wär's mit einem Bier?«

Ich schüttelte den Kopf. Er blickte die Bierdose an, die er in der Hand hielt, stellte sie auf einem Tisch ab, ging zum Fernseher und schaltete ihn aus. Er verharrte einen Moment lang in dieser Pose und ich studierte sein Gesicht von der Seite. Diesmal hatte er keine Rasur nötig. Er drehte sich langsam um, gespannt, als wartete er darauf, dass die Bombe platzen würde.

Ich sagte: »Ich weiß, dass Sie sie getötet haben, Burt.«

Ich beobachtete seine tiefliegenden braunen Augen. Er arbeitete an seinem Leugnen, ging es in Gedanken durch, und dann gab es einen Augenblick, an dem er entschied, dass es keine Rolle spielte. Etwas verschwand aus ihm.

»Seit wann wissen Sie es?«

»Seit ein paar Stunden.«

»Als Sie am Sonntag von hier weggegangen sind, konnte ich nicht entscheiden, ob Sie es wussten oder nicht. Ich dachte mir, dass Sie vielleicht ein Katz-und-Maus-Spiel mit mir treiben wollten. Aber irgendwie hatte ich nicht das Gefühl. Genau genommen, fühlte ich mich Ihnen nahe. Ich hatte das Gefühl, dass wir beide Ex-Cops sind, zwei Jungs, die den Dienst aus persönlichen Gründen quittiert haben. Ich dachte mir, dass Sie vielleicht nur so taten und mir eine Falle stellen wollten, aber es fühlte sich nicht so an.«

»Es war auch keine.«

»Wie haben Sie es herausgefunden?«

»St. Marks Place. Sie haben überhaupt nicht im East Village gewohnt. Sie haben in Brooklyn gewohnt, drei Blocks von Barbara Ettinger entfernt.«

»So wie jede Menge andere Leute auch.«

»Sie haben mich in meinem Irrglauben gelassen, dass Sie im East Village gewohnt haben. Ich weiß nicht, ob es mich groß zum Nachdenken gebracht hätte, wenn ich von Anfang an gewusst hätte, dass Sie in Brooklyn gewohnt haben. Vielleicht hätte es das. Aber wahrscheinlich eher nicht. Brooklyn ist groß. Ich wusste nicht, dass es dort eine St. Marks Place gibt, weshalb ich mit Sicherheit nicht wusste, wo sie sich in Beziehung zur Wyckoff Street befindet. Bei allem, was ich gewusst habe, hätte sie draußen in Sheepshead Bay in der Nähe ihres Reviers sein können. Aber Sie haben in diesem Zusammenhang gelogen.«

»Nur, um eine lange Erklärung zu vermeiden. Das beweist überhaupt nichts.«

»Es hat mir einen Grund gegeben, Sie genauer unter die Lupe zu nehmen.

Und das erste, was ich unter die Lupe nahm, war eine andere Lüge, die Sie mir erzählt haben. Sie sagten mir, dass Sie und Ihre Frau keine Kinder hätten. Aber ich habe heute Nachmittag mit Ihrem Jungen am Telefon gesprochen, und ich habe ihn noch einmal angerufen und ihn nach dem Namen seines Vaters und nach seinem eigenen Alter gefragt. Er muss sich gewundert haben, warum ich ihm all diese Fragen stelle. Er ist zwölf. Er war drei, als Barbara Ettinger ermordet wurde.«

»Und?«

»Sie haben ihn immer in die Clinton Street gebracht. In den Happy Hours Kinderhort.«

»Das vermuten Sie nur.«

»Nein.«

»Den Hort gibt es nicht mehr. Die haben schon vor Jahren zugemacht.«

»Er war noch nicht zu, als sie Brooklyn verlassen haben. Haben Sie den Hort im Auge behalten?«

»Meine Ex-Frau muss es erwähnt haben«, sagte er. Dann zuckte er mit den Schultern. »Vielleicht bin ich mal daran vorbeigelaufen. Als ich in Brooklyn war, um Danny zu besuchen.«

»Die Frau, die den Kinderhort geführt hat, wohnt in New York. Sie wird Sie wiedererkennen.«

»Nach neun Jahren?«

»Das sagt sie zumindest. Und sie hat die Unterlagen aufbewahrt, Burt. Die Bücher mit den Namen und Adressen der Kinder und ihrer Eltern, gemeinsam mit den Belegen der Zahlungen. Sie hat all das Zeug in eine Schachtel gepackt, als sie den Laden dichtgemacht hat, und sie hat sich nie die Mühe gemacht, die Sachen durchzusehen, um das wegzuschmeißen, was sie nicht mehr aufheben musste. Heute hat sie die Schachtel geöffnet. Sie sagt, dass sie sich an Sie erinnert. Sie haben immer den Jungen gebracht, sagt sie. Sie hat Ihre Frau nie getroffen, aber sie erinnert sich an Sie.«

»Sie muss ein sehr gutes Gedächtnis haben.«

»Sie waren normalerweise in Uniform. Daran erinnert man sich leicht.«

Er blickte mich einen Moment lang an, dann drehte er sich um und ging hinüber zum Fenster, um hinaus zu starren. Ich vermute nicht, dass er nach etwas Bestimmtem Ausschau hielt.

»Wo hatten Sie den Eispickel her, Burt?«

Ohne sich umzudrehen, sagte er: »Ich muss überhaupt nichts zugeben. Ich muss keine Fragen beantworten.«

»Natürlich müssen Sie das nicht.«

»Selbst wenn Sie ein Cop wären, müsste ich nichts sagen. Und Sie sind kein Cop. Sie haben keinerlei Befugnis.«

»Sie haben absolut Recht.«

»Also, warum sollte ich dann Ihre Fragen beantworten?«

»Sie haben sehr lange darauf gesessen, Burt.«

»Und?«

»Geht es Ihnen nicht ein wenig auf die Nieren? Es die ganze Zeit über in sich zu tragen?«

»Oh Gott«, sagte er. Er ging zu einem Sessel, ließ sich hineinfallen. »Bringen Sie mir das Bier«, sagte er. »Können Sie das für mich tun, ja?«

Ich gab es ihm. Er fragte mich, ob ich sicher wäre, dass ich keines wollte.

»Nein, danke«, antwortete ich.

Er trank von seinem Bier und ich fragte ihn noch einmal, wo er den Eispickel hergehabt hatte.

»Irgendein Laden«, sagte er. »Ich erinnere mich nicht mehr.«

»In Ihrem Viertel?«

»Ich denke in Sheepshead Bay. Ich bin mir nicht sicher.«

»Sie kannten Barbara Ettinger aus dem Kinderhort.«

»Und aus dem Viertel. Ich hab sie im Viertel gesehen, bevor ich anfing, Danny in den Hort zu bringen.«

»Und Sie hatten eine Affäre mit ihr?«

»Wer hat Ihnen das gesagt? Nein, ich hatte keine Affäre mit ihr. Ich hatte überhaupt keine Affäre.«

»Aber Sie wollten eine haben.«

»Nein.«

Ich wartete, aber er schien es dabei belassen zu wollen. Ich sagte: »Warum haben Sie sie getötet, Burt?«

Er blickte mich einen Moment lang an, dann sah er auf den Boden, schließlich wieder auf mich. »Sie können nichts beweisen«, sagte er.

Ich zuckte mit den Schultern.

»Sie können nicht. Und ich muss Ihnen nichts sagen.« Ein tiefes

Einatmen, ein langer Seufzer. »Es ist etwas passiert, als ich diese Potowski gesehen hab«, sagte er. »Es ist etwas passiert.«

»Was meinen Sie damit?«

»Es ist etwas mit *mir* passiert. In meinem Inneren. Etwas ist mir in den Kopf gekommen und ich konnte es nicht mehr loswerden. Ich erinnere mich, wie ich dastand und mir selbst gegen die Stirn schlug, aber ich konnte es nicht loswerden.«

»Sie wollten Barbara Ettinger töten.«

»Nein. Versuchen Sie nicht, mir zu helfen, ja? Lassen Sie mich selbst nach den Worten suchen.«

»Entschuldigung.«

»Ich hab die tote Frau angeschaut und es war nicht sie, die ich auf dem Boden gesehen hab, es war meine Frau. Jedes Mal, wenn mir das Bild wieder ins Gedächtnis kam, der Tatort, die Frau auf dem Boden, hab ich meine eigene Frau in dem Bild gesehen. Und es ging mir nicht aus dem Sinn, sie auf diese Weise zu töten.«

Er nahm einen kleinen Schluck Bier. Über die Dose hinweg sagte er: »Ich hab ständig daran gedacht, sie zu töten. Sehr oft hab ich gedacht, dass das der einzige Ausweg wäre. Ich konnte es nicht ertragen, verheiratet zu sein. Ich war allein gewesen, meine Eltern waren tot, ich hatte nie Geschwister und ich hatte gedacht, jemanden zu brauchen. Außerdem hatte ich gewusst, dass sie mich brauchte. Aber es war ein Fehler. Ich hab es gehasst, verheiratet zu sein. Es hat mir den Hals zugeschnürt wie ein zu enger Kragen, es hat mich erwürgt und ich konnte nicht daraus entkommen.«

»Warum konnten Sie sie nicht einfach verlassen?«

»Wie hätte ich sie verlassen können? Wie hätte ich ihr das antun können? Welche Art von Mann verlässt so eine Frau?«

»Tagtäglich verlassen Männer ihre Frauen.«

»Sie verstehen es nicht, oder?« Ein weiterer Seufzer. »Wo war ich? Ja, ich hab daran gedacht, sie umzubringen. Ich hab darüber nachgedacht und ich hab gedacht, klar, das Erste, was sie tun werden, ist, dich gründlich unter die Lupe zu nehmen. Und auf die eine oder andere Art werden sie es dir anhängen, weil sie sich immer zuerst auf den Ehemann konzentrieren, und in neunzig Prozent der Fälle ist das auch der Täter. Sie werden deine Geschichte auseinandernehmen und sie werden dich auseinandernehmen, und was dann? Aber als ich diese Potowski gesehen hab, war alles glasklar. Ich konnte sie töten und es so aussehen lassen, als hätte der Eispickel-Mörder eine mehr auf dem Kerbholz. Ich hab gesehen, was wir mit dem Potowski-Mord gemacht haben. Wir haben ihn einfach an Midtown North übergeben, wir haben den Ehemann nicht belästigt oder sonst irgendetwas in der Art getan.«

»Also haben Sie sich entschlossen, sie zu töten.«

»Richtig.«

»Ihre Frau.«

»Richtig.«

»Und was hatte Barbara Ettinger damit zu tun?«

»Oh Gott«, sagte er.

Ich ließ ihm Zeit.

»Ich hatte Angst davor, sie umzubringen. Meine Frau, meine ich. Ich hatte Angst davor, dass etwas schiefgehen würde. Ich dachte, angenommen ich fange damit an und kann es nicht zu Ende bringen? Ich hatte den Eispickel und würde ihn in die Hand nehmen und ihn ansehen und – ich erinnere mich jetzt, ich hab ihn in der Atlantic Avenue gekauft. Ich weiß nicht einmal, ob der Laden noch existiert.«

»Es spielt keine Rolle.«

»Ich weiß. Ich hatte Visionen, müssen Sie wissen. Davon, wie ich anfing, auf sie einzustechen und stoppte, wie ich nicht in der Lage war, es zu Ende zu bringen. Die Dinge, die mir durch den Kopf gingen, fingen an, mich verrückt zu machen. Ich vermute, ich *war* verrückt. Natürlich war ich das.«

Er trank aus der Bierdose. »Ich hab sie zu Übungszwecken getötet«, sagte er.

»Barbara Etttinger.«

»Ja. Ich musste herausfinden, ob ich es tun kann. Und ich hab mir gesagt, dass es eine Vorsichtsmaßnahme ist. Ein weiterer Eispickel-Mord in Brooklyn, und wenn dann meine Frau drei Blocks weiter ermordet werden würde, wäre es nur noch eine Tat in der Serie. Und es würde identisch sein. Vielleicht würde man, egal wie ich vorging, einen Unterschied zwischen diesem und den echten Eispickel-Morden entdecken, aber man hätte nie einen Grund, mich des Mordes an einer Fremden wie dieser Ettinger zu verdächtigen. Und dann würde meine Frau auf dieselbe Weise ermordet werden, und – aber das war nur das, was ich mir eingeredet hab. Ich hab sie getötet, weil ich mich davor fürchtete, meine Frau zu töten, und jemanden töten musste.«

»Sie mussten jemanden töten?«

»Ich *musste*.« Er beugte sich vor, saß am Rand des Sessels. »Es ging mir nicht aus dem Kopf. Wissen Sie, wie das ist, wenn einem etwas nicht aus dem Kopf geht?«

»Ja.«

»Ich konnte nicht entscheiden, wen ich wählen sollte. Und dann hab ich Danny eines Tages in den Kinderhort gebracht und sie hat sich mit mir unterhalten, so wie wir es immer taten, und da kam mir der Gedanke. Ich dachte daran, sie zu töten, und der Gedanke passte.«

»Was meinen Sie damit, dass der Gedanke passte?«

»Sie gehörte ins Bild. Ich konnte sie sehen, wissen sie, auf dem Küchenboden. Also hab ich angefangen, sie zu beobachten. Wenn ich nicht gearbeitet hab, hab ich mich im Viertel herumgetrieben und sie im Auge behalten.«

Sie hatte das Gefühl gehabt, von jemandem verfolgt zu werden, beobachtet zu werden. Und sie hatte davor Angst gehabt, spätestens seit der Ermordung Potowskis, dass es jemand auf sie abgesehen hatte.

»Ich entschied, dass es in Ordnung war, sie umzubringen. Sie hatte keine Kinder. Niemand war von ihr abhängig. Und sie war unmoralisch. Sie hat mit mir geflirtet, sie hat mit allen Männern im Kinderhort geflirtet. Sie hat sich von Männern in ihrer Wohnung besuchen lassen, wenn ihr Mann nicht zu Hause war. Ich dachte mir, wenn ich es vermasselte und man erkannte, dass es nicht die Tat des Eispickel-Mörders war, würde es jede Menge anderer Verdächtiger geben. Sie würden nie auf mich kommen.«

Ich fragte ihn nach dem Tag des Mordes.

»Meine Schicht war an diesem Tag gegen Mittag zu Ende. Ich ging rüber in die Clinton Street und saß in einem Café am Tresen, von wo aus ich den Hort im Auge behalten konnte. Als sie früher schlussgemacht hat, bin ich ihr gefolgt. Ich stand auf der anderen Straßenseite und beobachtete ihr Haus, als ein Mann hineinging. Ich kannte ihn, hatte ihn schon mit ihr gesehen.«

»War er schwarz?«

»Schwarz? Nein. Warum?«

»Nur so.«

»Ich erinnere mich nicht daran, wie er ausgesehen hat. Er war eine halbe Stunde lang oder so bei ihr. Dann ist er gegangen. Ich wartete noch ein bisschen, und irgendetwas sagte mir, ich weiß nicht, ich wusste einfach, dass es der richtige Augenblick war. Ich ging hoch und klopfte an ihre Tür.«

»Und sie hat Sie hereingelassen?«

»Ich hab ihr meine Polizeimarke gezeigt. Und sie daran erinnert, dass wir uns vom Kinderhort her kannten, dass ich Dannys Vater war. Sie hat mich hereingelassen.«

»Und?«

»Darüber will ich nicht sprechen.«

»Sind Sie sich sicher?«

Er dachte darüber nach. Dann sagte er: »Wir waren in der Küche. Sie machte mir eine Tasse Kaffee. Sie stand mit dem Rücken zu mir, und ich legte ihr eine Hand über den Mund und stach ihr mit dem Eispickel in die Brust. Ich wollte sofort das Herz erwischen, damit sie nicht leiden musste. Ich stach ihr mehrmals ins Herz und sie brach in meinen Armen zusammen. Ich ließ sie auf den Boden fallen.« Er hob seine feuchten braunen Augen und blickte in meine. »Ich denke, da war sie schon tot«, sagte er. »Ich denke, sie ist sofort gestorben.«

»Und Sie haben weiter auf sie eingestochen?«

»Wenn ich darüber nachgedacht habe, bevor ich es wirklich tat, bin ich immer durchgedreht und hab wie ein Verrückter immer wieder zugestochen. Ich hatte dieses Bild im Kopf, aber ich konnte es nicht auf diese Weise tun. Ich musste mich dazu zwingen, auf sie einzustechen. Mir wurde übel, ich dachte, dass ich mich übergeben müsste, und ich musste weiter mit diesem Eispickel auf ihren Körper einstechen und–« Er brach ab und rang nach Atem. Sein Gesicht sah mitgenommen aus, seine Gesichtsfarbe war die eines Geistes.

»Es ist okay«, sagte ich.

»Oh Gott.«

»Immer mit der Ruhe, Burt.«

»Mein Gott, mein Gott.«

»Sie haben nur in eines ihrer Augen gestochen.«

»Es war so *schwer*«, sagte er. »Ihre Augen waren weit aufgerissen. Ich wusste, dass sie tot war, ich wusste, dass sie nichts mehr sehen konnte, aber diese Augen starrten mich einfach an. Es fiel mir überaus schwer, ihr ins Auge zu stechen. Ich schaffte es einmal, und dann konnte ich es einfach nicht noch einmal tun. Ich versuchte es, aber ich konnte es nicht noch einmal tun.«

»Und dann?«

»Bin ich gegangen. Niemand hat mich gesehen. Ich hab einfach das Haus verlassen und bin weggegangen. Hab den Eispickel in einem Gulli verschwinden lassen. Ich dachte, ich hab es getan, ich hab sie getötet und bin damit davongekommen, aber es fühlte sich nicht so an, als wäre ich mit irgendetwas davongekommen. Mir war absolut schlecht. Ich dachte an das, was ich getan hatte, und ich konnte nicht glauben, dass ich es wirklich getan hatte. Als die Geschichte im Fernsehen und in den Zeitungen war, konnte ich es nicht glauben. Ich dachte, dass jemand anderes es getan haben musste.«

»Und Sie haben Ihre Frau nicht getötet.«

Er schüttelte den Kopf. »Ich wusste, dass ich etwas Derartiges nie wieder tun konnte. Wissen Sie was? Ich hab über all das nachgedacht, immer wieder, und ich denke, dass ich nicht bei Verstand war. Tatsächlich bin ich mir da sicher. Der Anblick von Mrs. Potowski, diese Blutlachen in ihren Augen, diese Stichwunden überall an ihrem Körper, das hat etwas mit mir angestellt. Es hat mich verrückt gemacht, und ich war verrückt, bis Barbara Ettinger tot war. Dann war ich wieder in Ordnung, aber sie war tot.

Urplötzlich waren die Dinge klar. Ich konnte nicht länger verheiratet sein, und zum ersten Mal erkannte ich, dass ich es nicht sein musste. Ich konnte meine Frau und Danny verlassen. Ich hatte gedacht, dass ich damit etwas Schreckliches tun würde, aber da war ich und hatte geplant, sie zu töten, und jetzt hatte ich tatsächlich jemanden getötet. Ich wusste, wie viel schrecklicher das war als alles andere, was ich ihr antun konnte, wie etwa sie zu verlassen.«

Ich ging es noch einmal mit ihm durch, sprach ein paar bestimmte Punkte an. Er trank sein Bier aus, holte sich aber kein neues. Ich wollte einen Drink, aber ich wollte kein Bier und ich wollte nicht mit ihm trinken. Ich hasste ihn nicht. Ich weiß nicht, was genau ich für ihn empfand. Aber ich wollte nicht mit ihm trinken.

*   *   *

Er brach das Schweigen und sagte: »Niemand kann irgendetwas davon beweisen. Es spielt keine Rolle, was ich Ihnen gesagt habe. Es gibt keine Zeugen und es gibt keine Beweise.«

»Es könnte Leute geben, die Sie im Viertel gesehen haben.«

»Die sich nach neun Jahren noch daran erinnern? Und sich erinnern, welcher Tag es war?«

Natürlich hatte er Recht. Ich konnte mir nicht vorstellen, dass es einen Staatsanwalt gab, der die Sache überhaupt zur Anklage bringen würde. Es gab nichts, auf dessen Basis man plädieren konnte.

Ich sagte: »Warum holen Sie sich nicht einen Mantel, Burt?«

»Wozu?«

»Wir gehen aufs Dreizehnte Revier und unterhalten uns mit einem Cop namens Fitzroy. Sie können ihm sagen, was Sie mir gesagt haben.«

»Das wäre ziemlich dumm von mir, oder?«

»Warum?«

»Alles, was ich tun muss, ist, so weitermachen wie bisher. Alles, was ich tun muss, ist, die Klappe zu halten. Niemand kann mir irgendetwas nachweisen. Man könnte nicht einmal versuchen, mir etwas nachzuweisen.«

»Das ist wahrscheinlich wahr.«

»Und Sie wollen, dass ich ein Geständnis ablege?«

»Das ist richtig.«

Sein Gesichtsausdruck war der eines Kindes. »Warum?«

Um die Sache abzuschließen, dachte ich. Um sie ins Reine zu bringen. Um Frank Fitzroy zu zeigen, dass er Recht gehabt hatte, als er meinte, dass es mir gelingen könnte, den Fall zu lösen.

Was ich sagte, war: »Sie werden sich besser fühlen.«

»Dass ich nicht lache.«

»Wie fühlen Sie sich jetzt, Burt?«

»Wie ich mich fühle?« Er dachte über die Frage nach. Dann, als wäre er selbst von der Antwort überrascht: »Ich fühle mich gut.«

»Besser als vor meinem Erscheinen?«

»Ja.«

»Besser als sie sich seit Sonntag gefühlt haben?«

»Vermutlich.«

»Sie haben nie jemandem davon erzählt, oder?«

»Natürlich nicht.«

»Keiner einzigen Person in neun Jahren. Sie haben wahrscheinlich nicht sehr häufig daran gedacht, aber es gab bestimmt Zeiten, zu denen Sie daran denken mussten, und Sie haben nie jemandem davon erzählt.«

»Und?«

»Das ist eine lange Zeit dafür, so etwas mit sich herumzuschleppen.«

»Mein Gott.«

»Ich weiß nicht, was man mit Ihnen machen wird, Burt. Vielleicht müssen Sie nicht ins Gefängnis. Einmal habe ich einen Mörder dazu überredet, sich selbst umzubringen, und er hat es getan, und ich würde so etwas nicht wieder tun. Ein anderes Mal habe ich einen Mörder dazu überredet, ein Geständnis abzulegen, weil ich ihn davon überzeugt habe, dass er sich wahrscheinlich umbringen würde, wenn er nicht gestehen würde. Ich denke nicht, dass Sie das tun würden. Ich denke, Sie haben neun Jahre lang damit gelebt und könnten auch weiter damit leben. Aber wollen Sie das wirklich? Wollen Sie es nicht lieber loswerden?«

»Mein Gott«, sagte er. Er nahm den Kopf in die Hände. »Ich bin völlig durcheinander«, sagte er.

»Sie werden es hinbekommen.«

»Mein Foto wird in den Zeitungen sein. Es wird in den Nachrichten gezeigt werden. Was wird das für Folgen für Danny haben?«

»Sie müssen zuallererst an sich selbst denken.«

»Ich werde meinen Job verlieren«, sagte er. »Was wird mit mir werden?«

Ich gab ihm darauf keine Antwort. Ich hatte keine.

»In Ordnung«, sagte er plötzlich.

»Sie sind bereit zu gehen?«

»Ich denke, ja.«

Auf dem Weg runter ins Zentrum sagte er: »Ich denke, ich hab es am Sonntag schon gewusst. Ich hab gewusst, dass Sie herumstochern würden, bis Sie herausfinden würden, dass ich es getan habe. Ich hatte schon da das Bedürfnis, es Ihnen zu sagen.«

»Ich hatte Glück. Durch ein paar Zufälle bin ich in der St. Marks Place gelandet und habe an Sie gedacht, und ich hatte nichts Besseres zu tun, als mir das Haus anzusehen, in dem Sie gewohnt haben. Aber die Hausnummern haben bei einhundertzweiunddreißig aufgehört.«

»Wenn es nicht dieser Zufall gewesen wäre, dann wäre es irgendein anderer gewesen. Es lief alles darauf hinaus, von dem Augenblick an, als Sie einen Fuß in meine Wohnung gesetzt haben. Vielleicht sogar schon früher. Vielleicht war es schon von dem Augenblick an, als ich sie umgebracht habe, eine beschlossene Sache. Es gibt Leute, die mit Mord davonkommen, aber ich vermute, ich gehöre nicht dazu.«

»Niemand kommt damit davon. Manche werden nur nicht geschnappt.«

»Läuft das nicht auf dasselbe hinaus?«

»Sie wurden neun Jahre lang nicht geschnappt, Burt. Womit sind Sie davongekommen?«

»Oh«, sagte er. »Ich verstehe.«

Kurz bevor wir das Dreizehnte Revier erreichten, sagte ich: »Es gibt etwas, das ich nicht verstehe. Warum dachten Sie, dass es leichter sein würde, Ihre Frau umzubringen, als sie zu verlassen? Sie haben mehrmals gesagt, dass es so eine furchtbare Sache sein würde, eine Frau wie sie zu verlassen, dass es eine verachtenswerte Tat sein würde, aber Männer und Frauen verlassen einander ständig. Sie konnten sich keine Sorgen darüber machen, was Ihre Eltern sagen würden, denn Sie hatten keine Familie mehr. Wodurch wurde es zu so einer großen Sache?«

»Oh«, sagte er. »Sie wissen es nicht.«

»Was weiß ich nicht?«

»Sie haben sie nicht getroffen. Sie sind heute Nachmittag nicht zu ihr rausgegangen, oder?«

»Nein.«

(»Ich sehe ihn nie ... Ich sehe meinen früheren Ehemann nie ... Ich sehe weder meinen Ehemann, noch sehe ich den Scheck. Verstehen Sie? Wirklich?«)

»Diese Potowski, mit ihren Augen, die mich durch das Blut hindurch angestarrt haben. Als ich sie gesehen hab, hat es mich so mitgenommen, dass ich nicht damit fertigwerden konnte. Aber das können Sie nicht verstehen, weil Sie es nicht wissen.«

(»Vielleicht hat er ein Telefon und vielleicht steht seine Nummer im Telefonbuch. Sie können sie nachschlagen. Ich bin mir sicher, dass Sie mir verzeihen werden, wenn ich Ihnen nicht anbiete, sie für Sie nachzuschlagen.«)

Die Antwort lag in der Luft. Ich konnte fast den Arm ausstrecken und sie berühren. Aber mein Geist konnte sie nicht erfassen.

Er sagte: »Meine Frau ist blind.«

Kapitel 17

Es wurde zu einer langen Nacht, wobei die Fahrt in die 20th Street nur der Anfang war. Ich nahm mit Burton Havermeyer ein Taxi. Unterwegs müssen wir über irgendetwas gesprochen haben, aber ich kann mich nicht erinnern über was. Ich bezahlte das Taxi, begleitete Havermeyer in den Dienstraum und machte ihn mit Frank Fitzroy bekannt, und das war so ziemlich das ganze Ausmaß meines Beitrags. Ich war schließlich nicht der festnehmende Beamte. Ich besaß keine offizielle Verbindung mit dem Fall und hatte keine offizielle Funktion ausgeübt. Ich musste nicht dort bleiben, während der Stenograf Havermeyers Geständnis festhielt. Ebenso wenig wurde ich darum gebeten, selbst eine Aussage abzugeben.

Fitzroy nahm sich die Zeit, mich zur Straßenecke zu begleiten und mir im P.J. Reynolds einen Drink auszugeben.

Es widerstrebte mir, seine Einladung anzunehmen. Ich wollte einen Drink, war aber nicht viel mehr gewillt, ihn mit ihm zu trinken, als mit Havermeyer. Ich fühlte mich von allen abgekapselt, fest in mir abgeschottet, wo tote Frauen und blinde Frauen mir nichts anhaben konnten.

Die Drinks wurden gebracht und wir tranken sie. Er sagte: »Gute Arbeit, Matt.«

»Ich habe Glück gehabt.«

»So eine Art von Glück hat man nicht einfach. Man verschafft es sich. Irgendetwas hat dich auf die Spur von Havermeyer gebracht.«

»Noch mehr Glück. Die anderen beiden Cops vom Einundsechzigsten sind tot. Er war als Einziger übrig.«

»Du hättest am Telefon mit ihm sprechen können. Irgendetwas hat dich dazu gebracht, ihn persönlich aufzusuchen.«

»Ich hatte einfach nichts Besseres zu tun.«

»Und dann hast du ihm genügend Fragen gestellt, damit er dir ein paar Lügen auftischen konnte, die ihm später zum Verhängnis wurden.«

»Und ich war zum richtigen Zeitpunkt am richtigen Ort, und das richtige Ladenschild hat meine Aufmerksamkeit erregt, als das richtige Paar Cops an mir vorbeispaziert ist.«

»Ach, Scheiße«, sagte er und signalisierte dem Barkeeper. »Mach dich nur schlechter, als du bist, wenn du das unbedingt willst.«

»Ich denke nur, dass ich nichts getan habe, womit ich eine Beförderung zum Chef der Detectives verdient hätte. Das ist alles.«

Der Barkeeper kam zu uns. Fitzroy deutete auf unsere Gläser und der Barkeeper schenkte uns nach. Ich ließ Fitzroy die Runde bezahlen; er hatte auch schon die erste übernommen.

Er sagte: »Du wirst keine offizielle Anerkennung bekommen, Matt. Das weißt du, oder?«

»Es ist mir lieber so.«

»Was wir der Presse sagen werden, ist, dass die Wiederaufnahme des Falls nach der Verhaftung von Pinell dafür gesorgt hat, dass sich sein Gewissen gemeldet hat und er sich gestellt hat. Er hat mit dir, einem Ex-Cop wie er selbst, darüber gesprochen und sich entschlossen, ein Geständnis abzulegen. Wie hört sich das an?«

»Es hört sich nach der Wahrheit an.«

»Nur, dass ein paar Dinge ungesagt bleiben. Was ich sagen wollte, es wird dir nichts Offizielles einbringen, aber die Leute im NYPD werden besser informiert sein. Kannst du mir folgen?«

»Und?«

»Und du könntest dir kein besseres Empfehlungsschreiben wünschen, wenn du zurück in den Dienst willst, so hört sich das für mich an. Ich hab mit Eddie Koehler vom Sechsten gesprochen. Du würdest keine Probleme damit haben, dass sie dich wieder einstellen.«

»Das ist nicht das, was ich will.«

»Er hat gesagt, dass du das sagen würdest. Aber bist du dir da sicher? Okay, du bist ein Einzelgänger, dir geht die Welt auf den Sack, du sprichst dem Zeug hier« – er berührte sein Glas – »mehr zu, als du es vielleicht solltest. Aber du bist ein Cop, Matt. Und du hast nicht aufgehört, einer zu sein, als du die Marke abgegeben hast.«

Ich dachte einen Moment lang nach, nicht, weil ich mir seinen Vorschlag durch den Kopf gehen ließ, sondern um meine Worte abzuwägen. »Du liegst richtig, in gewisser Hinsicht. Aber in anderer Hinsicht liegst du falsch: Ich hab aufgehört, ein Cop zu sein, *bevor* ich die Marke abgegeben habe.«

»Alles wegen des Mädchens, das gestorben ist.«

»Nicht nur deshalb.« Ich zuckte mit den Schultern. »Die Menschen ziehen um und ihr Leben ändert sich.«

»Nun«, sagte er, und dann sagte er ein paar Minuten lang nichts mehr. Schließlich fanden wir etwas weniger Beunruhigendes, über das wir sprechen konnten. Wir redeten über die Unmöglichkeit, die Straßen von Kümmelblättchen-Betrügern freizuhalten, da die Strafe für dieses Vergehen fünfundsiebzig Dollar war und der Profit irgendwo zwischen fünfhundert und eintausend Dollar pro Tag lag. »Und es gibt diesen einen Richter«, sagte er, »der einem ganzen Haufen von denen gesagt hat, dass er sie ohne Strafe davonkommen lassen würde, wenn sie versprechen, es nie wieder zu tun. ›Oh, ich verspreche, Eure Ehren.‹ Um fünfundsiebzig Dollar zu sparen, würden diese Arschlöcher auch versprechen, dass sie sich Haare auf der Zunge wachsen lassen.«

Wir bestellten eine dritte Runde. Ich ließ ihn auch diese Runde bezahlen, dann ging er zurück aufs Revier und ich nahm ein Taxi nach Hause. Ich erkundigte mich an der Rezeption nach Nachrichten für mich, und als es keine gab, ging ich um die Ecke ins Armstrong's. Dort wurde es ein langer Abend.

Aber kein schlechter. Ich trank meinen Bourbon im Kaffee, trank in kleinen Schlucken, teilte mir meine Tassen ein, und meine Stimmung wurde weder düster noch aggressiv. Ich sprach zeitweise mit anderen Gästen, aber ich verbrachte auch viel Zeit damit, mir den Tag noch einmal durch den Kopf gehen zu lassen, mir Havermeyers Erklärung noch einmal anzuhören. Irgendwann zwischendrin rief ich bei Jan an, um ihr zu erzählen, wie sich die Dinge entwickelt hatten. Es war besetzt. Entweder sprach sie mit jemandem oder sie hatte den Hörer abgenommen, und diesmal ließ ich von der Telefongesellschaft nicht nachsehen, was von beidem der Fall war.

Ich trank zur Abwechslung einmal genau die richtige Menge Alkohol. Nicht so viel, dass ich einen Filmriss hatte und mit Erinnerungslücken aufwachte. Aber genug, um für einen traumlosen Schlaf zu sorgen.

* * *

Als ich am nächsten Tag in der Pine Street eintraf, wusste Charles London bereits, was er zu erwarten hatte. Die Geschichte war in den Morgenzeitungen gewesen. Der Grundtenor war ungefähr so, wie es nach dem, was Fitzroy gesagt hatte, zu erwarten gewesen war. Ich wurde namentlich als der andere Ex-Cop erwähnt, der sich Havermeyers Geständnis angehört und ihn aufs Revier begleitet hatte, damit er sich dort wegen des Mordes an Barbara Ettinger stellen konnte.

Selbst so schien London nicht erfreut zu sein, mich zu sehen.

»Ich schulde Ihnen eine Entschuldigung«, sagte er. »Es war mir gelungen, mich davon zu überzeugen, dass Ihre Ermittlungen nur schlechte Folgen für eine Vielzahl von Leuten haben würden. Ich dachte–«

»Ich weiß, was Sie dachten.«

»Es hat sich herausgestellt, dass ich falsch lag. Ich bin noch immer besorgt darüber, was bei einer Gerichtsverhandlung herauskommen würde, aber so wie es aussieht, wird es keine geben.«

»Sie müssen sich so oder so keine Sorgen über das machen, was herauskommen wird«, sagte ich. »Ihre Tochter war nicht von einem Schwarzen schwanger.« Er sah mich an, als hätte ich ihm eine Ohrfeige verpasst. »Sie war von ihrem eigenen Mann schwanger. Sie mag sehr wohl eine Affäre gehabt haben, vermutlich als Vergeltung für das Verhalten ihres Mannes, aber es gibt keine Anzeichen dafür, dass es sich um eine gemischtrassige gehandelt hat. Das ist eine Erfindung ihres früheren Schwiegersohns.«

»Ich verstehe.« Er unternahm seinen kurzen Spaziergang zum Fenster und stellte sicher, dass sich der Hafen noch dort befand, wo er sein sollte. Dann drehte er sich zu mir um und sagte: »Zumindest hat es ein gutes Ende genommen, Mr. Scudder.«

»Ja?«

»Barbaras Mörder wird seine gerechte Strafe erhalten. Ich muss mir nicht länger Sorgen machen, wer sie ermordet hat und warum. Ja, ich denke, es hat ein gutes Ende genommen.«

Er konnte das ruhig behaupten, wenn er wollte. Ich war mir nicht sicher, dass Burton Havermeyer seine gerechte Strafe erhalten würde oder wie sich sein Leben von nun an entwickeln würde. Ich war mir nicht sicher, was Gerechtigkeit mit der Tortur zu tun hatte, die gerade für Havermeyers Sohn und seine blinde Ex-Frau den Anfang nahm. Und auch wenn sich London keine Sorgen mehr darüber machen musste, dass Douglas Ettinger seine Tochter ermordet hatte, konnte das, was er über Ettingers Charakter erfahren hatte, nicht übermäßig beruhigend sein.

Ich dachte auch an die Spannungslinien, die ich in Ettingers zweiter Ehe aufgedeckt hatte. Ich fragte mich, wie lange die Blondine mit dem sonnigen Vorstadtgesicht ihren Platz in dem Fotowürfel auf seinem Schreibtisch behalten würde. Wenn sie sich trennten, würde er dann weiter für seinen zweiten Schwiegervater arbeiten können?

Schließlich dachte ich daran, wie sich Menschen mit einer Wirklichkeit nach der anderen abfinden konnten, wenn sie sich bemühten. London hatte zunächst gedacht, dass seine Tochter ohne jeglichen Grund getötet worden war, und sich damit abgefunden. Dann hatte er geglaubt, dass sie doch aus einem bestimmten Grund getötet worden war, und noch dazu von jemandem, der sie gut gekannt hatte. Und er hatte begonnen, sich damit abzufinden. Nun wusste er, dass sie von einem Beinahe-Fremden aus einem Grund getötet worden war, der nichts mit ihr selbst zu tun gehabt hatte. Ihr Tod war die Generalprobe für einen anderen Mord gewesen und durch ihn hatte sie dem vorgesehenen Opfer das Leben gerettet. Man konnte das alles als Teil eines göttlichen Heilsplans auffassen oder es als weiteren Beweis dafür sehen, dass die Welt verrückt war.

Bevor ich ihn verließ, gab er mir einen Scheck über eintausend Dollar. Ein Bonus, sagte er und versicherte mir, dass er mir das Geld geben wollte. Ich stritt nicht mit ihm darüber. Wenn man ohne Wenn und Aber Geld angeboten bekommt, nimmt man es und steckt es in die Tasche. In der Tiefe meines Herzens war ich immer noch Cop genug, mich daran zu erinnern.

Gegen Mittag rief ich noch einmal bei Jan an. Sie hob nicht ab. Ich versuchte es später am Nachmittag erneut und ihre Leitung war dreimal in Folge besetzt. Es war gegen sechs, als ich sie schließlich erreichte.

»Du bist schwer zu erreichen«, sagte ich.

»Ich war unterwegs. Und dann hab ich telefoniert.«

»Ich war selbst auch unterwegs.« Ich erzählte ihr einen großen Teil von dem, was sich ereignet hatte, seit ich sie am Nachmittag zuvor mit dem Wissen, dass Havermeyers Sohn Danny den Happy Hours Kinderhort besucht hatte, verlassen hatte. Ich sagte ihr, warum Barbara Ettinger ermordet worden war, und ich erzählte ihr, dass Havermeyers Frau blind war.

»Mein Gott«, sagte sie.

Wir unterhielten uns noch ein wenig, dann fragte ich sie, was sie für das Abendessen geplant hatte. »Mein Klient hat mir eintausend Dollar gegeben, für die ich keinen Finger krummgemacht habe«, sagte ich. »Und ich verspüre den Drang, etwas davon leichtfertig zu verpulvern, bevor ich den Rest für lebensnotwendige Güter ausgebe.«

»Ich befürchte, heute Abend geht es nicht«, sagte sie. »Ich war gerade dabei, mir einen Salat zu machen.«

»Nun, hast du nicht Lust, ein paar aufregende Läden aufzusuchen, nachdem du deinen Salat gegessen hast? Alles außer Blanche's Tavern ist okay für mich.«

Es gab eine Pause. Dann sagte sie: »Die Sache ist die, Matthew, ich hab heute Abend schon was vor.«

»Oh.«

»Und es ist keine Verabredung. Ich gehe zu einem Treffen.«

»Zu einem Treffen?«

»Zu einem Treffen der Anonymen Alkoholiker.«

»Ich verstehe.«

»Ich bin eine Alkoholikerin, Matthew. Ich muss der Tatsache ins Auge sehen und mich damit auseinandersetzen.«

»Ich hatte nicht den Eindruck, dass du zu viel trinkst.«

»Es geht nicht darum, wie viel man trinkt. Es geht darum, was es mit einem anstellt. Ich habe Gedächtnislücken. Ich habe Persönlichkeitsveränderungen. Ich sage mir, dass ich nichts trinken werde, und tue es trotzdem. Ich sage mir, dass ich einen Drink nehmen werde, und am nächsten Morgen ist die Flasche leer. Ich bin eine Alkoholikerin.«

»Du warst früher schon bei AA.«

»Das ist richtig.«

»Ich dachte, es funktioniert für dich nicht.«

»Oh, es hat prima funktioniert. Bis ich getrunken habe. Diesmal will ich der Sache wirklich eine Chance geben.«

Ich dachte eine Zeitlang nach. »Nun, ich denke, das ist großartig«, sagte ich.

»Wirklich?«

»Ja, wirklich«, sagte ich und meinte es auch. »Ich denke, es ist fantastisch. Ich weiß, dass es für eine Menge Leute funktioniert, und es gibt keinen Grund, warum du es nicht schaffen solltest. Gehst du heute Abend zu einem Treffen?«

»Richtig. Und ich war am Nachmittag bei einem.«

»Ich dachte, die finden nur am Abend statt.«

»Sie finden die ganze Zeit über statt, überall in der Stadt.«

»Wie oft musst du hingehen?«

»Man muss überhaupt nichts. Empfohlen sind neunzig Treffen in den ersten neunzig Tagen, aber man kann öfters hingehen. Ich hab jede Menge Zeit. Ich kann zu sehr vielen gehen.«

»Das ist großartig.«

»Nach dem Treffen heute Nachmittag hab ich mit jemandem telefoniert, mit jemandem, den ich kennengelernt habe, als ich das letzte Mal im Programm war. Und ich werde heute Abend zu einem Treffen gehen. Das wird mich über den Tag bringen, und dann werde ich einen Tag trocken sein.«

»Mhm.«

»So läuft das, verstehst du? Man lässt es einen Tag nach dem anderen angehen.«

»Das ist großartig.« Ich wischte mir die Stirn ab. Es wird heiß in einer Telefonzelle, wenn die Tür geschlossen ist. »Wann sind diese Treffen zu Ende? Zehn oder halb elf, irgendwann um die Zeit?«

»Um zehn.«

»Nun, angenommen–«

»Aber normalerweise geht man danach noch gemeinsam einen Kaffee trinken.«

»Mhm. Nun, angenommen, ich käme gegen elf vorbei? Oder später, wenn du denkst, dass du länger als eine Stunde Kaffee trinken möchtest?«

»Ich denke nicht, dass das eine gute Idee wäre, Matthew.«

»Oh.«

»Ich will der Sache eine echte Chance geben. Ich will nicht damit anfangen, mich selbst zu sabotieren, bevor es überhaupt begonnen hat.«

Ich sagte: »Jan? Ich hatte nicht die Absicht, vorbeizukommen und mit dir zu trinken.«

»Das weiß ich.«

»Oder in deiner Gegenwart, soweit es das betrifft. Ich werde nicht trinken, wenn ich mit dir zusammen bin. Das ist kein Problem.«

»Weil du jederzeit damit aufhören kannst, wenn du willst.«

»Ich kann mit Sicherheit darauf verzichten zu trinken, wenn wir zusammen sind.«

Eine weitere Pause, und als sie dann sprach, konnte ich die Anspannung in ihrer Stimme hören: »Mein Gott«, sagte sie. »Matthew, Liebling, es ist nicht ganz so einfach.«

»Ja?«

»Eines der Dinge, die sie uns sagen, ist, dass wir machtlos gegenüber Menschen, Orten und Dingen sind.«

»Ich verstehe nicht, was das bedeuten soll.«

»Es bedeutet, dass wir die Elemente vermeiden sollen, die unseren Wunsch zu trinken steigern können.«

»Und ich bin eines dieser Elemente?«

»Ich befürchte, ja.«

Ich öffnete die Tür der Telefonzelle einen Spaltbreit, um etwas Luft hereinzulassen. Ich sagte: »Nun, was bedeutet das genau? Dass wir uns nie wieder sehen werden?«

»Oh, mein Gott.«

»Erklär mir einfach nur die Regeln, damit ich es verstehe.«

»Herr im Himmel. Ich kann nicht in Kategorien wie nie wieder denken. Ich kann nicht einmal daran denken, nie wieder einen Drink zu nehmen. Ich soll es einen Tag nach dem anderen angehen lassen, also beschränken wir uns auf das Heute.«

»Du willst mich heute nicht sehen.«

»*Natürlich* will ich dich heute sehen! Oh, Herrgott! Hör zu, wenn du gegen elf vorbeikommen–«

»Nein«, sagte ich.

»Was?«

»Ich hab nein gesagt. Du hattest beim ersten Mal Recht und ich sollte keine Nummer mit dir abziehen. Ich bin wie mein Klient, das ist alles. Ich muss mich einfach mit einer neuen Wirklichkeit abfinden. Ich denke, du tust das Richtige.«

»Denkst du das wirklich?«

»Ja. Und wenn ich jemand bin, von dem du dich fernhalten solltest, dann denke ich, solltest du das auch tun, zumindest vorerst. Und wenn wir später wieder zusammenkommen sollen, nun, dann wird es passieren.«

Eine Pause. Dann: »Danke, Matthew.«

Für was? Ich verließ die Telefonzelle und ging zurück auf mein Zimmer. Ich zog ein sauberes Hemd und eine Krawatte an und gönnte mir ein gutes Steak im Slate. Es ist ein Stammlokal für Cops vom John Jay College und vom Midtown-South-Revier, aber ich hatte Glück und sah niemanden, den ich kannte. Ich aß ein großes Abendessen ganz für mich allein, mit einem Martini davor und einem Brandy danach.

Ich ging zurück zur 9th Avenue und kam an der St. Paul's Church vorbei. Die Kirche selbst war bereits geschlossen. Ich ging eine schmale Treppe ins Untergeschoss hinab. Nicht zu dem großen Raum zur Straße, wo an ein paar Abenden die Woche Bingo gespielt wird, sondern zu einem kleineren Raum zur Seite, wo sie die Treffen abhalten.

Wenn man länger in einem Stadtviertel lebt, weiß man, wo verschiedene Dinge zu finden sind. Egal, ob man sich dafür interessiert oder nicht.

Ich stand ein oder zwei Minuten lang vor der Tür. Mir schwindelte ein wenig, ich hatte ein komisches Gefühl im Bauch. Ich entschied, dass dafür wahrscheinlich der Brandy verantwortlich war. Er ist ein mächtiges Aufputschmittel. Ich bin nicht an ihn gewöhnt, trinke ihn nicht allzu häufig.

Ich öffnete die Tür und blickte hinein. Ein paar Dutzend Leute, die auf Klappstühlen saßen. Ein Tisch, auf dem sich eine große Kaffeemaschine und ein paar Türme mit Styroporbechern befanden. An der Wand klebten ein paar Sprüche: EILE MIT WEILE, HALTE ES EINFACH. Gottverdammte zeitlose Weisheiten.

Sie war wahrscheinlich gerade in einem ähnlichen Raum. In irgendeinem Kirchenkeller in SoHo vielleicht.

Viel Glück dabei.

Ich trat ein, zwei Schritte zurück, ließ die Tür zufallen und ging die Treppe hoch. Ich hatte die Vision, dass sich die Tür hinter mir öffnen und ich von Leuten verfolgt werden würde, die mich zurückzerren würden. Nichts dergleichen passierte.

Das flaue Gefühl in meinem Magen war immer noch da.

Der Brandy, sagte ich mir. Vielleicht wäre es ratsam, sich davon fernzuhalten. Bleib bei dem, was du gewöhnt bist. Bleib beim Bourbon.

Ich ging rüber ins Armstrong's. Ein kleiner Bourbon würde dem Brandyrausch die Schärfe nehmen. Ein kleiner Bourbon nimmt fast allem die Schärfe.

An meine deutschen Leser: Ich hoffe, dass Sie Gefallen an diesem Matthew-Scudder-Roman gefunden haben. Wenn Sie über zukünftige Veröffentlichungen meiner Bücher auf Deutsch informiert werden möchten, schicken Sie einfach eine E-Mail mit dem Betreff "German mailing list" an lawbloc@gmail.com. (Ich versende auch einen Newsletter auf Englisch und würde Sie mit Freude auch auf diese Liste setzen; falls gewünscht, fügen Sie einfach "English also" hinzu.)

Über den Autor

Lawrence Block schreibt seit einem halben Jahrhundert preisgekrönte Kriminalromane und Spannungsliteratur. Sein neuestes Buch ist *In Sunlight or in Shadow*, eine Anthologie mit 17 neuen Kurzgeschichten, die jeweils von einem Gemälde von Edward Hopper inspiriert wurden; zu den vertretenen Autoren gehören Stephen King, Joyce Carol Oates, Lee Child, Megan Abbott, Michael Connelly, Jeffery Deaver und Joe Lansdale.

Blocks zuletzt erschienener Roman ist *The Girl with the Deep Blue Eyes*, von seinem Hollywood-Agenten als »James M. Cain auf Viagra« gerühmt. Zu seinen neueren Romanen zählen außerdem *The Burglar Who Counted the Spoons*, in dem Bernie Rhodenbarr im Mittelpunkt steht, *Hit Me* mit dem Briefmarkensammler und Auftragsmörder Keller sowie *A Drop of the Hard Stuff* mit Matthew Scudder. 2014 wurde Scudder von Liam Neeson in der Verfilmung von *Ruhet in Frieden – A Walk Among the Tombstones* brillant auf der Leinwand verkörpert. Auch andere Romane Blocks wurden verfilmt, allerdings mit geringerem Erfolg.

Block erhielt auch für seine Bücher für Autoren große Anerkennung, darunter Klassiker wie *Telling Lies for Fun & Profit* und *Write for Your Life*. Zuletzt hat er mit *The Crime of Our Lives* eine Sammlung von Aufsätzen über das Genre des Kriminalromans und dessen Vertreter veröffentlicht.

Neben seinen Prosawerken hat Block auch Drehbücher für die Fernsehserie *Tilt* und den Film *My Blueberry Nights* von Wong Kar-wai geschrieben. Block soll ein zurückhaltender und bescheidener Mann sein, auch wenn man das aufgrund dieser autobiographischen Skizze keinesfalls erwarten würde.

Email: lawbloc@gmail.com
Twitter: @LawrenceBlock
Facebook: lawrence.block
Homepage: lawrenceblock.com

Über den Übersetzer:

Stefan Mommertz arbeitete nach dem Studium für einen Fachzeitschriftenverlag in München. Seit 2004 lebt er in Ungarn.

Homepage: stefanmommertz.wordpress.com

Die Matthew-Scudder-Romane:

#1 *Die Sünden der Väter* (*The Sins of the Fathers*)
#2 *Drei am Haken* (*Time to Murder and Create*)
#3 *Mitten im Tod* (*In the Midst of Death*)
#4 *Tief bei den ersten Toten* (*A Stab in the Dark*)
#5 *Acht Millionen Wege zu sterben* (*Eight Million Ways to Die*)
#6 *Nach der Sperrstunde* (*When the Sacred Ginmill Closes*)
#7 *Am Rand des Abgrunds* (*Out on the Cutting Edge*)
#8 *Ein Ticket für den Friedhof* (*A Ticket to the Boneyard*)
#9 *Tanz im Schlachthof* (*A Dance at the Slaughterhouse*)
#10 *Ruhet in Frieden* (*A Walk Among the Tombstones*)
#11 *In Teufels Küche* (*The Devil Knows You're Dead*)
#12 *Der Club der Toten* (*A Long Line of Dead Men*)
#13 *Im Namen des Volkes* (*Even the Wicked*)
#14 *Everybody Dies*
#15 *Hope to Die*
#16 *All the Flowers are Dying*
#17 *A Drop of the Hard Stuff*
#18 *The Night and the Music* (the complete short stories)

Auf Deutsch erschienene Matthew-Scudder-Kurzgeschichten:

#1 Aus dem Fenster (Out the Window)
#2 Eine Kerze für die Stadtstreicherin (A Candle for the Bag Lady)
#3 Im frühen Licht des Tages (By the Dawn's Early Light)
#4 Batmans Gehilfen (Batman's Helpers)

Weitere Bücher von Lawrence Block:

Mit leichtem Gepäck (*Resume Speed*)